Chicklit

7 choses à faire avant d'être vieille

Claudia Lupien

Kennes
Éditeur
de coups de cœur

Retrouvez-nous sur www.kenneseditions.com

Rejoignez-nous sur notre page Facebook : www.facebook.com/KennesEditions

Suivez-nous sur notre compte Instagram : kenneseditions

Publié avec les autorisations des Éditions Andara inc.,
Québec, Canada

Auteure : Claudia Lupien
Illustrations de la couverture : Bach
Conception graphique : Nancy Jacques

Rue de la Blanche Borne 15
6280 Gerpinnes (Loverval) – Belgique

Légère adaptation et lexique : Benjamin Schwanen

Dépôt légal : mai 2021 — D/2021/13.105/88

ISBN : 978-2-3807-5421-6
NUART : 59-1251-3

Imprimé en Europe

À mes deux enfants d'amour

Chacun à votre façon,
vous incarnez un exemple
de persévérance et pouvez
m'apprendre à profiter de la vie
pendant qu'elle passe.
À me dépasser.
Je vous aime à l'infini.

Carpe diem

Chapitre 1

Une vieille connaissance

Assise dans une cabine de toilette au bistro où je travaille, je déprime, le dos voûté. Mais où est passée mon attitude de battante ? Sur le Web, j'ai vu ce matin une jeune blogueuse qui a parcouru le monde, bâti sa propre entreprise et accompli déjà tellement de choses... Ce qui me pousse à admettre que de mon côté, je n'ai pas vraiment de réalisation significative à mon actif. Ma poitrine se serre, ma gorge aussi. La radio est allumée, et l'animateur vient de mentionner la date d'aujourd'hui. Il s'enthousiasme devant la chaleur printanière tant attendue. Nous sommes le 21 avril. Je déprime parce qu'il ne reste que quatre mois à ma jeunesse...

C'est une crainte que j'ai traînée toute ma vie et qui revient en force depuis quelque temps. La certitude de devenir officiellement vieille à trente et un ans. C'est une vieille histoire. Une phobie, un concept farfelu tiré d'une chanson de Maxime

Le Forestier, *J'ai eu trente ans*, dans laquelle le chanteur dit au revoir à sa jeunesse. Pour avoir si souvent entendu cette chanson qu'Odile, ma grand-mère, apprécie tant, et qui laisse entendre qu'après trente ans « ce qui n'est pas ne sera pas plus tard», je m'en suis imprégnée. J'ai cet âge depuis huit mois et je n'ai pas envie de dire «bonsoir» à ma jeunesse et mon insouciance. J'entends encore Maxime dans ma tête et m'imagine devenir une madame endommagée par le temps dès mes trente et un ans.

Je suis « trentéunièmophobe ».

Et puis, je refuse de faire les mêmes erreurs que celle qui m'a mise au monde. Les folies appartiennent à la jeunesse ! Je l'ai compris, moi. Aussi, en ce qui me concerne, j'attendrai d'être plus mûre avant de passer aux choses sérieuses, comme me caser, notamment.

Mon printemps et ma fraîcheur seront donc choses du passé avant la fin de l'été ?... Au fond de moi, je sais bien que ce ne sera pas si dramatique que ça, mais il reste que ce passage m'angoisse. Et cette blogueuse de vingt-deux ans, qui est venue me narguer juste avant que je parte pour le boulot, hante encore mon esprit.

Aujourd'hui, je remplace une collègue pour le service du midi. Habituellement, j'arrive à vingt-deux heures, pas à dix heures cinquante le matin. Toujours installée sur le siège des toilettes, j'aperçois le bout de mes petites chaussures vertes. Je réalise que ma jeunesse sera passée sans faire grand bruit. Le silence des pantoufles est sans conteste pire que le fracas des bottes, et ça me donne le blues, ça me fout le cafard. Sans éclat, je suis demeurée paresseusement assise dans ma zone de confort toute ma courte vie. Je dois faire quelque chose, m'assurer de profiter de chaque instant qui passe. Pff, facile à dire. J'ai beau me concentrer, aucune petite formule zen ne me vient en tête. Ces belles paroles qui insistent sur la valeur du moment présent, elles sont jolies à lire, mais pas assez concrètes pour qu'on s'en souvienne…

Ma vie sexuelle est presque au point mort, et mes habitudes quotidiennes me gardent à l'abri des surprises. Pourtant, mon travail pourrait m'offrir des occasions de rencontres imprévues chaque jour, mais je me suis créé une routine et je fais toujours les mêmes choses. Quant à ma relation avec ma sœur, je trouve que je la néglige. Heureusement, notre intérêt commun pour la lecture nous permet de rester en contact, mais nous ne nous voyons pas assez souvent à mon goût. J'aimerais être une meilleure grande sœur.

Je me redresse afin de bien voir devant moi. Bien entendu, ce n'est qu'une façon de parler, car je n'ai en réalité qu'une vue sur la porte beige de la cabine, où quelques grossièretés sont écrites au marqueur.

Ça y est ! J'ai trouvé !

J'ai besoin d'une liste.

Oui !

Une liste de choses à faire avant d'être vieille !

Je me tiens maintenant très droite et je sens un sourire se dessiner sur mon visage. Voilà, c'est génial, je vais écrire une liste d'activités, de missions et d'accomplissements, des objectifs à réaliser pendant que je suis encore jeune!
Rassérénée par cette nouvelle ambition, je me relève, sors de la cabine et me place face au lavabo au-dessus duquel est accroché un grand miroir. Je me regarde droit dans les yeux tout en me savonnant les mains.
– Tu seras fière de toi quand tu seras vieille, ma Doris! me dis-je, convaincue.

Ma blouse noire sans manches au décolleté en forme de V me colle déjà à la peau. J'ajuste le vêtement, termine le séchage de mes mains sur ma jupe en denim et sors de la petite pièce pour aller commencer ma journée de travail.

* * *

Une heure plus tard, je suis déjà fatiguée. Il est vrai que la température est particulièrement élevée pour cette période de l'année. On dirait que l'été est arrivé aujourd'hui, qu'il se présente en avance de deux mois, faisant un bond par-dessus le printemps. Les clients du bistro ont une soudaine envie de s'installer sur la terrasse, à laquelle je suis affectée. Ça roule, j'ai beaucoup de travail et j'ai chaud.

Une vieille connaissance

La consommation bleue que je dépose sur mon plateau me donne terriblement soif. Cette teinte me rappelle l'océan… Disons, une plage paradisiaque où je ne suis jamais allée…

Les gouttelettes dues à la condensation qui perlent et descendent lentement le long du verre me font fantasmer. Par cette chaleur accablante, je les lécherais sans retenue. Ce serait SI rafraîchissant ! Ma langue goûterait le liquide une larme à la fois. Les petites bulles seraient salées puisqu'avant de suivre les gouttes jusqu'en bas, ma bouche aurait saisi au passage quelques-uns de ces grains graveleux qui givrent le haut du verre…

Aujourd'hui, ce cocktail, qu'on appelle bulles de minuit, me rend folle. Un peu de vodka, un soda bleu d'agrumes et du vin mousseux lui confèrent son apparence et son goût sublimes. La petite blonde que je suis serait d'ailleurs prête à tout en ce moment pour qu'on verse cette exquise boisson sur son corps brûlant et entre ses lèvres gourmandes…

Ouf ! C'est sûrement la chaleur surprenante de ce printemps hâtif qui me fait cet effet. Je savais que ma libido n'était pas réellement morte, qu'elle pourrait se réveiller à tout moment, mais voilà que des images lascives m'envahissent à la seule vue d'un cocktail… À vrai dire, 25 degrés, ce n'est pas si chaud comme température, mais si tôt en saison et avec cette humidité, je n'y suis pas habituée ! Et de toute évidence, je ne suis pas la seule. Je n'ai qu'à observer les clients et les passants. Certains d'entre eux ne se sont vraisemblablement pas attardés aux prévisions météo, car ils sont chaudement vêtus, tandis que d'autres ont fait complètement fi du fameux proverbe et se sont découverts d'un fil...

Je sens mon téléphone qui vibre sur ma fesse droite. Je suis certaine qu'il s'agit d'un texto de Cindy, ma sœur. Celle-ci m'a parlé d'un roman qu'elle veut me prêter aussitôt qu'elle aura fini de le lire. Nous avons les mêmes goûts littéraires, ce qui est très pratique. Ma cadette ne sait pas qu'exceptionnellement, je fais le service du midi aujourd'hui. Cet ajout à mon horaire m'arrange bien, de temps en temps. Ça me fait plus d'heures. Je suis serveuse dans ce bistro-bar-terrasse depuis plusieurs mois déjà, mais habituellement, j'y travaille à l'heure où il n'y a plus rien à manger, juste de quoi boire, s'enivrer et faire la fête.

Je décolle un peu ma blouse de mon dos, espérant qu'un léger courant d'air vienne me soulager de cette chaleur moite. Ma démarche rapide pour aller servir le verre à la jolie dame qui l'a commandé me donne l'illusion que souffle une petite brise.

— Voici votre verre, madame. Il a l'air rafraîchissant, n'est-ce pas? Je reviens bientôt prendre votre commande pour le repas.

Parfait, elle me dit qu'il n'y a pas d'urgence, car son compagnon viendra la rejoindre d'un instant à l'autre. Elle l'attend. Voyons maintenant ce que me veut ma cadette.

Cindy

Salut, Doris. J'ai terminé la lecture du roman dont je te parlais, celui qui est tellement bon que ma sauce a collé au fond de ma casserole ! Tu vas l'aimer !

Justement ce que je pensais ! Tant mieux, j'ai besoin d'un nouveau livre. Je lui réponds à propos de tout autre chose, au risque de l'agacer.

Doris

Super ! Et tes amours... Quoi de neuf ? 🙂

Pas de retour... Évidemment ! Cindy évite toujours ce sujet. La défenseuse de la veuve, de l'orphelin et, surtout, des droits des animaux a tendance à s'oublier, un classique. Ma sœur n'a jamais vraiment eu de petit ami. Il serait grandement temps, ça fait plusieurs fois que je lui en parle.

Doris

Je m'en occupe, j'ouvre l'œil pour toi, sœurette. Le coup de foudre, tu sais, ça peut se produire au coin d'une rue, mais il ne faut pas passer sans voir l'amour de sa vie !

Dénicher un copain à Cindy fera partie de ma super liste de choses à faire avant d'être vieille. Ça me permettrait de me sentir utile. Une grande sœur doit apporter quelque chose de salutaire à sa cadette, sinon à quoi est-ce qu'elle sert ? Je suis consciente que je me mêle de ce qui ne me regarde pas, mais Cindy n'a jamais connu l'amour ! Je me dois de l'aider, je suis son aînée… Sans compter que notre grand frère ne peut être d'aucune aide, puisqu'il a déserté la région pour aller s'installer très loin de nous.

Bon, j'ai deux assiettes à servir. Comme je reste pensive une fraction de seconde, un homme à la table du coin en profite pour m'interpeller. Je lui fais signe de patienter une minute et sers illico les repas qui sont prêts. Je m'approche de la dame aux bulles de minuit, car son compagnon, que j'aperçois de dos, est arrivé. Cette femme m'est sympathique. Il s'agit d'une cliente dont on devine la gentillesse dès qu'on l'aperçoit. Je l'envie pour son éclat naturel et son intelligence (présumée !) ainsi que pour sa taille moyenne (estimée !). Elle porte une jupe et un chemisier, probablement une tenue de bureau, et elle a de beaux cheveux bruns qui tombent en cascade sur ses épaules. Son visage est radieux, et un air déterminé l'anime. Elle a tout, quoi…

Une fois arrivée à ses côtés, je pose les yeux sur l'homme qui l'accompagne. OH ! Je croirais soudain entendre une chorale d'anges sous un rayon de lumière.

Ahhhhhhhhhhhhh… 😇

Le compagnon de la jolie dame est en fait… MON EX

Le client de la table du coin me fait de grands signes. Il semble y avoir urgence de son côté, mais je suis figée. Il y a si longtemps que je n'avais pas vu Olivier ! Un de mes rares ex. À l'adolescence, les garçons ont tardé à remarquer ma présence, et ensuite, je n'ai eu que des relations futiles. Jusqu'à lui.

Il est assis là, bien appuyé au dossier de son siège, le bras autour des épaules de la séduisante cliente. Il est là dans toute sa splendeur, avec son visage un peu carré, comme le sont aussi ses épaules… Il n'a pas changé durant ces deux dernières années. Le brun très foncé de ses cheveux et de ses sourcils met en valeur le bleu clair de ses iris. Cet homme vient du pays des dieux, je l'ai toujours su.

— Olivier… Vous vous connaissez ? demande la buveuse de bulles de minuit en remarquant notre air embarrassé.

Perplexe, j'hésite soudain quant à l'attitude à adopter. Il me semble que… la bise serait de mise. Mais non, Olivier reste assis. Je ne me pencherai sûrement pas pour lui imposer une accolade et lui offrir la vue de mon décolleté !

Comme la belle brune lui a posé la question, Olivier doit faire les présentations. Il regarde un peu partout et remonte ses manches de chemise sur ses beaux avant-bras musclés et partiellement couverts de poils aussi foncés que ses cheveux. Je pianote sur ma cuisse, un vieux tic qui ressort quand je suis nerveuse. Je ne voudrais surtout pas laisser paraître que je pourrais encore lui tomber dans les bras. Alors qu'il s'apprête visiblement à me présenter, mon ex perd momentanément de sa superbe.

— Oui, chérie, je te présente Doris, une vieille connaissance. Doris, voici ma conjointe, Valérie.

Une « vieille connaissance » !!!

UNE « VIEILLE CONNAISSANCE » ???

C'est comme un coup dans le ventre et une gifle en plein visage, l'un après l'autre ! Eh !! De un, je ne suis PAS vieille. Du moins, pas encore. De deux, on a habité ensemble pendant deux ans. Ça fait de moi plus qu'une simple « connaissance », il me semble ! Mon ego vient d'en prendre une claque, mais il doit se relever immédiatement. J'aperçois du coin de l'œil le client du coin qui balance les bras comme un naufragé sur une île déserte qui veut à tout prix être rescapé.

Olivier enchaîne à mon intention :

— Nous allons prendre un sandwich aux légumes grillés et au fromage de chèvre, ainsi qu'un burger spécial, s'il te plaît. Avec un...

— ... supplément bacon ! dis-je, terminant la phrase à sa place.

Oups.

— Je suis désolée, en tant que « vieille connaissance », je me souviens de tes « vieilles préférences »... Une bière avec ça ?

J'ai été cassante. Il reste bouche bée pendant que je me tourne vers sa compagne pour lui suggérer une deuxième consommation, qu'elle refuse. Elle semble si gentille et douce, pourquoi ai-je cette attitude de merde ? Je ne voudrais pas la mettre mal à l'aise. Lui, peut-être... mais pas elle. Puisqu'elle a décidé de ne plus boire, il décline l'offre de la bière. Je dois modifier mon comportement malgré mon émoi.

Lorsque nous étions ensemble, Olivier et moi, j'étais trop transparente avec lui. Je lui avouais trop facilement mes vulnérabilités, et il a fini par perdre sa considération pour moi. Je suis devenue invisible à ses yeux. Du moins, c'est ce que j'ai ressenti. De plus, je n'appréciais pas ses accès de colère passagers. Ils me faisaient me sentir minuscule. Malgré tout, ça me fait un peu bizarre de le voir avec quelqu'un d'autre. Je suis consciente que mes sentiments contradictoires à son égard refont surface en sa présence.

Bon, il y en a un qui n'en peut plus, là-bas, à la table du coin. Je ne suis pas encore arrivée à ses côtés qu'il articule exagérément en montrant son verre :

— Un autre verre d'eau ! Verre. D'eau.

Et il laisse sa bouche en forme de « O » afin de s'assurer que j'ai bien compris.

Légèrement déconcentrée par les tourtereaux, je continue de m'échiner pour servir les clients du mieux que je peux. Selon toute vraisemblance, je serai dans le jus encore un bon bout de temps. Je tends l'oreille vers un couple âgé qui souhaite que je prenne sa commande. Je tiens un plateau plein d'assiettes dans une main et, de l'autre, je fais signe au barman que j'ai compris. D'un geste du menton, il m'a fait savoir qu'il voulait me voir. Et pendant tout ce temps, mes yeux sont aussi tournés vers LE couple qui m'a un peu bouleversée. C'est d'ailleurs peut-être ce qui explique que je perds tout à coup l'équilibre.

— HA ! fais-je, laissant échapper un son plus aspiré qu'expiré, inspiré par la terreur de faire une catastrophe en public.

Le plateau rempli de vaisselle vide suit le mouvement de mon bras, qui penche dangereusement vers l'arrière. Dans l'espoir de le retenir, j'en approche ma main libre le plus rapidement possible, mais la gravité fait son œuvre.

Au même moment, un type avec un couvre-chef de style Trilby apparaît derrière moi. Je tombe dessus tandis que mon plateau et son contenu s'étalent sur le sol sous les applaudissements d'un bon nombre de clients qui considèrent l'incident comme drôle… Qui a un jour décrété que c'était une bonne idée de rire de la maladresse d'autrui ? Me ridiculiser ne fera clairement pas partie de ma *bucket list*, celle que je compte bien rédiger dès ce soir. Et il ne sera pas nécessaire non plus que je fasse le tour du monde à l'instar de la jeune blogueuse vue ce matin sur le Web. Seulement que je me prouve que j'ai la capacité d'accomplir ce que je veux.

Le type au chapeau me sourit.

Waouh, comme son sourire est ensoleillé !

Ça me réchauffe l'intérieur. Rapidement, sa bouche s'étire sur un côté, dans une moue plus désinvolte. Le jeune homme me demande si ça va. Je vais bien. Je me sens comme sur un nuage, mais je ne réponds pas. Je le vois fixer mon prénom sur mon badge. Je l'observe. Son regard est tout aussi chaleureux que son sourire. Je regagne instantanément mes forces. Oui, je me sens forte, et enfin, je lui souris également. Alerté par le vacarme, un autre serveur s'est précipité pour ramasser les dégâts. Il ne m'en veut pas de ma maladresse. Je me redresse et me sens soudain en pleine possession de mes moyens. Une odeur de bonheur flotte dans l'air.

Suis-je vraiment si sensible aux charmes de cet homme ?

— Merci ! dis-je simplement à mon chevalier, cet inconnu qui m'a évité de me casser la gueule devant tout le monde. Ma cheville droite vient de guérir, je n'aurais pas voulu la blesser à nouveau.

Heureusement, ma confiance en moi et mon attitude professionnelle sont miraculeusement revenues. J'ai beaucoup plus d'aplomb quand je retourne vers Olivier et sa tourterelle. On croirait même que j'ai grandi de quelques centimètres. En réalité, j'en mesure toujours cent cinquante-deux, pas un de plus ! Avec son sourire éclatant, mon ex entame la conversation.

— Et comment vas-tu, Doris ?

Oh, ce qu'il est chou de s'en informer !

— Bien, bien.

Quelle réponse insignifiante !

Ma vie est tellement tranquille que je n'ai rien à raconter. Pas de voyage ni d'aventure exotique… Pas même d'avancement de carrière ni de famille en vue. Bon, ce dernier point attendra « l'âge de raison », mais ma liste d'éléments à réaliser dans les prochains mois devra inclure des changements dans ma vie. Ou du moins, des expériences dignes d'être racontées quand je rencontre quelqu'un. Comme maintenant.

De son côté, mon ex est plus loquace et il m'annonce qu'il viendra déjeuner ici plus souvent, car la compagnie pour laquelle il travaille a déménagé tout près. Nous bavardons donc un court moment parce que, comme je le lui explique, je suis chargée de toutes les tables de la terrasse. Quand sa Valérie et lui quittent le bistro après leur repas, une salutation du regard nous suffit. Je suis contente de l'avoir revu, mais de le voir agir en amoureux avec quelqu'un d'autre m'a fait tout drôle. Décidément, je ne suis pas prête pour un nouveau petit ami. Le véritable amour attendra après mon prochain anniversaire, rien ne presse pour l'instant. Je ne veux aucune relation sérieuse durant ma jeunesse !

Après la période du déjeuner, le bistro redevient beaucoup plus calme. Je pense à mon dîner de ce soir avec mes amies et dès que j'ai une minute, je consulte mon portable pour lire enfin la réponse de Cindy.

Cindy

Le problème avec les sœurs, c'est qu'elles ne se regardent pas assez le nombril !

Doris

Cindy ! C'est que j'aimerais tant que tu puisses vivre une relation un tant soit peu significative avec un homme, pour savoir ce que c'est…

Je semble contradictoire dans mes propos, car ma sœur est plus jeune que moi. Mais à ma connaissance, elle n'a eu que des relations insignifiantes au début de l'adolescence, et depuis la fin de ses études, plus rien. Personnellement, j'ai déjà vécu quelque chose d'important avec Oli. Une relation sérieuse ne dure pas forcément la vie entière. Depuis, je suis passée par différentes étapes de célibat. Au début, j'ai trouvé ça difficile d'être seule. Puis, peu à peu, je me suis habituée. J'ai vécu quelques folies passagères avec des individus quelconques… Il faut bien s'amuser avant d'être vieille, avant de rencontrer LE bon mec et d'être en couple pour de bon. Mais à présent, je suis seule ET chaste, et ça me convient parfaitement…

Tiens, j'y pense… Le type au chapeau, celui qui a de belles lèvres invitantes (OK, Doris, on se calme), il pourrait bien représenter l'homme de rêve de ma cadette…
Vite, mon téléphone.

Doris

Rejoins-moi au bistro, je t'arrange ça ! Je t'ai peut-être bien trouvé un mec !

Zut, il est parti, je ne le vois plus. De toute façon, je ne crois pas vraiment qu'elle serait venue. Je vais plutôt retourner chez moi et passer un coup de fil à ma grand-mère.

J'ai un peu traîné en chemin et au moment où j'aperçois l'escalier qui mène chez moi, je vois ma sœur qui le redescend et repart vers sa voiture.

— Cindy ! Que fais-tu ici ?

— Ah ! Doris ! Je suis passée te donner ceci en revenant du travail, dit-elle en me tendant le roman dont elle m'a parlé.

Toujours heureuse de la voir, je l'invite à entrer. Je sais bien que nous nous apprécions beaucoup toutes les deux, mais je sens une distance entre nous. Nous nous aimons, mais je ne sens pas le lien d'intimité qui devrait nous lier.

— Cool, merci pour le roman ! Tu veux monter ? Je t'offre quelque chose ?

— Non, merci. Euh... j'ai dit à ma coloc que je rentrerais tôt, j'ai des choses pour elle dans mon auto.

— OK. De toute façon, je dois me préparer, je vais au restaurant avec les filles ce soir.

Qui a dit que les célibataires étaient seules et s'ennuyaient, hein ? Nous nous faisons la bise, et je la regarde partir. Ses petites visites éclair me font toujours plaisir, mais elles ne suffisent pas. Il semble toujours y avoir une barrière entre nous. Pour ma part, je vais d'ailleurs rarement chez elle.

J'ai un appartement super bien situé, pas loin de la maison d'Odile. Il est entouré de plein de bars et de restaurants qui font des affaires en or, dont «mon» bistro-bar. Mon appartement n'est pas neuf et est décoré avec toutes sortes d'objets hétéroclites, mais j'y suis bien.

Une fois à l'intérieur, je constate que j'ai du temps devant moi avant d'aller sous la douche. J'attrape un calepin. L'idée de la liste a fait son chemin dans mon esprit toute la journée. Elle doit maintenant prendre forme si je veux conserver ma motivation et ma bonne humeur. La première chose est facile à trouver : dénicher un petit ami à ma sœur. Il s'agit d'une bonne action, en quelque sorte. Je sais aussi qu'il faudrait que je vive une expérience insolite, que je fasse une chose que je n'ai jamais faite et qui me pousserait à me dépasser. Ensuite, je bloque... Je continuerai plus tard, après avoir téléphoné à ma grand-mère. J'ignore pourquoi, mais il me faut sept objectifs. Ni plus ni moins.

7 choses à faire avant d'être vieille

1. Aider Cindy à trouver l'amour

2. Une « première fois », hors de ma zone de confort…

3.

4.

5.

6.

7.

Chapitre 2

Ces filles-là

Une sortie entre filles ! Waouh !

Nous rassembler entre amies est toujours aussi bon, que nous nous voyions pour un déjeuner, un café (ou quatre…) ou une partie de bowling; que nous prenions un verre (ou quatre…) ou que nous dansions jusqu'à ce que nos pieds soient en sang ! Nous nous parlons de nous et quand nous n'avons plus rien à nous dire, eh bien, nous parlons des autres ! Ha ! Ha ! Nous rions parfois tellement qu'il m'est déjà arrivé de laisser échapper quelques gouttes dans ma culotte !

J'adore mes deux meilleures amies. En plus d'être comiques, elles sont belles.

Élodie a l'air espiègle et arbore une chevelure rousse coupée au carré qui lui va à ravir. Avec sa silhouette élancée — que je lui envie, d'ailleurs —, elle porte avec grâce les jeans *skinny* et les blouses moulantes. Je crois qu'elle vient du pays de la dynamite, car elle a une personnalité si éclatante qu'elle est constamment sous les feux de la rampe. Généreuse, elle a toujours un conseil pour les autres, des recommandations et des défis à nous soumettre.

Mathilde, pour sa part, est encore vêtue d'une belle robe fleurie qui lui donne un style mélancolique. Son visage rond comme une pleine lune est encadré par sa tignasse brune et soyeuse. Quant aux courbes féminines de son corps, elles atteindront bientôt leur apogée : elle en est en effet à sa vingt-troisième semaine de grossesse. Elle ne connaît pas le sexe de son poupon, mais en parle au masculin en flattant sa minibedaine. Cette fille est affectueuse et, contrairement à moi qui me montre parfois un peu froide, elle est toujours chaleureuse et tournée vers les autres. C'est une vraie perle ! Mon amie Mathilde vient sans doute du pays des clowns et des anges, car elle est pleine de douceur et nous fait rire autant par son sens de la répartie que par sa naïveté.

C'est ma grand-mère qui nous a inculqué l'habitude d'associer un pays fictif aux gens. Voilà une manière farfelue d'expliquer nos comportements. Dans mon cas, on a déjà affirmé que je venais du pays de la raison mais, paradoxalement, je proviens parfois aussi du pays de la folie. Ce concept est loufoque, de toute façon.

Le restaurant qu'a choisi Mathilde pour notre dîner offre une ambiance calme, et on s'y entend parler sans difficulté. Nous spéculons sur le sexe du bébé, mais au moins nous savons qu'il n'y en a qu'un : ce n'est pas une grossesse gémellaire, et le fœtus a tous ses morceaux. La première échographie a confirmé ces faits. Malgré le scepticisme d'Élodie, Mathilde répète qu'elle ne connaît pas le sexe du poupon à naître.

— Je dis LUI pour LE bébé… Si c'était une fille, ce serait UN bébé quand même ! Est-ce que les assiettes arrivent ? J'ai vraiment faim.

Élodie est sur le point de répliquer quand le serveur dépose enfin nos plats devant nous. Elle s'empresse d'immortaliser le moment en prenant des photos, qui se retrouveront probablement sur Instagram ou Facebook. S'adressant toujours à Mathilde, elle fait ses prédictions.

— Je suis sûre que ce sera un garçon ! Je pourrai te donner plein de choses de mon fils ! lance-t-elle. Ça sera super pratique, parce que tu vas voir qu'il en faut pas mal, des affaires…

Ça y est ! Elles vont disserter sur les bébés, l'éducation, les couches, les biberons, les devoirs et les leçons… De nous trois, moi seule ne suis pas maman ni en voie de le devenir. Je me sens un petit peu *out*. Ça accentue mon stress relativement à mon anniversaire qui approche. Celui que je redoute depuis mon enfance. Mon trente et unième…

Devrais-je leur parler de mon idée de rédiger une liste ?

Alors que la brunette parle de son amoureux avec admiration, la rouquine lâche platement que sa relation de couple devient déjà « ordinaire », que le père de son fils se montre souvent distant, peu intéressé et évasif. De mon côté, j'écoute…

Nous semblons toutes satisfaites de notre repas. Ça explique probablement la minute de silence qui s'étire pendant que nous dégustons nos plats.

Mmm, c'est vraiment bon. Délicieux.

Ma bouche nage en plein bonheur, et la sensation fait naître un flash du sourire craquant du mec au chapeau sur qui je suis tombée au bistro. Dans une image éclair, je me vois l'embrasser. Je dois vraiment être en manque. Et moi qui voulais le présenter à ma sœur... J'ai plutôt l'air d'une fille qui l'aurait gardé pour elle !

Nos amours constituent toujours un sujet de discussion important entre nous. J'informe mes amies de ma rencontre du midi avec mon ex, et elles me questionnent un peu. Elles savent bien qu'Olivier a été important dans ma vie, que j'ai connu l'amour grâce à lui. Elles savent me cerner. Bien que je joue à la fille heureuse d'être célibataire, je rêve tout de même de retrouver l'amour un jour.

— Il a mentionné qu'il viendrait souvent manger au resto, car son bureau a déménagé tout près.

Je repense à sa silhouette solide, à sa mâchoire de dieu... Je ne leur parle pas de mon attirance pour lui, encore aussi présente, ni de mon émoi qui m'a fait commettre une énorme maladresse. Pourtant, je sais qu'il est totalement inutile de leur cacher quoi que ce soit. Mathilde devine tout, chaque fois.

— Tu craques toujours pour lui, toi...

— Non. Oui. Non ! Il était avec quelqu'un. Une belle femme. Une super femme.

Elles se moquent gentiment de l'expression que j'ai employée, et je dois expliquer l'impression que m'a laissée Valérie, cette cliente que j'avais déjà remarquée quand elle était seule à sa table, avant qu'Olivier arrive.

— C'est qu'elle m'a semblé... très gentille, vive, sûre d'elle-même, et drôle. En plus d'être jolie.

— Intéressant... remarque Élodie sans que je comprenne ce qui la captive autant.

Elle poursuit.

— L'idée d'un *threesome*[1] avec mon homme et une femme m'était déjà passée par la tête, mais un *foursome*[2] pourrait aussi faire l'affaire...

Il n'en faut pas plus pour que Mathilde sorte de ses gonds. Elle se penche au-dessus de la table tout en baissant le ton.

— « Faire l'affaire » ? Un « *foursome* » ? Élo ! Je suis consciente que tu cherches à pimenter ta vie de couple, mais ce n'est certainement pas en allant voir ailleurs que vous vous sentirez mieux.

Mathilde est une fervente défenseuse de la fidélité. Ses valeurs et ses principes, elle les assume pleinement. Qui pourrait le lui reprocher ? De mon côté, j'aurais spontanément envie de lancer des morceaux de pain à Élodie en guise de réplique, mais mon repas est trop bon, je ne veux pas en

1 Partie de jambes en l'air à trois.
2 Partie de jambes en l'air à quatre.

gaspiller une bouchée. J'attends plutôt sa réponse pour savoir où elle veut en venir.

— Oui ! Non ! Est-ce qu'on peut appeler ça aller voir ailleurs ? Peut-être, mais mon mec ne serait pas exclu. Ça pourrait être lui, moi, l'ex de Doris et sa belle copine. Dis-le franchement, Doris. Il t'intéresse toujours ou j'ai le champ libre ?

Oh, bon sang ! Elle est sérieuse.

Maintenant, je lui balancerais mon assiette entière en plein visage ! Ben voyons, pourquoi cette agressivité ? Ce doit être mon vieux rêve de *food fight*[3] qui remonte. Ce fantasme flotte dans mon esprit depuis que j'ai visionné un documentaire sur la Tomatina. Cette fête espagnole annuelle pendant laquelle les gens font une bataille de tomates écrasées semble absolument exaltante.

En réalité, les propos d'Élodie ne me surprennent qu'à moitié. Elle s'est toujours montrée… libérée, moderne et sans tabous. Mais de là à envisager de partager son conjoint… et avec mon Olivier, en plus, ça me renverse un tantinet. Voilà que je m'appuie au dossier de mon siège et lève les yeux au plafond sans cacher mon exaspération.

— Tu es folle ! dis-je. Laisse-les tranquilles ! Je veux dire… Euh… si tu as besoin de nouveauté dans ta vie sexuelle, va au sex-shop, comme tout le monde !

Oups !

3 Bataille irrévérencieuse où les participants se lancent de la nourriture.

Je me suis exprimée un peu trop fort, considérant le calme qui règne ici. Quelques clients se tournent vers moi. Je suis gênée. Pour ma défense, je n'aime vraiment pas son idée. Ces images de « plan à quatre » me donnent mal au cœur.

— Comme tout le monde?... Ah oui? Tu ne nous as pas raconté ça... Tu y vas souvent, au sex-shop?

Je suis, comme on dit, « prise la main dans le sac ».

— Euh... Je ne t'ai pas parlé non plus de ma nouvelle tasse à mesurer, à ce que je sache. Il s'agit d'une banalité et non d'un fait d'intérêt public.

Voilà qui est bien répondu. En réalité, il y a bien longtemps que je n'ai pas fait un tour dans une boutique érotique. Mais quand je repense à mes hormones qui s'affolaient aujourd'hui, au bar, je me dis que je devrais peut-être y retourner bientôt...

— Tu as raison, c'est plutôt anodin. Mais c'est ta faute, tu nous as présenté Olivier comme un super fantasme! Souviens-toi comme tu nous faisais baver d'envie. Je n'ai rien oublié, moi.

— C'était pour moi, le fantasme, pas pour vous... Non, je veux dire...

— Ce doit être à cause de la façon dont vous vous êtes rencontrés, aussi. Votre séance de sexe dans l'ascenseur était digne d'un film! Amorcer une relation par une scène aussi torride en pleine panne électrique, c'est complètement dément, imbattable comme situation de départ. Maintenant, nous avons à revamper notre vie intime! Nous devons sans arrêt renouveler l'intérêt pour garder la flamme allumée et nous rapprocher un tant soit peu de ce que tu semblais vivre avec lui. Ha ! Ha ! Comme les retouches que je fais à ma maison à vendre pour la rendre plus attrayante... Des petites modifications qui en augmentent l'attrait...

— Viens-tu de comparer un « plan à quatre » incluant mon ex avec la vente de ta maison ?

Élodie cherche désormais à conclure cette discussion dans laquelle elle s'embourbe. Voyant que nous ne l'appuyons pas, elle dit que ce n'était qu'une idée sans importance. Ce n'est pas assez pour lui faire perdre son port de reine, cependant.

— De toute façon, Jean n'accepterait probablement pas. Il se montre si conservateur... Je parie qu'il aurait peur de perturber notre intimité, sans comprendre que c'est peut-être justement ça, le but. Il nous faudrait un jeu comprenant des défis de couple, peut-être.

Maintenant que nous avons eu amplement le temps d'apprécier nos mets respectifs, c'est le moment de partager. Élodie pioche dans le poulet au gingembre de Mathilde, qui en dépose un peu dans mon assiette. Je leur donne de ma morue au tamarin ainsi qu'un morceau de poivron rouge, car le goût est... particulier. Mathilde et moi fouillons également dans le plat d'Élodie, un cari de canard laqué.

— Mmm, c'est bon, mais c'est piquant ! dit Mathilde.

— OK, les filles, ça suffit, les sujets futiles ! J'ai peut-être besoin de votre aide, là.

Maintenant que j'ai toute leur attention, je ne peux pas me défiler. Je leur explique le manque d'action trépidante dans ma vie et mon idée de *bucket list*. Toutefois, je passe sous silence les raisons sous-jacentes à cette envie de me mettre au défi. Ce serait trop long à expliquer et ça ne serait pas utile à la conversation. Rapidement, le sujet les emballe.

— Piétiner le raisin pour faire du vin, voir le coucher du soleil dans le désert ! Voyager ! Faire le tour du monde ! propose Élodie.

Ses suggestions m'inspirent, mais je ne rêve pas d'un si grand voyage. Je ne veux pas être la copie de la blogueuse aperçue ce matin, je veux rester moi-même…

— S'approcher d'un arc-en-ciel, voir une aurore boréale ! soupire Mathilde.

Elle est romantique ! C'est vrai que ce doit être formidable. Déjà, pouvoir admirer les étoiles me semblerait génial. On les voit plutôt mal, en ville.

— Ouvrir ton propre resto ? avance la rouquine.

— Ha ! Ha ! Bien que je critique souvent mes patrons, je n'ai pas suffisamment la fibre entrepreneuriale, sans compter que je n'ai vraiment pas les fonds nécessaires pour un si gros projet !

— Apprendre un art ? La peinture, peut-être ? suggère la brunette. Ou quelque chose en lien avec la photo ! Tu aimes la photographie !

— Ouais, c'est une bonne piste, Mathou, je vais y penser.

La future maman revient à la charge avec autre chose.

— Te sortir de tes petites habitudes sur le plan social... Tu sais, parfois, tu es gênée d'être sur la sellette. Il faudrait que tu te dépasses, même si des gens te regardent...

Ce qu'elle dit me laisse songeuse. Elles me connaissent bien, mes amies. Élodie profite de mon silence pour relancer le *brainstorm* de possibilités.

— Sauter en parachute, faire un tour de montgolfière... Te faire enfin tatouer, comme moi !

— Un saut en parachute ? T'es malade ! Trop extrême...

— Ouh là, je trouve que ça commence mal. On te donne des idées, mais ça te sortirait trop de ta zone de confort ?...

— Tu as raison, Élo.

C'est vrai qu'elle n'a pas tort. Je roule les yeux au plafond et m'attaque plutôt à l'autre idée d'Élodie, qui concerne le tatouage.

— Le petit cœur sur ta poitrine te va bien, Élo, mais tu sais que ça ne m'a jamais intéressée, dis-je à celle qui arbore déjà un dessin à l'encre permanente sur son corps. Je n'ai pas besoin de ça pour afficher ma personnalité.

— Choisir un livre de recettes et cuisiner tous les mets qu'il propose, créer un blogue sur ton métier... conseille la future maman.

« On va me lâcher avec les blogues... ? » me dis-je avec un tantinet de mauvaise foi.

— Te trouver un mec ! enchaîne Élodie.

— Ha ! Ha ! Surtout pas ! Après, peut-être. Je veux dire, après l'été. Quand j'aurai trente et un ans, pas avant.

Élodie me jette un regard étrange à la suite de cette précision. Mathilde, quant à elle, est plutôt préoccupée par le bonheur de ma sœur.

— Et puis, parlant de vie de couple, Cindy s'est-elle fait un petit ami ?

— Non. J'ai voulu qu'elle vienne au bar ce midi, justement. J'avais repéré un mec pour elle. Un jeune homme avec une bouche d'enfer. Euh… je veux dire un type qui m'a paru vraiment bien. Mais elle n'a pas voulu. J'aimerais tant qu'elle sache un peu ce que c'est qu'être amoureuse. Je voudrais l'orienter vers quelque chose d'épanouissant…

— Laisse-la faire. Il n'y a rien qui presse, conseille Élodie. C'est à elle d'y voir. Pourquoi tu ne cherches pas pour toi-même, hein ? Il serait temps de remplacer Olivier, non ? C'est quoi, cette histoire d'attendre après l'été ?

Voilà. Je les reconnais bien, ces deux-là. Mathilde, qui croit que l'amour est la solution à tout (et qui se comporte comme la police de nos consciences), souhaiterait que tout le monde soit en couple, et donc, heureux. Et Élodie, qui, bien qu'elle ait un conjoint, agit plutôt selon le principe « Vive la liberté ! ».

Quant à savoir s'il n'est pas temps pour moi de trouver l'homme de ma vie, non ! Ça viendra bien assez vite, ne précipitons rien. Comme je ne réponds pas, c'est Mathilde qui le fait. Elle est toujours prête à parler d'amour.

— En tout cas, Charles et moi, c'est le bonheur. On se dit tout et on s'aime, affirme-t-elle.

J'aime l'entendre, mais ce n'est clairement pas encore mon tour de vivre une relation si intense. Je ne peux m'empêcher de revoir mentalement Olivier, qui semblait si attentionné auprès de sa Valérie. Il l'était également avec moi, au début. Puisque deux années se sont écoulées depuis notre rupture, je croyais avoir tourné la page, mais je n'en suis plus certaine.

De toute façon, je ne voulais pas me caser avant d'être vieille.

Puis, notre douce Mathilde nous fait part d'une inquiétude qui la ronge depuis un moment, concernant son poupon qui naîtra dans quelques mois.

— Les filles, j'ai peur. Et si je ne l'aimais pas, mon bébé ? Vous voyez, le coup de foudre maman-bébé dont on entend parler… Si ça ne marche pas entre mon poupon et moi, qu'est-ce qu'on va faire ?

— C'est sûr que tu vas l'adorer, Mathou… Il va être tout mignon, et ce sera le tien… lui dis-je.

— Comment tu le sais ? Tu n'en as pas, toi…

Ouille. Je me doutais bien que ça me retomberait sur le nez. Malgré tout, il doit me rester de la crédibilité, car Élodie est du même avis que moi.

— C'est incontestable que tu vas l'aimer, ajoute-t-elle sans plus argumenter.

— Mais comment en être certaine ? Ça peut être différent pour chaque personne…

Élodie et moi nous regardons et décidons de changer de sujet. Nous sommes certaines qu'elle adorera son petit, mais nous ne voulons pas lui mettre de pression. Alors, Élodie reprend là où elle s'était arrêtée et nous parle de la monotonie qui s'est installée au sein de son couple. Puis, elle passe des commentaires sur la gent masculine qui nous entoure. Son œil s'arrête principalement sur les hommes qui sont accompagnés, comme si elle se comparait en même temps aux femmes avec qui ils sont. Je suis un peu perdue dans mes pensées, mais la voix lointaine de Mathilde me ramène au moment présent.

— Arrête ton repérage, Élo.

— C'est Doris qui semblait toujours en maraude, avant.

Quoi ? Ai-je entendu mon nom... ? Accompagné, en plus, d'une accusation ?

— Ce n'est pas vrai !

Quelques secondes s'écoulent avant que je reprenne.

— Ouais, d'accord, j'ai eu une passe un peu folle où je ne cherchais qu'à m'amuser. J'imagine que c'est naturel après une rupture...

— Évidemment que c'est normal, répond Élodie. On devrait d'ailleurs aller se trémousser après le repas. Ça vous tente de vous faire draguer ? Vous savez ce qu'on dit : quand les souris dansent, les chats sont fous !

— Il n'y a que Doris qui est libre, Élo... lui rappelle Mathilde.

— Un petit flirt, ça fait toujours du bien au moral !

Le serveur ramasse nos assiettes et nous propose les douceurs sucrées du menu.

— Non, merci, pas de dessert.

Tant de dîners se sont terminés par des nausées parce que nous avions commandé des gourmandises même si nous avions assez mangé ! Je me souviens de m'être forcée tellement souvent… une bouchée à la fois… C'est ridicule ! Mais ça m'arrive encore à l'occasion de me goinfrer.

Nous abordons un moment le *Facebook flirt*, cette tendance de plus en plus répandue consistant à utiliser le réseau social pour entretenir des discussions intimes plus ou moins chastes. Élodie prétend qu'il n'y a rien de mal à ça et que c'est plutôt agréable. Je devrais peut-être l'ajouter à ma liste ? Non, honnêtement, ça ne me dit rien. Et puis, je ne m'inquiète pas, les idées et les ambitions viendront.

Finalement, nous décidons de ne pas sortir danser. Au moment de régler les additions, nous avons une brève discussion concernant les pourboires. Ça arrive souvent. Je tente de leur inculquer le principe d'en accorder un qui soit honorable, parce que je connais ce sentiment de dépendre de la générosité des clients. Ensuite, je laisse sur la banquette un roman que j'ai placé dans mon sac à main avant de partir de chez moi. Je le fais régulièrement, pour donner au suivant. Puis, nous sortons du restaurant.

Brrr. Il a eu beau faire chaud durant le jour, la fraîcheur de la soirée nous rappelle que nous ne sommes qu'en avril ! Nous sommes tout près des voitures de mes amies quand vient l'inévitable montée d'émotions, ce besoin d'exprimer la force de notre amitié.

— En tout cas, je vous aime, les filles ! affirme Mathilde avant que nous nous quittions.

— Ah, moi aussi ! dis-je en ouvrant les bras.

— Ah… Vous êtes trop mignonne et je vous adore ! On se fait un câlin en prenant un *selfie* ! propose Élodie. Allez, on fait une grimace !

Notre amie rouquine immortalise tous les moments de son existence pour alimenter son compte Instagram. Moi, je préfère sourire de façon naturelle. Et de toute façon, je me sens plus à l'aise derrière la caméra que devant. L'appareil me protège, on dirait. En plus de servir de loupe ainsi que de deuxième paire d'yeux, ça me fait une sorte d'armure contre… le jugement, le laisser-aller… Oser me montrer sous un autre jour serait un sacré défi.

Je me considère d'ailleurs comme une amatrice de photographie, mais la vraie. Celle avec un grand P, quand c'est de l'art ! Je sais, je me la joue un peu avec ça. J'assume. Élodie, elle, prétend que ses clichés sont de l'art aussi, car elle en assure l'esthétisme en ajoutant des filtres…

En tout cas, je suis bien entourée et je trouve que ma vie est belle ! Ces rencontres entre filles débutent et finissent toujours par un câlin de groupe semblable à celui-ci. Puis, mes deux amies retournent dans les bras de leur homme respectif.

Pendant mon trajet en métro, je repense à cette liste dont l'idée germe sérieusement dans mon esprit depuis ce matin. Les filles ont énuméré plein de trucs inspirants. Dès que j'arrive chez moi, je la complète. J'y vais spontanément avec des défis auxquels j'ai réfléchi et des choses qui me font rêver. Au sujet de la photo, Mathilde a raison, ça m'interpelle. Mais je crois que j'augmenterai le défi jusqu'à me dépasser DEVANT la caméra.

Un saut en parachute… Un saut en parachute…
Un saut en PARACHUTE ! C'est trop fou, bon sang !

Je peux à peine croire ce que j'ai en tête en ce moment. Je vais le faire. Et seule, qui plus est ! Après ça, rien ne sera hors de ma portée. Ça m'apporte une énergie incroyable rien que d'y penser.

D'autres idées surgissent ensuite. Il ne me reste qu'une rangée sur sept à compléter. Sept... Ce chiffre me parle. Il est considéré comme magique, ou du moins, très significatif dans plusieurs domaines. Après tout, c'est le nombre de jours de la semaine et d'étoiles les plus visibles de la Grande Ourse. Il y a aussi sept couleurs dans l'arc-en-ciel et sept notes de musique !

1. Aider Cindy à trouver l'amour
2. Une « première fois », hors de ma zone de confort...
3. Une folie devant l'appareil photo
4. Admirer les étoiles
5. Sauter en parachute !!!
6. Participer à une bataille de nourriture !
7. ~~Folie sexuelle? Lieu inusité?~~ Ha, ha ! Non

Je finirai par trouver mon dernier défi, je ne m'en fais pas. Je ris toute seule en repensant à la fois où ma grand-mère m'a suggéré celui que je viens de biffer en septième position. Il n'était alors pas question de cette liste, bien sûr, mais seulement de mettre du piquant dans ma vie. Elle est unique, ma grand-maman ! Mais ça ne risque pas de se produire, surtout que je n'ai pas de partenaire et que j'ai bien l'intention que ça reste comme ça encore un bout de temps. Ma très chère Odile, elle a encore tant d'amour et d'énergie !

Chapitre 3

Prête, pas prête…

Ça y est ! On peut dire que je n'ai pas perdu de temps ! J'ai travaillé fort toute la semaine sur la réalisation d'un premier défi de ma liste. Dès le lendemain de mon dîner avec les filles, je me suis mise à la recherche du meilleur endroit où faire un saut en parachute. Je voulais avant tout que l'activité inclue un moment de chute libre et que le site ne soit pas trop loin de Paris. J'ai rapidement trouvé, ce n'était pas sorcier. Mais n'ayant pas de voiture, je devais dénicher un moyen de transport pour m'y rendre. Ce qui s'est alors produit est presque un miracle. Par l'entremise d'une cliente, j'ai appris qu'un groupe d'amis avaient prévu une sortie de parachutisme au même endroit et qu'ils cherchaient des gens souhaitant s'y rendre aussi afin de justifier la location d'un minibus. Je les ai contactés et j'ai foncé.

Nous sommes partis de Paris à sept heures trente ce matin. Les autres membres du groupe doivent me trouver un peu sauvage. Je vis tout ça intérieurement. Je ne leur ai presque pas adressé la parole. Ils sont onze amis, et nous sommes deux à nous être greffés à eux. Bien sûr, nous nous sommes présentés brièvement, mais ensuite j'ai pris place sur mon siège et je regarde par la fenêtre depuis. Une certaine Maude, qui fait partie de la bande et qui connaît tout le monde, effectue le trajet à mes côtés. Bien qu'elle soit très gentille, je ne me suis pas montrée très ouverte à la conversation. Cependant, mon rictus dit toute l'excitation qui m'habite. Je crois que cet impossible sourire de satisfaction est apparu dès mon réveil et qu'il ne s'estompera jamais.

Nous passons par la réception, où il faut signer une décharge de toute responsabilité advenant un accident entraînant des blessures graves ou même la mort. Rien de ça ne m'effraie. Aujourd'hui, je suis survoltée et déterminée.

Puis, une très courte séance de formation fait de nous des « débutants experts », prêts pour l'expérience ultime du saut en plein ciel, à quatre mille mètres d'altitude. Tout ce dont je me souviens, c'est de la position à adopter une fois dans le vide, celle d'un écureuil volant.

En attendant l'avion, nous revêtons des combinaisons spéciales et avons le temps de bavarder. Je m'entends bien avec Maude qui, contrairement à ce que j'aurais cru, est étudiante. Je la pensais de mon âge, mais elle n'a pas la trentaine.

Tout comme moi, elle est si excitée qu'elle peine à gérer son énergie.

Voilà que des parachutistes expérimentés nous sont attribués. Le plus mignon d'entre eux s'avance vers moi et se présente en me tendant la main.

— Alexandre.

— Doris.

— Tes beaux yeux sourient autant que tes lèvres, tu sais ?

Ha ! Ha ! Ha ! Nous révisons les consignes de sécurité ensemble, puis mon instructeur me raconte des anecdotes avec passion. J'ai vraiment hâte de me lancer dans le vide. Il est visiblement dans son élément et il me fait rire. Ou peut-être est-ce seulement l'effet de l'adrénaline ? Je ne cesse de me bidonner.

Une fois à bord, c'est encore pire. Je m'esclaffe à tout moment et ne m'arrête plus. C'est l'idée de monter si haut dans le seul but de sauter en bas qui me fait rire autant ? Ou est-ce Alexandre ? Non. Cette activité des plus folles est absurde, et c'est complètement euphorisant. Comment des gens ont-ils pu avoir l'idée du parachutisme ?

C'est tout simplement génial.

Nous sommes en rang, l'un derrière l'autre, une jambe de chaque côté d'un banc. Mon partenaire de tandem est collé dans mon dos et m'attache à lui solidement avec des sangles et des mousquetons. Quand il approche sa bouche de mon oreille pour m'expliquer ce qu'il fait, son souffle me donne des chaleurs. Est-ce sa proximité ou le saut que je m'apprête à faire qui affecte ma respiration ? Notre position fait monter en moi des images érotiques et je ris encore, ne comprenant pas tout à fait le dynamisme grandiose qui m'envahit.

Nous y sommes. À genoux au bord de l'ouverture de l'avion, Alexandre, toujours collé derrière moi, me fait des signes avec ses doigts. Trois, deux, un. *Go !*

Une vue immédiate sur le sol, beaucoup plus bas, s'offre à moi. J'ai le souffle coupé. Alexandre me tapote l'épaule pour que j'adopte la position adéquate en chute libre.

Ça y est.

Oh.

Waouh.

Je vole.

Nous ne sommes pas en train de tomber, mais bien de survoler le territoire. Nous flottons en plein paradis, Alexandre et moi. Littéralement. Le sentiment est indéfinissable. Je plane.

Une fois le parachute ouvert, nous tournoyons en rigolant tous les deux. C'est tout simplement magique. Gagnée par l'allégresse, je viens de vivre un des plus beaux moments de ma vie. Le sol approche. Je lève les jambes de façon à atterrir sur les fesses comme on me l'a enseigné. Mon bel instructeur nous assure une arrivée tout en douceur. Exaltée, je sens mon cœur battre à tout rompre. Alexandre me détache, et je me retourne vers lui sans réfléchir. Puis, je fixe son regard heureux rempli de dopamine et plaque ma bouche sur la sienne !

Il n'est pas midi, et presque tout le monde dort dans le minibus qui nous ramène en ville. Mine de rien, nous avons imposé un grand stress à notre organisme aujourd'hui. La première chose que je souhaite faire une fois chez moi est d'appeler ma grand-mère. Je lui détaille tout depuis le début. Le vrai commencement, depuis l'idée de me mettre au défi. De toute manière, Odile connaît ma façon de voir mon trente et unième anniversaire. Elle sait tout. Alors, je lui parle de ma liste et de ce premier défi personnel relevé haut la main. Je ne suis pas peu fière quand je lui relate mes démarches, et que dire de cette sensation formidable ressentie durant mon « vol » ?

Bon, rien ne sert de lui parler d'Alexandre. Quand je l'ai embrassé, mon bel instructeur a posé les mains sur mes épaules en m'éloignant de quelques centimètres. Je n'ai pas compris ce que son langage non verbal signifiait. Mais peu importe. N'ayant aucune intention de me caser, je n'ai agi que sur l'impulsion du moment.

J'appelle ensuite ma sœur pour lui raconter sensiblement la même chose, en ayant par contre le réflexe d'être un peu plus concise. Pour sa part, elle n'a rien de neuf à m'annoncer.

* * *

Ce printemps passe vite comme l'éclair. Nous sommes déjà à la fin mai, l'été approche à grands pas. Avant d'aller travailler, je marche en direction de chez Odile, ma belle Odile !

Ma mère, ma vraie mère, a eu sa marmaille très jeune. Il paraît que c'est une bonne excuse pour nous avoir quittés alors que nous étions, nous aussi, très jeunes. Mes souvenirs d'elle sont flous et teintés d'une sensation de peur et de mal de ventre. Je me rappelle qu'elle criait et que ça m'effrayait. Quand elle est partie, mon frère aîné venait de fêter ses onze ans, et ma sœur en avait quatre. Cette dernière n'a pas le même papa qu'Adam et moi, mais ça ne fait aucune différence. Aucun de nous n'a connu celui qui l'a conçu. Nous ne savons pas non plus où notre génitrice se trouve, et je m'en porte très bien. Pendant une dizaine d'années, nous avons reçu une carte postale de temps à autre, chaque fois d'un endroit mystérieux. Ces cadeaux empoisonnés que nous offrait la boîte postale nous ramenaient immanquablement à nos perpétuelles questions sans réponse.

Pourquoi était-elle partie ?
Où était-elle ?
Quand reviendrait-elle ?

Je me demandais également si elle pensait à nous, ses enfants. Ces cartes occasionnelles constituaient une miette de réponse. Puis, plus rien. J'ai d'abord pensé qu'elle était morte. Plus âgés, mon frère et moi avons élaboré d'autres scénarios. Peut-être était-elle amnésique, ou trop droguée pour se souvenir de nous... Peut-être avait-elle refait sa vie et souhaitait-elle effacer son passé, dont nous faisions partie...

Cindy, alors adolescente, se passionnait déjà pour le sort des animaux et placardait des photos de bêtes perdues sur les poteaux qui bordaient la rue. De son côté, elle n'alimentait aucune supposition quant à ce qu'il était advenu de notre mère.

Nous avons donc grandi avec nos grands-parents, chez qui nous habitions déjà quand ELLE est partie. Toute une gamme de sentiments à son égard m'ont jadis envahie... Mais je préfère ne plus y penser.

J'aperçois la maison de ma grand-mère, que nous avons toujours appelée par son prénom. Odile est belle avec ses cheveux argentés courts et invariablement bien placés. Son air déterminé peut sembler pincé, mais elle est tout sauf prétentieuse. Elle est proactive et dit venir du pays de la débrouillardise. Avec Odile, il y a en effet des solutions à tout ! Elle peut même faire des miracles avec du ruban adhésif et des colsons. À l'occasion, je l'appelle affectueusement mamie, et elle me surnomme parfois son p'tit soleil ou simplement Dodo.

Pascal, mon grand-père, est décédé il y a trois ans. Notre chère Odile est maintenant seule. Sa mobilité est réduite, et sa situation se détériore lentement. Heureusement, elle bénéficie du soutien d'un organisme franchement génial qui lui procure les commodités essentielles à son autonomie. Sa salle de bain a été adaptée à sa condition, et cette semaine, on lui a installé une rampe d'accès qui traverse sa porte-fenêtre et lui permet de sortir prendre l'air sans aide, dans son fauteuil roulant.

J'ai une clé de sa maison, donc je frappe, j'entre et j'annonce ma présence avant de la rejoindre. Elle est sur sa terrasse, à l'arrière. Elle irradie de bonheur, celui de s'y être rendue toute seule.

Je l'embrasse et m'installe sur une chaise à ses côtés. Le temps est très confortable, en cette matinée de la fin mai. Tout autour de sa propriété, de l'autre côté de la clôture, nous apercevons la végétation des terrains voisins. Sa terrasse est grande. Elle prend presque tout l'espace de sa petite cour urbaine enjolivée par des jardinières fleuries qui colorent à merveille l'environnement.

– Sapristi, je suis si contente de ma nouvelle rampe que je m'en sers chaque jour. Sucre et moi, on mange ici, on lit ici, on jardine ici et on se repose ici…

Son regard est lumineux, surtout quand elle parle de ce qu'elle aime. Son petit chien est tout à fait à l'aise dans la cour, mais ne sort jamais par l'avant de la maison.

– Ah oui, Sucre lit avec toi ? C'est un animal bien spécial, dis donc ! Et… c'est lui qui fait des trous dans tes belles jardinières colorées ?

– Non, ça, c'est madame Marotte ! lance-t-elle comme on balaie une mouche dans les airs.

– Ha ! Ha !

Madame Marotte habitait la maison voisine de celle où j'ai grandi. Tout ce qui se passait chez nous était mis sur son dos.

C'était pour rire, bien sûr. «Qui n'a pas ramassé son assiette? Madame Marotte.» «Je ne trouve plus ceci, qui l'a pris? Madame Marotte!» C'était une façon de dédramatiser plus que de se déresponsabiliser devant les situations problématiques qui survenaient. Dire que nous en rions encore... C'est incroyable. Ce sont de bons souvenirs. Adam, mon frère, était devenu le meilleur à ce «jeu». Il avait le don de détecter les moments les plus appropriés pour blâmer la voisine. Oui, il avait... Aujourd'hui, je ne sais plus trop, parce que j'ai plus ou moins coupé les ponts avec lui depuis que j'ai eu de sérieux doutes quant à sa loyauté.

— Alors, c'est ça, dis-je à Odile, je travaille maintenant pendant le service du midi. C'est la raison pour laquelle je ne porte pas ma petite robe. Le midi, le code vestimentaire est plus flexible. Notre tenue doit quand même être moulante et un peu sexy, mais on peut mettre un pantalon ou une jupe en jeans. Toujours avec un haut noir. Au moins, on n'est pas obligées d'exhiber nos formes. Et puis, je me garde le plaisir de changer la couleur de mes chaussures constamment. Cela dit, cet horaire ne fait pas mon affaire. Les soirées sont plus payantes, et c'est une nouvelle serveuse qui a hérité de l'horaire que j'avais. Je n'apprécie pas toujours la façon qu'a le boss de gérer les choses.

— Tu trouves invariablement quelque chose à redire sur la gestion. Au resto où tu travaillais avant, souviens-toi, tu n'aimais pas que les pourboires soient systématiquement partagés entre tous les employés. Il n'y a pas de situation parfaite, Doris...

— Je sais. Mais je commence quand même à regarder ailleurs. Ça me répugne qu'autant de propriétaires fassent fi des normes du travail! fais-je en pianotant sur ma cuisse. Sans compter la nouvelle compagne de mon patron qui joue à la directrice d'école, ou plutôt à la mère supérieure! Ha! Ha!

L'esprit ailleurs, j'ai soudain une pensée pour ces recrues en formation qui sont payées au taux horaire des salariés à pourboire, alors qu'ils n'ont pas encore le droit d'en récolter. Ça me fâche aussi de songer aux heures supplémentaires qui nous sont parfois imposées pour terminer le service ou pour faire du ménage, et ce, toujours au même taux ou, pire, sans rémunération du tout si le temps alloué est dépassé. Oh, et que dire des patrons qui exigent de leurs serveurs qu'ils remboursent le manque à gagner causé par leurs erreurs ou par les clients qui partent sans acquitter leur dû... Je devrais gérer un restaurant, un jour, en respectant le personnel, évidemment. Il y a tant d'employeurs qui fonctionnent dans l'illégalité en se balançant des normes! Je n'oublierai jamais la réaction d'un de mes anciens patrons, qui était le riche propriétaire d'une dizaine d'établissements.

Quand je lui ai parlé des normes du travail, qu'il bafouait en exigeant de ses employés un remboursement de ses pertes, il m'a répondu de son air hautain et suffisant : «Ah. Eh bien, poursuis-moi.» J'ai vu rouge, tellement il m'a mise en colère. Mais Odile m'a déjà assez entendue me plaindre à ce sujet, je dois maintenant me changer les idées pour ne pas l'ennuyer avec mes humeurs de justicière.

Ma grand-mère appuie son menton dans sa main, ce menton qui porte la signature familiale, une fossette à la John Travolta. J'avais un conte pour enfants qui traitait de cette particularité, quand j'étais fillette. J'ai pris goût à la lecture plus tard, une fois ma mère partie. Les livres ne nous laissent pas tomber, eux...

— Qu'est-ce qui te tracasse, ma Dodo ?

— Rien.

Je n'ai pas envie d'avouer l'autre sujet qui me hante.

Zut. Comment fait-elle pour percevoir mes états d'âme ?

Cherchant à esquiver la question, je m'inspire d'une des photos de famille qu'Odile a dans le salon pour relancer la discussion.

— OK, je pensais à Adam.

— Oh, est-ce qu'il va bien ? Il n'a pas d'ennuis, j'espère ?

Oh, grrr. Mauvaise réponse. Pourquoi ai-je nommé mon frère, le dernier dont j'ai envie de parler avec elle ? En réalité, j'étais *peut-être* un tout petit peu en train de réaliser que j'allais éventuellement avoir la *possibilité* de *peut-être* revoir Olivier, puisqu'il a dit qu'il allait revenir souvent manger au resto...

— Non, non. En fait, je n'ai pas eu de ses nouvelles depuis un moment, dis-je.

Ce qui n'est pas faux, puisque j'évite mon frère.

– Je lui demanderai de t'appeler, si tu veux. Il me téléphone plusieurs fois par semaine.
– Ah bon ?

Là, je suis surprise. Après ce qu'il lui a fait, il ose jouer les bons garçons ? Il est vraiment culotté. Je demeure songeuse, perdue je ne sais où… au bar…
– Toi, tu as l'expression d'une femme qui est préoccupée par un homme… devine-t-elle.

Qu'est-ce qui me prend ? L'image qui me saute à l'esprit est celle de la bouche invitante du type au chapeau… Celui sur lequel je suis tombée au resto, au début de la saison. Je ne le connais même pas. Ce n'est en fait qu'un souvenir flou, une impression vague. Il faut dire que je venais tout juste de voir Olivier quand cet incident s'est produit. Mes perceptions devaient donc être aussi chamboulées que je l'étais moi-même. Il y a déjà plus d'un mois que c'est arrivé.

Ce printemps est chaud depuis le début. Le mois de juin ne s'est pas encore pointé, il n'est que onze heures, et la chaleur est déjà très présente. Heureusement que la galerie de ma grand-mère a un toit, nous sommes à l'ombre.

Je suppose qu'une quelconque bestiole a dû passer, car Sucre aboie et il y met tout son cœur. Quand cette petite boule blanche s'égosille de la sorte, il n'y a rien à faire pour qu'elle accepte de se taire, sauf peut-être lui offrir à manger. J'appelle le chien pour attirer son attention et qu'il cesse de japper. Il continue.
– Il ne m'entend pas !

— Oh que si, il nous entend, regarde bien : Manger ! s'écrie Odile.

Miraculeusement, le toutou s'amène en courant vers sa maîtresse.

— C'est fou ce qu'il est gourmand ! Il réagit plus au mot « manger » qu'à son propre nom ! Je vais t'en donner un p'tit peu, mon petit Sucre. Viens ici... dit-elle à son animal, maintenant assis à ses pieds.

Odile lui accorde une minicroquette qu'elle garde près d'elle pour ce genre de situation. Ça peut toujours être utile.

— Tous les chiens sont gourmands, c'est pour ça que les conseils de dressage incluent le fait de donner des sucreries pour les récompenser, affirme ma grand-mère.

— Oui, mais il y a « gourmand » et « glouton » ! Ah, trop chou... Quand j'ai prononcé le mot glouton, il a fait son petit air mignon, la tête penchée sur le côté ! Viens ici, petit Sucre, que je te caresse !

Il est adorable. Je craque pour ses miniyeux ronds et son oreille tordue.

— Te concentrer sur mon petit toutou est le moyen que tu as choisi pour détourner la conversation, ma Doris ? Ce subterfuge ne pourra pas fonctionner chaque fois, je t'avertis, ma chérie.

— Je vais bien, ne t'en fais pas ! Et je dois partir, maintenant.

— Merci de ta belle visite, mon p'tit soleil, me dit-elle en prenant tendrement ma main dans les siennes. Si ça avait été les vingt dernières minutes de ma vie, je serais comblée.

— Oh, Odile, je n'aime pas ça quand tu parles de tes dernières minutes… Tu n'es même pas vieille !

Ce sujet revient à l'occasion et il me fait toujours un peu peur.

— Tu sais que ça pourrait être tes derniers instants à toi aussi, hein ?

— J'en suis consciente ! Tu nous as dit à tant de reprises que ça pouvait être nos vingt dernières minutes, ou notre dernier jour, dans le but de nous inciter à profiter du moment présent… Mais ça m'angoisse plus qu'autre chose. Tu me dis ça pour que je ne remette pas à plus tard ce que je dois faire ou ce que je veux vivre. Mais de toute façon, ces vingt minutes ne seraient pas suffisantes pour entreprendre une activité et VIVRE ce que je veux vivre…

— Au moins, tu aurais essayé et entrepris quelque chose. Et la réalisation de cette « activité » se concrétiserait si tu avais amorcé la réflexion. C'est pourtant en accord avec ta fameuse liste, non ?

« Au moins amorcer la réflexion »… C'est à peine si je l'ai fait concernant ma liste de choses à faire avant d'être vieille. Durant le dernier mois, j'y ai songé sans trop me poser de questions. Je n'ai même pas levé le petit doigt pour parvenir à relever mes autres défis. Quand les filles m'en ont demandé des nouvelles, j'ai refusé de divulguer en quoi mes défis consistaient. Sauf, bien sûr, pour ce qui est du tout premier que j'ai réalisé, dont je suis si fière. Mais ensuite, on pourrait croire que j'ai tout oublié. Ce n'est pas exactement le cas, mais je n'ai pas encore eu le courage d'affronter mes autres objectifs, aussi simples soient-ils. Après l'euphorie, la période de latence... Sauter d'un avion en plein vol, c'est bien beau, mais ce n'est pas tout.

Je ne veux pas que les filles me mettent la pression, alors je ne leur ferai aucune mise à jour. Ce défi m'appartient à moi seule.

Je reviens rapidement à la discussion en cours.

— Si c'était le dernier jour de ma vie, je ne souhaiterais pas réaliser un rêve, j'aurais seulement besoin d'être avec toi. Et avec Cindy. Mes objectifs valent quelque chose parce qu'il y a un « après ». Un avant et un après le 21 août. Mais tu as trop raison pour que j'argumente. Vivre à fond et apprécier le moment présent, le rendre digne d'être le dernier. J'ai compris.

— Pense à ça... ajoute-t-elle, mine de rien.

— À quoi ?

— À quelque chose que tu pourrais accomplir pour être en paix avec toi-même, quelque chose à ajouter à ta liste... Ce n'est peut-être pas sans raison que tu avais Adam en tête tout à l'heure. J'ignore quel est votre différend, mais peut-être serait-il temps de reparler à ton frère ?

Je soupire et l'embrasse. Elle n'insiste pas.

Sans l'ombre d'un doute, j'aurais dû trouver une autre ruse pour éviter de parler d'Olivier. Je ne veux pas parler d'Adam avec elle, car en réalité, ma chère Odile est au cœur du problème avec mon frère. Sans le savoir. Ma mamie s'est fait arnaquer quelques semaines seulement après avoir touché l'héritage de son mari. Elle a perdu de grosses sommes d'argent alors qu'elle en avait besoin pour assurer son autonomie, ici, dans sa maison. Elle a prêté son argent, puis il y a eu cette histoire de trou informatique combinée à un placement douteux voué à l'échec.

Je n'y ai jamais rien compris.

Durant la même période, mon frère est devenu distant et a obtenu un emploi de journaliste dont on ne sait rien. De plus, il a déménagé à Lille, ce que j'ai trouvé très louche. Même son attitude était suspecte quand nous abordions le sujet. J'ai déjà osé laisser entendre que tous ces changements pouvaient avoir un lien avec ce qui était arrivé à notre grand-mère. Je ne l'ai que très peu revu depuis. Le fait qu'il ne tente pas non plus de me revoir n'a que confirmé mes doutes.

Je n'en ai jamais parlé à qui que ce soit de la famille. J'en ai seulement glissé quelques mots à mes amies. Je me suis dit que d'en discuter avec des personnes qui ne sont pas impliquées émotionnellement n'allait pas avoir de conséquences. C'est comme écrire dans un journal intime; ça permet de se vider le cœur sans faire exploser de bombe au sein de la famille. Elles aussi ont trouvé ça louche, toute cette histoire. Mais malgré ma rancœur, je n'ai jamais voulu détruire l'amour que Cindy et Odile ont pour mon frère. Alors qu'un goût amer me reste en travers de la gorge, ma sœur et ma grand-mère ont toujours de bons contacts avec lui.

Je me remplis les narines de la réconfortante odeur de lessive que dégage ma belle Odile en lui faisant un câlin. Une mamie comme elle, c'est irremplaçable. Elle est si précieuse! OK, au boulot!

** **

Quand je travaillais le soir, l'affluence me semblait plus stable, c'est-à-dire que de vingt-deux heures à la fermeture, nous n'arrêtions pas une minute. Maintenant, c'est un gros *rush* à midi, mais après treize heures, c'est super tranquille. Bon sang! Ne mangez pas tous à la même heure! Ce ne serait pas plus compliqué de varier un peu les périodes du déjeuner, il me semble! Les horaires de travail devraient laisser cette latitude.

Un client assis seul à sa table regarde le menu depuis quelques minutes et semble me chercher.

— Vous êtes prêt à commander?

— Vous n'avez pas de club sandwich?

— Non, ce n'est pas au menu. Je vous laisse encore quelques minutes?

— Non, non, je suis pressé. Euh... attendez... je vais choisir autre chose.

Pas de problème, je n'ai que ça à faire…

Il a quand même la liste des mets dans les mains depuis son arrivée. Il aurait dû prévoir un second choix. D'autres clients m'appellent. Tant pis.

— Je reviens dans une minute, lui dis-je sans ménagement.

Il semble mécontent, mais il n'est pas le seul client, je me demande s'il l'a remarqué... Alors que je cours ici et là, mes ballerines rouges doivent s'agencer avec la couleur de mes joues. J'ai apporté ma veste, mais je bouge tellement que je n'en ai pas besoin. Quand les clients ont un petit frisson, moi, j'apprécie le courant d'air, et quand ils enlèvent une épaisseur, je suis en sueur.

Oh, elle est là ! La belle Valérie. Olivier viendra-t-il la rejoindre ?

— Bonjour !

Relaxe, Doris, n'en fais pas trop. Qu'est-ce que c'est que ce sourire trop grand qui remonte jusqu'à mes oreilles ?

Elle me sourit aussi et me demande un bulles de minuit, comme la dernière fois. Il n'y a qu'elle qui m'en commande, ce n'est pas une consommation qu'on prépare souvent. Ça fera sourire notre gentil barman de mixer quelque chose de différent. À part la bière, on revient toujours à l'éternel bloody, aux mojitos ou aux sangrias...

Pourquoi est-ce qu'elle m'impressionne autant, cette fille ? Serait-ce parce qu'elle a l'homme que je n'ai plus ? Je ne fais pas que la trouver jolie, je suis subjuguée par ce qu'elle dégage. Le naturel, l'aplomb... de même que la beauté. Je ne peux m'empêcher de me demander comment ils se sont rencontrés. Serait-ce d'une façon aussi intense qu'Olivier et moi ? Impossible. Une telle scène n'arrive qu'une fois dans une vie. Je préfère croire que ce désir mutuel insensé était unique, qu'il nous est propre, à Olivier et à moi.

Toutes ces délicieuses odeurs m'ouvrent l'appétit. Le monsieur qui voulait un club mangera un *fish & chips* et, pour les deux collègues de la table du coin, ce sera le menu du jour. Sur mon quart de soir, je me suis habituée à tout retenir par cœur, sans prendre de notes. Il faut une mémoire d'éléphant également pour les visages, car les clients, le soir, changent de place plus vite que des enfants qui jouent à la chaise musicale.

Midi cinquante. Une quinzaine de personnes ont décidé de payer en même temps, c'est le bordel. Quelques minutes plus tard, j'en ai terminé avec les factures, je vais enfin pouvoir respirer un peu. J'ose espérer que le chef a fait quelques erreurs en cuisine et que je pourrai rapporter quelque chose chez moi à la fin de la journée. Je jette un œil à Valérie, qui est toujours seule. Pourtant, elle m'a dit qu'elle attendait quelqu'un. Je vais voir si tout va bien.

– Je suis désolée, mon compagnon vient de me texter, il arrive bientôt ! Oh, mais c'est vrai, tu le connais. Vous avez étudié ensemble ou bien... ? s'informe-t-elle sans détour, précisant qu'Olivier et elle ont été interrompus quand elle le lui a demandé.

Pourquoi lui mentirais-je ?

L'honnêteté est toujours de mise, non ?

– Nous avons été en couple. Pendant deux ans.

Elle reste muette. Est-ce qu'elle attend la suite ?

– On ne s'est pas revus depuis. Sauf ici, l'autre fois.

C'est moi, ou je fais des phrases de bébé ? Je suis encore debout à côté d'elle quand elle se décide à se confier à moi comme à une copine. Ça sort tout d'un coup.

– Ah, j'espère que je m'en fais pour rien. Je n'ai jamais été jalouse ni suspicieuse… J'étais celle qui avait confiance en elle et qui faisait confiance aux autres, sans poser trop de questions. Tout le monde mérite une chance jusqu'à preuve du contraire, non ? Mais depuis quelque temps, je doute et je me tourmente. Olivier est-il un homme fidèle ? Oh, ne me réponds pas. De toute façon, il aurait pu changer… C'est qu'il y a une belle rousse qui lui tourne autour. Je la vois faire sur Facebook. Non seulement elle commente toutes ses publications, mais elle a aussi affiché une photo où ils sont tous les deux collés et rieurs. J'ai demandé à Olivier qui c'était, et il est resté très vague. Ça m'inquiète. Je ne me reconnais plus.

J'aurais envie de m'asseoir avec elle et de discuter. Mais je n'ai pas le temps de placer un mot qu'il arrive.

– J'espère que tu as mangé, chérie, je suis pressé. Bonjour, Doris.

Je suis ensuite témoin d'une scène qui ne me concerne pas. Ça m'arrive souvent pendant mon travail, mais là, ça me met mal à l'aise.

– Hé, c'est toi qui voulais déjeuner à treize heures, j'ai changé l'heure de ma pause pour te voir !

Elle n'est pas contente. Il m'énerve. Elle l'a attendu pour rien ! J'aurais dû insister pour qu'elle commande avant lui. Je pianote sur ma cuisse pour ravaler ce que j'aurais envie de lui dire. Il réplique sans se formaliser.

— Mais je suis là ! Prends ton assiette de sandwich aux légumes grillés et je te volerai quelques frites, lui dit-il avec un clin d'œil.

Elle hoche discrètement la tête à mon intention, approuvant le choix de menu de son homme.

Mes pensées se chamaillent dans ma tête. Je sais que mon ex s'exprime peu et qu'il travaille beaucoup, mais je crois que c'est un mec bien. Quand je le vois sourire, je voudrais tout lui pardonner. Il n'est pas mal intentionné. Je dois apprendre à faire confiance. Dire que ses yeux bleus m'ensorcellent serait un euphémisme. De plus, par le haut de sa chemise un peu déboutonnée, j'aperçois sa toison fournie et chaude. Je tourne les talons et reviens aussitôt vers eux.

— Ah, Valérie, au sujet de tout à l'heure, ne t'inquiète pas, tout ira bien.

J'espère la rassurer. Olivier joue de son charme, mais je le crois fidèle. Elle sourit, moi aussi. En passant, je dessers la table d'un client qui est seul.

— Vous êtes vraiment jolie, mademoiselle.

Je ne réponds pas, mais je souris franchement. C'est fou comme ces quelques mots me revigorent. On me fait pourtant souvent ce genre de compliments, mais ce monsieur ne me drague pas. Il est vieux. Je sais, l'âge ne les empêche pas de courtiser les femmes, mais je le sens, cet homme est juste gentil. Et ça me fait plaisir. Quand j'apporte son assiette au couple de tourtereaux, mon ex s'informe cette fois de ma sœur.

— Oui, oui, elle va bien, merci.

Que se passe-t-il avec moi, mes réponses sont tellement insignifiantes ! Étant donné la pauvreté de ma conversation, il renchérit.

— Est-elle en couple ?

— Non, mais j'y travaille ! Il est temps qu'elle connaisse les plaisirs de l'amour !

« Mais tais-toi, Doris ! » me dis-je.
Ce ne sont pas ses affaires !

Il sourit et, tout à coup, je ne lui en veux plus d'avoir fait attendre sa compagne. Il ne devait pas avoir le choix, il bosse tellement. C'est que sa Valérie semble tellement parfaite, il faut qu'il en prenne soin mieux que ça.

— Tu as vraiment trouvé une bonne personne, Oli. J'espère que tu fais attention à Valérie. Bon appétit.

Je les laisse manger sans m'imposer. Je suis très occupée, de toute façon. Finalement, je crois que j'aimerais bien travailler pour le service du midi. Je n'aurai plus à me taper le ménage de fermeture et j'ai déjà presque envie de danser le ballet en partant. Presque... mais je n'ose pas. Je manque juste un peu de cran. Non mais, c'est intimidant, danser toute seule dans la rue.

Une fois chez moi, je m'offre une bière avant de dîner. J'aime mon intérieur, je le trouve confortable et chaleureux. J'ai dans mon salon quelques plantes et une petite bibliothèque pour les livres qui attendent d'être choisis. Une fois que je les ai lus, je les échange avec ma sœur, et la dernière à les lire les éparpille un peu partout dans la ville.

En allant dans ma chambre pour me changer, je mets la main sur ma liste de choses à faire avant d'être vieille. Il ne me reste que douze semaines, maintenant. Je n'ai même pas trouvé mon septième objectif. Il est pourtant impératif que je respecte ce chiffre symbolique.

7 choses à faire avant d'être vieille

1. Aider Cindy à trouver l'amour
2. Une « première fois », hors de ma zone de confort…
3. Une folie devant l'appareil photo
4. Admirer les étoiles
5. ✓ Sauter en parachute !!! ← OMG, je l'ai fait !
6. Participer à une bataille de nourriture !
7. ~~Folie sexuelle? Lieu inusité?~~ Ha, ha ! Non

Chapitre 4

Des émojis avec des cœurs

Comme je le fais toujours en revenant de travailler, je me suis lavée (je sentais la nourriture du bistro) et suis à présent confortablement « endivanchée » (confo sur mon divan). Sur le dos, les pieds sur le mur au-dessus du dossier, je procrastine ; tous les trucs que j'ai à faire peuvent attendre.

Tiens, tiens... Une notification m'indique qu'un certain Alexandre Ociel m'invite à faire partie de son réseau. Il s'agit du bel instructeur de parachutisme. De toute évidence, il s'est inventé un nom de famille, celui-là. J'accepte tout de suite. J'ai déjà trop d'amis de toute façon. Un de plus ou de moins ne fera pas de différence... J'observe sa photo et constate qu'il ne ressemble pas au type de mon souvenir. Je ne le trouve plus aussi attirant, mais le portait sur lequel il figure en plein ciel démontre bien sa passion. Je délaisse rapidement son profil pour parler à mes amies.

Quand nous ne pouvons pas nous voir, les filles et moi, nous clavardons à trois. Nous sommes comme des *best friends forever* adolescentes qui se disent tout et rien en ricanant.

Mathilde-du-pays-des-clowns remplit presque toutes nos discussions d'émojis.

Mathilde

J'ai un pressentiment. Si Mathilde entame la conversation ainsi, c'est qu'elle a quelque chose de spécial à nous annoncer. Elle commence par une image significative qui attire notre attention, puis nous lance l'information. Ça me rappelle des souvenirs.

Flash-back d'il y a deux ans. Pour lui annoncer qu'ils allaient faire un voyage, son mec lui avait offert un petit avion en modèle réduit. Élodie avait trouvé ça super mignon, mais moi, plus pragmatique, j'avais demandé à Mathilde si Charles l'avait consultée au sujet de ce voyage…

Flash-back d'avant les fêtes. Arrivée en retard à notre dîner entre filles, Mathilde avait mis une paire de minipantoufles sur la table et s'était assise sans prononcer un mot. Élodie et moi nous étions regardées, bouche bée, et avions fait : « AAAHHH !!! » Ce à quoi Mathilde avait répondu : « Oui ! Je suis enceinte, vous avez deviné ! C'est comme ça que je l'ai annoncé à Charles !!! Hi ! Hi ! Hi ! » Élodie avait trouvé ça charmant, mais moi, plus pragmatique, je l'avais alors questionnée sur la réaction du papa…

Tout ça pour dire que notre Mathou est forte sur les symboles et que de mon côté, je réagis toujours de façon… pragmatique !

À ce moment-ci, notre amie nous envoie la photo d'une tétine sur laquelle il est écrit : « J'aime ma maman ». En quoi est-ce que ça l'inquiète ? Parce qu'il y a forcément une inquiétude là-dessous…

Mathilde

J'ai réglé une chose. J'aime mon bébé. Aujourd'hui, je sais que je n'ai pas besoin d'attendre de voir ses beaux petits yeux pour que le déclic se fasse. Le coup de foudre a déjà eu lieu dans mon intérieur… J'en suis maintenant folle et pour toujours.

Élodie

Je te l'avais dit !

Doris

Alors pourquoi cette photo et l'émoji qui pleure ?

Mathilde

Mon mec m'a donné cette tétine liée à une pince qui s'attache au vêtement… Ça m'a fait réfléchir… Ça m'a fait penser au lien d'attachement qui unit les poupons et leur mère. Et si mon bébé ne m'aimait pas ? Comment vais-je faire pour qu'il s'attache à moi ?

Pauvre chouette. Je ne sais pas quoi lui dire. De toute façon, je n'ai pas d'enfants, et il semble que ça me rende moins crédible quand nous abordons ce sujet. Mathilde s'en fait bien trop avec tout. Elle s'invente des craintes sans queue ni tête. Élodie trouve une solution complètement inappropriée, mais ça fonctionne.

Élodie

Mange de la glace, ça va te faire du bien.

Mathilde

J'en ai plus. J'ai juste du caramel.

Élodie

Parfait, mets-en sur une tranche de pain, ça va être super.

Pas vraiment besoin d'avoir déjà vécu une grossesse pour comprendre l'efficacité de cette solution saugrenue. Il faut juste être une fille.

Élodie nous raconte en long et en large le ménage qu'elle a fait pour recevoir plus d'acheteurs potentiels pour sa maison et pour retenir l'attention des visiteurs. C'est de la mise en valeur stratégique. Il semble qu'il n'y ait plus rien sur le comptoir de sa cuisine, la cafetière et le grille-pain étant rangés en dessous. Presque plus aucune photo de famille sur ses murs, il n'en reste qu'une dans l'entrée. Sa salle de bain ressemble à celles qu'on retrouve dans les hôtels… Je me demande s'il est vrai que les acquéreurs potentiels sont plus attirés par ce type d'aménagement.

Élodie

On dirait que ce n'est plus chez nous… En plus, Jean ne s'implique pas tellement.

Une deuxième bulle de discussion apparaît. C'est Élodie qui me parle, sans que Mathilde puisse voir.

Élodie

Me suis trouvé un mec charmant, même deux ! 

Un peu surprise, je m'assois bien droite sur mon divan.

Doris

De quoi tu parles ? Euh… Parce que tu cherchais des hommes ?

Élodie

Ne t'inquiète pas, je ne verrai aucun des deux, c'est juste virtuel.

Doris

Des deux… Qui, ça ?

Je me recouche, « endivanchée » sur le côté.

Élodie

Des connaissances sur les réseaux sociaux. Les échanges sont si faciles et presque anonymes. On sait qui on est, mais on ne se fréquente pas « dans la vraie vie », alors aucun danger. C'est nous et ce n'est pas nous… Tu comprends ? Comme un monde parallèle…

Doris

Le danger dont tu fais mention, c'est de se faire prendre ? C'est donc que tu ressens de la culpabilité ?

Élodie

Hé, ce n'est pas pour rien si c'est à toi que j'en parle et non à Mathilde. Toi, tu ne juges jamais, d'habitude. Qu'est-ce qui se passe avec vous deux ? Notre petit clown est angoissé, et toi, tu n'es plus...

Doris

Je ne suis plus quoi ?...

Élodie

... aussi légère.

Doris

Quoi ? Tu me trouvais légère ?

Élodie

Ben, quand tu as rompu avec Olivier, tu voulais t'amuser sans avoir d'histoires sérieuses.

Doris

Rien de mal là-dedans !

Élodie

C'est ça que je dis ! Moi, je t'enviais. Et maintenant, je cherche des façons de m'amuser, et c'est toi qui sembles me juger.

Doris

Mais Élo, tu es en couple. Et vous avez un petit garçon…

Élodie

JE LE SAIS !

Cette bulle de discussion reste inactive, et celle à trois reprend. Ça y est. Mathilde a des goûts bizarres.

Mathilde

Ce n'est pas comme dans les films ! Je ne mangerais pas de concombre dans ma glace ni de yaourt dans mon Pepsi… Mais je n'aimais pas le sucré, avant. Maintenant, je ne peux plus m'en passer. Il m'en faut toujours à proximité. Un chocolat par-ci, un biscuit par-là… Bon, je vais me coucher, les filles, bisous, bisous.

Je trouve des émojis de cornets de glace et de cornichons. J'ajoute ceux du sushi et des bonbons... Tout ça me rappelle cette folle envie de participer à une bataille de nourriture comme dans les films ! Ça figure sur ma liste, mais j'ignore si je pourrai concrétiser ce souhait.

Finalement, j'ajoute un petit cœur, Élodie ajoute un chat avec des cœurs, Mathilde un chat, un chien et des cœurs... Nous sommes vraiment puériles avec ces *stickers* et ces GIF.

Élo m'écrit dans l'autre bulle de discussion.

Élodie

Puisque rien n'arrivera pour de vrai, ça ne fera de mal à personne...

Qui essaie-t-elle de convaincre ? Elle ou moi ?

J'y vais d'une réponse un peu moralisatrice, quitte à jouer la rabat-joie.

Doris

En fait, ce n'est pas tant ce qui se passe qui fait mal, mais ce qui se sait. Et s'il y a quelqu'un qui sait tout, ici, c'est toi. C'est donc pour toi qu'il faut s'inquiéter. Tu vas te blesser ! Attention, c'est chaud, ça brûle.

J'aime la provoquer un peu.

Élodie

Oh, grrr. Tu m'énerves... mais je t'aime quand même. Alors, ça ne t'intéresse pas ? Tu ne veux pas que je te raconte ce qu'ils m'écrivent ? Pourtant, comme tu dis, c'est chaud !

Doris

Me fais pas marcher. Allez, envoie !

Ben quoi ? J'ai des principes, mais je ne suis pas une sainte !

Elle me montre des captures d'écran des messages reçus durant ses échanges virtuels. Encore une fois, je réponds avec des *stickers* de bonhommes qui ont chaud, et nous réagissons toutes les deux avec des GIF qui expriment l'amitié... Ouais, c'est vrai que c'est craquant, un correspondant sensuel. Avec un peu d'imagination, on peut réellement arriver à se faire du bien, je suppose. Je pourrais remplacer le point de ma liste concernant le sexe par du cybersexe... Pour l'instant, je vais replonger dans un roman, qui est fictif, mais qui me fait rêver quand même. L'homme dans ce livre de Charlie Wat est assez parfait merci. Ma lecture remplit sa mission, je ne suis jamais seule.

Doris

Contente pour toi, Élo. *Have fun !*

Ça me donne des idées… Peut-être que je pourrais trouver le candidat parfait pour Cindy sur Facebook ? Je lui ai bien suggéré quelques prétendants, mais toujours sans résultat. Je m'y attaque sérieusement, cette fois. Puis, inspirée par mon amie audacieuse, j'ajoute enfin un septième item à ma fameuse liste.

1. Aider Cindy à trouver l'amour
2. Une « première fois »,
hors de ma zone de confort…
3. Une folie devant
l'appareil photo
4. Admirer les étoiles
5. Sauter en parachute !!! ✓ ← OMG, je l'ai fait !
6. Participer à une bataille de nourriture !
7. ~~Folie sexuelle ?~~
~~Lieu inusité ?~~ Ha, ha ! Non
Cybersexe ?

Chapitre 5

Le type au chapeau

En cette journée grise qui est censée s'éclaircir un peu plus tard, je marche en direction du bistro, menée par mes chaussures roses. La ville est placardée de publicités, et toutes ces images format géant que je vois dans les vitrines ou sur des affiches me semblent à caractère sexuel. Je trouve ça complètement fou et exagéré ! Non, ça n'apparaîtra pas clairement dans la conscience des gens, mais ça s'incruste, avec le temps… Pourquoi les femmes sur ces images ont-elles les jambes ou les lèvres ouvertes ? Pourquoi doivent-elles toujours avoir l'air de jouir ou d'attendre une caresse ? Ça m'écœure, à la longue.

J'aime tout de même observer cette ville qui se couche tard et se lève tôt. Je referme les pans de ma veste sur moi. Le mois de juin est entamé, mais c'est frisquet et nuageux aujourd'hui. Le vent nous souffle dessus comme on le fait lorsqu'on veut refroidir la nourriture trop chaude. Il y aura probablement moins d'affluence sur la terrasse du bistro. Je déteste dépendre autant de la météo. Ça ne s'avère pas payant quand le soleil se cache.

En route vers le travail, je ne fais que songer à trouver un mec pour Cindy. J'ai fouillé Facebook hier soir comme si ce réseau était un site de rencontres, sans succès. J'ai fouiné parmi mes amis, mais aussi parmi des groupes de personnes qui ont le même âge qu'elle. Elle a besoin d'un jeune qui l'aiderait à se lâcher. Elle est la cadette, mais elle agit parfois comme si elle était la plus vieille.

J'arrive au coin d'une rue juste au moment où je me dis qu'elle est trop sage et responsable, ma petite sœur. L'apparition d'une grande silhouette me prend alors par surprise, tout juste devant moi.

— HA!

Les yeux rivés sur mon portable, je viens de foncer sur quelqu'un. J'ai percuté... non... le type au chapeau. Encore! Le même gars! Il rit. Je me répète ces très courtes phrases afin de m'imprégner de cette réalité qui n'arrive qu'au cinéma... «Je viens de foncer sur quelqu'un. Je viens de heurter, encore, le type au chapeau. Le même gars!» Puis, il parle, me sortant de ma transe.

— Il faudrait peut-être que vous regardiez où vous mettez les pieds, petite Fée Clochette!

— Fée Clochette? dis-je, surprise qu'il me surnomme ainsi.

— Oui, Doris. Tes yeux espiègles et tes courts cheveux blonds me rappellent la petite Fée Clochette.

– Au moins, tu n'oses pas dire que c'est ma taille qui t'a fait penser à elle ! Hé, tu te souviens de mon nom ?

Il vient de le dire. Question idiote, Do.

Je dois être légèrement étourdie par le choc. Il replace son chapeau et me fait son sourire en coin un peu désinvolte en s'expliquant.

– Je l'ai remarqué l'autre jour, sur ton insigne. Écoute, au lieu de me foncer dedans à tout bout de champ, si tu veux vraiment me rencontrer, on devrait se donner rendez-vous... Je suis libre aujourd'hui, avant que tu me le demandes.

« À tout bout de champ »... Il exagère ! Ça fait un mois et demi que c'est arrivé. La première fois que je l'ai vu, j'ai seulement remarqué son chapeau. Et sa bouche. J'ai maintenant le loisir de le détailler un peu plus. Jean noir, t-shirt mauve sous un veston sport et chapeau de style Trilby en feutre. Et son sourire est tellement chaud et sexy, euh... sympathique ! Ses yeux sombres sont... mystérieux. Il doit venir du pays des... artistes urbains. Ça me plaît.

– Euh... Je travaille aujourd'hui, finis-je par répondre avant qu'il me croie trop bête.

– Ah. Dommage. On ne sait jamais, je me retrouverai peut-être encore sur ton chemin, dit-il avec une expression un peu moqueuse.

– Et c'est aussi toi qui m'as foncé dedans, autant que moi. Un accident, ça se fait à deux.

— Mmm, quand il y en a un des deux qui fait une faute flagrante, c'est plus facile de lui coller le méfait sur le dos. Les yeux sur le téléphone, ce n'est pas mieux que l'alcool au volant, madame.

Madame ! Euh… Hé, le jeune, je ne suis pas si vieille que ça ! Je roule les yeux au ciel. Et je ne faisais que marcher sur le trottoir, rien à voir avec l'alcool au volant. Il exagère. Nous faisons obstacle aux autres piétons, qui sont obligés de nous contourner. Il va falloir que nous mettions un terme à cet échange qui, de toute façon, s'étire inutilement.

Ses iris semblent noirs. Ils doivent être d'un brun très foncé. Ces yeux m'hypnotisent. Au lieu de le saluer et de partir, je dis une connerie.

— Laissez-moi une chance, monsieur l'agent, je ne le ferai plus. Il n'y aura plus d'incident de ce genre. Je regarderai où je vais désormais. Ce sera moins dangereux.

— Tant que c'est sur moi que tu tombes, y a pas de danger, je suis ton homme.

Oh, c'est mignon, ça. Il me fait sourire, mais son air à lui est très sérieux. Convaincu et ferme, mais pas menaçant. Au contraire, on dirait que le soleil est enfin sorti et qu'il fait plus clair, tout à coup.

— En effet, tu sembles très intimidant, aussi imposant que Terminator. Au plaisir, alors, dis-je en m'éloignant.

Ma réplique était un peu moqueuse, car il n'est pas très costaud, si je le compare à Olivier et à son torse bombé. Il est plutôt élancé, mais en fait, la largeur de ses épaules me semble idéale. Je n'ai jamais rêvé d'un Schwarzenegger aux muscles de fer. Bon, assez rêvassé, nous n'allons tout de même pas nous éterniser sur le coin de cette rue.

Il n'ajoute rien, et nous repartons chacun dans notre direction. Pas de doute, ce printemps a un parfum de bonheur. Oui, ma sœur serait à son aise, collée contre une de ces épaules fermes et parfaites. Oh, il serait tellement bien pour Cindy, ce mec-là. J'aurais dû lui demander son nom pour pouvoir le chercher sur Facebook ensuite.

Malgré ce contretemps, la vie est belle, les nuages me sourient et j'ai envie de danser, avec mes ballerines roses. J'effectue réellement quelques pas de danse. J'ose le faire.

* * *

Je commence à peine ma journée de travail qu'on m'interpelle de façon plutôt sèche.

— Tu vas m'apporter un café avec le repas du jour.

Je déteste cette façon de m'aborder. Pas de s'il vous plaît ni d'introduction... Ces phrases ressemblent à une prédiction de diseuse de bonne aventure. Hi ! Hi ! J'imagine une dame qui aurait un turban, des grosses boucles d'oreilles et des ongles de cinq centimètres ! « Tu feras ceci... tu iras là... et m'apporteras cela... »

— Bonjour, madame ! Je le ferai avec plaisir.

Je garde toujours le sourire... jusqu'à ce que le client ne le mérite plus, c'est-à-dire quand il dépasse les bornes en étant indécent ou effronté. Heureusement qu'il fait beau, que les oiseaux chantent et que le soleil brille !

Je montre les menus à un groupe de quatre qui arrive et qui s'installe. Mais je le reconnais, lui... Celui que j'appelle « le type au chapeau » est venu manger ici avec ses amis. Celui-là même sur lequel je suis presque tombée ce matin. Pour la deuxième fois... Je souris et me dirige spontanément vers lui.

— Tiens, tiens, encore dans mes jambes, toi ?

Ha ! Ha ! Je rigole moi-même de ma propre plaisanterie. C'est que ça peut avoir un double sens involontaire qu'ils ne manqueront pas de capter. Je devrais être gênée, mais j'assume.

— Dans ses jambes ! Man, tu l'as déjà pécho ? T'es un vrai Don Juan ! s'esclaffe un de ses amis, faisant le macho.

— T'es un héros, Man, enchaîne un autre de ses copains.

Mon sourire professionnel refait surface, celui de la serveuse qui en a entendu en masse, des blagues de mecs. Elle est souvent utile, cette risette.

— Présente-nous-la, Man !

— Avec plaisir. Les gars, voici la belle Doris.

Il continue en désignant ses compagnons un à un.

— Cédric et Patrick Moulin, des jumeaux, comme tu peux voir. Et Philippe.

En effet, deux de ses copains me semblent identiques. Il faut bien les connaître pour savoir lequel est lequel, je présume. Peut-être qu'il y va au hasard ? Non, sûrement pas.

Visiblement, j'attends qu'il me dise son nom à lui en le fixant, les sourcils relevés et un petit sourire inquisiteur aux lèvres.

– Et moi, je suis Man, dit-il avec un sourire en coin que je commence à connaître.

– Ça, c'est ton pseudonyme de superhéros ?

J'attends toujours.

– Ça, c'est mon nom. Je m'appelle Manuel. J'aime mieux ce diminutif que Manu.

C'est drôle, avec son menton baissé et son sourire par en dessous, il semble aussi vulnérable, en me dévoilant son prénom, que charmeur et confiant. Je m'efforce de décrocher mon regard de lui et de revenir à ce pour quoi ils sont ici.

– Enchantée. Vous voulez quelque chose à boire ? dis-je en lançant un regard à la ronde.

Ils commandent chacun une bière. Quand je repars, je me sens observée, mais je me sens bien. Je suis certaine qu'ils parlent de moi, en plus, ces petits coquins. Un autre groupe arrive. Dommage que ce soit si tranquille, j'aurais filé pour un *rush* aujourd'hui. Je me sens capable de servir toute la terrasse remplie d'affamés et d'assoiffés. C'est peut-être un effet de la lune, ou je ne sais quoi.

Une deuxième bière par personne est servie à la table de Manuel, puis vers treize heures, les garçons se disent prêts à commander leur repas. Ils ne travaillent probablement pas aujourd'hui pour prendre leur temps comme ça. Transporter plusieurs assiettes est très différent de se promener entre les tables avec un plateau couvert de boissons. J'ai développé de nouveaux muscles depuis que je suis affectée aux déjeuners. Peut-être une légère tendinite, aussi. Pourquoi n'aurais-je pas un chariot, comme dans les hôpitaux ou les garderies ? Ah oui, je sais : parce que ce serait moins sexy.

Après avoir disposé leurs plats devant eux, je m'invite aux côtés de Manuel. Je m'ajoute à leur clan en empruntant une chaise à la table inoccupée d'à côté. Pour ma sœur, je suis prête à oser, à me montrer audacieuse. J'essaie de deviner le lien qui unit les quatre garçons.

— Alors, vous êtes… des copains d'étude ?

Ça se pourrait bien. L'été ne débutera officiellement que dans deux semaines, et les sessions d'examens se terminent en mai.

— On s'est connus au lycée, effectivement. Et on ne s'est jamais lâchés, dit Philippe. On est des amis assez proches, on travaille ensemble, Man et moi. On est musiciens. Il faut lui dire, Man, les filles aiment ça, les vedettes !

Je me dissocie aussitôt de cette affirmation générale.

— Ha ! Ha ! Pas moi ! Si un musicien formait un couple avec une serveuse, qui s'occuperait de leurs enfants ? Ha ! Ha !

Qu'est-ce qui me prend d'aborder ce sujet ?

Heureusement que je ne le drague pas, ce genre de réplique tuerait complètement son intérêt. Quel mec s'embarquerait avec une fille qui parle de marmaille dès le premier échange ?

— Pas si proches que ça… Man dit toujours qu'il faut garder ses amis près de soi et ses ennemis encore plus près… Alors on se tient juste... «entre les deux» !... mais jamais bien loin, explique Cédric. Nous, on s'est connus gamins.

Qu'est-ce que c'est que ce charabia? OK, ce sont de très vieux amis, je le comprends bien, mais ça ne m'apprend pas grand-chose sur la vie de Manuel, ça. Premièrement, je dois connaître son état matrimonial. Je décide de le lui demander. Carrément. Ça le fait sourire.

Hum... Et ce sourire me donne chaud.

– Je suis seul.
– La dernière lui a laissé un goût amer, ajoute un des jumeaux.

Je tente de le faire parler de lui davantage, mais il ne cesse de me poser des questions. Et je me fais avoir en répondant. Il est doué pour mener la discussion comme il veut. Il maîtrise plutôt bien l'art de la communication ou, plus précisément, celui de l'interrogatoire... Il relève son chapeau de temps à autre, et j'admets que c'est pour mon plus grand plaisir. Ses yeux sont... accrocheurs et profonds, enjoués et chaleureux, mis en valeur par de minuscules rides quand il sourit. Il est pourtant très jeune, de toute évidence. Il a dû trop rire sous le soleil... et ça a laissé de petits sillons. Je me demande quel âge il peut avoir. Ses iris sont foncés, on dirait qu'il n'a que des pupilles. J'en distingue plus facilement la couleur quand il regarde ailleurs et que la lumière les pénètre. Brun chocolat avec un peu d'or. Un bras appuyé sur la table lui permet de mieux me faire face. Il aborde le sujet de notre première rencontre et le plaisir qu'il a eu à me recevoir dans ses bras comme un chevalier. Il se montre théâtral. J'ai l'impression que je ne me lasserai jamais de sa compagnie.

– Un Super Man... dis-je, puisqu'il s'est comparé à un chevalier.

Il s'esclaffe franchement. Rien que de le voir rire, c'est du bonheur, de la chaleur. Au sujet de la première fois qu'on s'est vus, je lui parle d'Olivier, de la raison pour laquelle je n'étais pas en possession de tous mes moyens. Puis, je parle de ma sœur, qui est célibataire et géniale.

– Elle est drôle sans en être consciente, ça lui ferait du bien, un type comme toi, qui sait s'amuser.

– Je sais m'amuser ? C'est ce que je t'inspire ? C'est bon pour moi, ça. Est-ce qu'elle est aussi pétillante que toi ?

Ah, voilà la question idéale pour mettre Cindy en valeur.

– Plus ! Elle est canon, ma sœur ! Elle est blonde comme moi, mais ses cheveux sont longs et ses yeux bleus tout ronds sont irrésistibles. Et elle a un corps d'enfer...

J'ai ajouté ce dernier détail en osant prendre une gorgée de sa bière.

Non, je ne vendrai pas ma cadette avec son anatomie. En fait, Cindy semble croire que ses rondeurs constituent un empêchement quand il s'agit de se trouver quelqu'un. Moi, je lui dis qu'elle est parfaite, alors qu'elle affirme que j'ai eu de la chance d'hériter d'une petite silhouette. Je suis pourtant persuadée que les hommes raffolent de ses courbes. Alors, je vante ses formes sans aucune gêne.

J'espère qu'elle remarquera les lèvres de Manuel. Elles sont juste assez charnues et paraissent moelleuses et fermes à la fois. Le paradis. Puis, je reviens à Olivier. Juste comme ça, comme si c'était une connaissance commune et que ça l'intéressait. C'est possible qu'en même temps, ça me permette de nier que ce Manuel m'attire lui aussi.

— Il s'est informé de ma grand-mère. C'est gentil, hein ?

Manuel replace encore son chapeau, ou fait semblant.

— Bien sûr. Et ? Comment va-t-elle ?

Puisque Manuel ne connaît pas Odile, je raconte tout. Je lui parle de sa maladie qui a pris plus d'ampleur depuis le décès de mon grand-père. Je lui dis que ce sont eux qui nous ont élevées, ma sœur et moi. Je ne sais pas pourquoi j'omets de préciser que nous avons aussi un frère. À croire que je le garde pour moi. Comme une ombre, un jardin secret un peu honteux…

On dirait qu'il regarde souvent mon cou. J'y porte la main, par réflexe. Nos bras se frôlent, et je fais mon possible pour contenir le frisson qui me parcourt.

— Alors, vous n'avez pas eu de vrais parents, ta sœur et toi.

Il semble attristé, il me fixe intensément et avec sérieux. Je le rassure.

— Bien sûr que oui, on en a eu. Nos grands-parents. Ils ont tenu ce rôle à la perfection, sans jamais élever la voix. Ils avaient toujours un bol de soupe à nous offrir pour nous réconforter au besoin. Je l'adore, ma grand-mère. Et mon grand-père me manque beaucoup.

– À te voir, je ne doute pas de leur réussite en tant que tuteurs.

Il m'explique que sa grand-mère est décédée récemment.

– Elle me manque aussi. C'était une vraie mamie gâteau.

Puis, il me raconte ses Noëls avec sa famille, chez sa grand-mère. Ses plus beaux souvenirs d'enfance. Je souris.

– Avec Odile, qu'on n'a jamais vraiment appelée « grand-maman », c'était magique également. Quand l'heure de la visite du père Noël approchait, elle lui téléphonait. Pour de vrai ! Nous, les cousins et cousines, l'écoutions prendre des nouvelles du joyeux personnage et lui demander quand il prévoyait d'arriver. Pendant ce temps, un oncle pouvait se changer et sortir de la maison discrètement. Il revenait ensuite par l'entrée principale, pour notre plus grand plaisir, devant nos yeux émerveillés. Les plus vieux, quand ils découvraient le stratagème, devenaient les complices des adultes. Quand elle nous annonçait l'approche du bon gros barbu, on entendait réellement le son des grelots sur son traîneau ainsi que son rire tonitruant. Réellement, dans notre tête...

Après avoir payé leur repas, ils sont partis. Ce fut vraiment un bel après-midi. J'ai aimé faire connaissance avec Manuel et ses amis. Je lâche un torchon utilisé pour laver une table dans le lavabo du bar et me passe les doigts dans les cheveux en songeant que je pourrai retrouver Manuel sur Facebook.

Zut, par contre, je n'ai pas son nom de famille.
Je ne chercherai pas parmi tous les Manuel de la terre !

J'ai quand même appris dans quel magasin il travaille, où il vend et répare des instruments de musique.

Je suis prête à rentrer, mais je dois d'abord me laver les mains. Elles sont toutes collantes. Beurk, mes cheveux aussi, à cause du chiffon.

Quand je repars chez moi, vers seize heures, j'entends par une fenêtre ouverte une chanson d'Edith Piaf qui me donne envie de bouger. Je danse littéralement sur le trottoir, avec mes chaussures roses, sans vraiment m'en rendre compte. La musique est maintenant loin derrière, et moi, je chante, pas trop fort, et je danse. Moi qui n'osais jamais agir ainsi auparavant, voilà que je récidive. Je danse seule dans la rue pour la deuxième fois de la journée.

Quand il me prend dans ses bras
Il me parle tout bas
Je vois la vie en rose

À vrai dire, je m'en aperçois quand des adolescents me regardent étrangement, pensant probablement que je suis folle. Ça aurait pu m'embarrasser, un autre jour. Mais aujourd'hui, je n'ai pas envie de m'en faire avec ce genre de détail et je m'esclaffe. Une vitrine agit comme un miroir et me fait revenir en arrière. Ha ! Ha ! Je ne peux plus m'arrêter de rire. À cause de ma main collante, mon toupet pointe droit vers le ciel ! Même le soleil a un fou rire en remarquant ma coiffure. En tout cas, c'est l'impression que j'ai. Ha ! Ha ! La Doris-Fée Clochette que je suis rit aux larmes. Toute seule. Oh, et je devrai dire à ma sœur que son soupirant a une bouche et des épaules parfaites et juste assez musclées... Il semble délicieux ! Ha ! Ha ! Je dois me calmer les hormones ! Non, sérieux, il est parfait pour Cindy, ce gars-là, pas pour moi. Il est jeune et il va le rester, ça se sent.

Je suis presque arrivée chez moi quand je remarque toutes les couleurs vives qui rendent le commerce d'un petit fleuriste très attrayant. Ce dernier s'est installé derrière un kiosque extérieur. Tiens, je décide d'acheter un beau bouquet de marguerites pour égayer mon appartement.

* * *

Les pieds posés sur le mur au-dessus du dossier de mon divan, je surfe sur Facebook en guettant l'arrivée de ma sœur qui avait à me parler. Elle va passer après sa journée de travail. Justement, je vois qu'elle a encore partagé les publications de la SPA montrant des animaux qui se cherchent une famille.

Il y a des gens qui se donnent du mal pour leur photo de profil. Je navigue sur le réseau quand une image me saute aux yeux.

Ah ben, si je m'attendais à ça !

Je voulais le nom complet du type au chapeau pour le chercher sur Facebook, mais c'est le réseau lui-même qui me l'a trouvé ! C'est dans la publicité d'un bar que je l'aperçois. Je connais cet endroit. Ce n'est pas très loin d'ici, mais je n'y suis jamais allée. Je me rends tout de suite sur son profil. Oh. Il est vraiment musicien... Il semble que j'avais mis cet aspect de côté. Sur sa photo de couverture, il est en spectacle et tient une guitare entre ses mains. Chaque publication de son mur porte sur ce sujet. J'aurais dû m'en douter, il a le look d'un artiste. Je suis un peu déçue, je dois réfléchir. Les musiciens ne sont habituellement pas des gars sérieux... D'un autre côté, je ne cherche pas nécessairement le père des futurs enfants de Cindy... Au fond, qu'est-ce que ça change ? Il reste un bon parti avec qui elle pourra sortir de sa zone de confort et s'amuser ! Cette dernière expression me fait soudain me remettre en question. Pourquoi donc voudrais-je tant faire sortir ma sœur des habitudes dans lesquelles elle se sent bien ? Je n'ai pas besoin de réfléchir longtemps. Je le ferai pour apporter un peu de nouveauté et de piquant dans sa vie trop stable à mon goût. C'est pour son bien.

Hum... Je ne sais plus... Des mecs en tournée, ça doit batifoler beaucoup. Je sais bien que c'est un préjugé, mais... j'en parlerai tout de même à ma sœur, qui me dira ce qu'elle en pense. Surtout qu'avec des photos, ça aide à se faire une idée, sans aucun doute. Il est tellement beau ! Peut-être que son statut de guitariste ne lui importera pas trop.

Dès que Cindy met le pied dans mon salon, je lui parle du séduisant Manuel. Je le décris physiquement et j'ajoute qu'il joue de la guitare...

— Musicien ? Pas mon genre !

Mes pieds sont sur ses cuisses et elle les prend machinalement pour les masser. Ma cadette est la gentillesse incarnée. Ça me fait tellement de bien, après une journée de travail, que je n'ose pas bouger de crainte qu'elle s'arrête. Des contacts bienveillants comme celui-là, ça nous rapproche. Elle est si précieuse pour moi.

Cindy porte, comme souvent, ses leggings et un t-shirt ample. Elle est sexy même en mou. Elle avait à me parler de quelque chose et, telle une petite maman, elle m'a apporté un plat, comme elle le fait presque chaque fois qu'elle vient me voir. Sa coloc et elle cuisinent et elles aiment partager, pour mon plus grand plaisir. C'est une lasagne, cette fois-ci. Quand je dis qu'elle est la plus jeune et la plus « vieille » de nous deux, en voici un bel exemple. C'est toujours elle qui avait l'idée de préparer des biscuits ou d'autres desserts à l'époque si lointaine où nous étions fillettes. Elle affirme que Manuel n'est pas son genre, mais j'essaie de la convaincre de tenter sa chance malgré tout.

— On s'en fout, de ton genre ! Je veux dire, tu n'en as pas, de genre... Apprends à le connaître et tu verras. Il est drôle, super cool, tu serais à l'aise avec lui. En plus, il est mignon. Tu devrais au moins regarder sa photo, il a une bouche faite pour être embrassée.

— Euh, parle pour toi, répond-elle sèchement.

Elle jette tout de même un œil, sans plus de réaction. J'insiste. De toute évidence, cela n'augure rien de bon... Je ne peux pas dire que j'ai sa collaboration. On dirait que je travaille à contre-courant. Elle est si secrète… Que pourrais-je bien faire pour me rendre utile de façon significative ? Pour faire une véritable différence dans sa vie ? Après tout, il n'y a pas que LA liste, dans la vie. Les bonnes actions comptent aussi…

— Non, c'est ton cœur à toi qu'il faut emballer, tu n'as jamais eu de copain. À vingt-six ans, il serait temps ! Il faudrait donc que tu t'intéresses un peu à ceux qui ne t'ont jamais intéressée…

— T'es plus vieille que moi, arrête ! Tu en as eu un, déjà, toi… et regarde où ça t'a menée. Oh, je m'excuse, je ne voulais pas dire ça, c'est juste que… L'âge que j'ai n'a rien à voir.

— C'est vrai, si je suis trop jeune pour m'établir, tu l'es toi aussi. Moi, je souhaite attendre d'avoir trente et un ans. Mais il faut au moins explorer les possibilités… Le marché, comme on dit, le menu, quoi !

— Tu sais quoi ? Le problème persistant avec les sœurs…

— C'est qu'elles ne se mêlent pas de leurs affaires ! lançons-nous en chœur.

— Je sais. Mais c'est parce que je t'aime, dis-je pour me défendre.

— Je sais que tu m'aimes. C'est la raison pour laquelle tu me laissais toujours les bonbons-biscuits-et-sucreries-de-toutes-sortes au goût de fraise… Tu as toujours été une grande sœur en or.

— Non, tu n'y es pas. C'est parce que je gardais les trucs au chocolat pour moi ! Ha ! Ha !

— Je suis venue ici pour te parler de l'anniversaire d'Odile.

La date de naissance de ma grand-mère adorée et la mienne sont dans la même semaine, au mois d'août. Je vois venir Cindy avant qu'elle poursuive.

— On devrait lui faire une fête-surprise pour ses soixante-quinze ans ! clame-t-elle, tout excitée.

Et voilà ! Ma petite sœur pense toujours à faire plaisir à tout le monde.

— C'est une bonne idée !

Impossible d'être en désaccord avec un projet aussi gentil.

— Oui, hein ? Adam et moi, on a eu cette idée. On pourrait lui organiser ça tous les trois. J'ai fait une liste des éléments à ne pas oublier, ce qui nous donnera au fur et à mesure une liste de choses à faire. Et là, on se partagera les tâches.

— OK.

Le super journaliste de Lille qui a le plan génial, la cadette méthodique qui fera la distribution des tâches… Et moi, quoi ? Je ferai semblant de collaborer ?

— Toi, tu seras parfaite pour faire les invitations, repérer l'endroit idéal pour la fête et surtout, y amener Odile le jour J sans qu'elle s'en doute !

A-t-elle lu dans mes pensées ?

— Cool, je trouverai une excuse et elle ne s'apercevra de rien. T'es une super petite sœur. OK pour un rendez-vous avec Manuel !

— Non ! Lâche l'os, Doris !

Je ne la convaincrai pas. Il faudrait que je tente de l'amener au resto pendant qu'il y est, comme si c'était par hasard. Elle est déjà debout.

– OK, je rentre chez moi. Je me lève tôt, moi, le matin.

– Bonne nuit, sainte Cindy !

– Pff. Soyez bénie et dormez en paix, ma sœur.

– Ha ! Ha ! Ha !

J'aime l'humour de ma sœurette.

– Et merci pour la lasagne, je t'adore.

Nous nous faisons un câlin en balançant nos corps exagérément, comme un pendule. Mes deux amies et elle sont les seules personnes que je touche sans réticence. Et Odile. En fait, ce sont les étrangers que je ne veux pas trop approcher.

– Oh, attends, tiens.

Je lui tends le roman que j'ai terminé, et elle pense à me remettre celui de Joh Harper qu'elle avait placé pour moi dans son sac. Nous avons régulièrement des échanges fructueux de ce genre.

Je la regarde s'éloigner dans sa minivoiture électrique qui affiche un autocollant de pattes de chat. La nuit commence à peine à tomber. Elle repart vers son quartier tranquille, où elle vit entourée de familles et tout près de la garderie où elle travaille.

Ma journée à moi aussi est terminée, mais j'ai l'habitude de me coucher tard, alors quand je ne sors pas, je fouille sur les réseaux sociaux. Les pieds sur le mur qui longe mon lit, je vois qu'une fille que je ne connais pas tellement a publié ses photos intimes de grossesse. C'est joli, mais un peu impudique. Je continue de surfer et mes yeux tombent sur le statut d'Élodie. Elle a écrit : « Trop belle ??? WTF »

Mon amie pratique souvent le *vaguebooking*, comme ça. Le genre de statut qui ne dit presque rien. Qui suscite l'attention ou la compréhension seulement de la personne concernée. On pourrait parfois croire que son but est de se faire questionner, mais d'autres fois, je pense qu'elle écrit des trucs comme ça pour se défouler.

Je lis les commentaires et je devine que mon amie est frustrée, car après avoir dépersonnalisé son domicile pour le vendre, suivant en cela les conseils d'un expert, elle a eu une visiteuse selon laquelle le style était trop « magazine de décoration », trop « pas habité ». Cette éventuelle acheteuse aurait préféré voir un peu de désordre et des traces de vie. Bref, Élodie s'est fait dire que sa maison avait l'air froide et sans âme. Elle devait être vraiment frustrée. Je dépose mon portable, redescends mes pieds et, avec cette scène en tête, je m'endors.

* * *

Une autre belle journée commence au bistro-bar. Le mercure est élevé encore ce midi, et semble-t-il qu'il se soit équipé d'un kit d'escalade pour grimper toujours plus haut. Avant l'affluence du déjeuner, je texte mes amies, car des publications vues hier sur le réseau social m'ont quand même inspirée.

Le type au chapeau

Doris

Les filles, on devrait faire un *shooting* photo ! Avec le ventre de Mathilde !

Même si je ne suis que photographe amateur, je pense être assez douée pour faire de belles images. Je pourrais même en profiter pour m'attaquer à mon défi en lien avec l'intérêt que j'ai pour cet art.

Je suis prête à aller à la rencontre de mon premier client de la journée. Dès que je sors sur la terrasse, celui-ci a une demande à me faire. Il se trouve très drôle.

— Mademoiselle ? Est-ce possible de mettre l'air conditionné à fond, le temps de rafraîchir tout ça ? fait-il en désignant la terrasse de la main.

— C'est vrai qu'il fait étouffant aujourd'hui. Aimeriez-vous mieux vous installer à l'intérieur ?

— Ben non, je préfère suer pour te voir, beauté.

J'affiche une fois de plus mon sourire corporatif… et note mentalement que monsieur prendra une bière. Un autre client claque des doigts pour me faire signe. Je l'ignore. Pour attirer mon attention, il claque maintenant la langue comme s'il donnait un ordre à un cheval ! J'ai intérêt à y aller si je ne souhaite pas qu'il continue son manège. Avec cette chaleur, je sais que mon visage est très rouge. Je dois ressembler à une tomate bien mûre avec quelques feuilles jaunies sur le dessus… une tomate rouge aux yeux bleus.

— Monsieur?
— Je vais te prendre ton plat du jour sans la soupe.
— Voulez-vous quelque chose à boire en attendant?
— Non, rien, juste de l'eau.

Ne dites pas «rien» dans ce cas-là! C'est quelque chose à boire, de l'eau...! À moins que son intention soit de s'arroser pour se rafraîchir... Les clients sont quand même à l'ombre, contrairement aux piétons que j'aperçois sur le trottoir. Heureusement pour nous, les repas camouflent les odeurs corporelles et celle de l'asphalte brûlant.

— Je vous apporte ça.

En me déplaçant, j'aperçois mon ex. C'est vrai qu'Olivier vient plusieurs fois par semaine, comme il l'avait dit. À l'occasion, il mange avec des confrères et souvent, il s'installe à l'intérieur. Ces fois-là, je ne le vois pas vraiment, car je fais le service sur la terrasse. Les autres serveuses et moi devrions faire une rotation, à mon avis, parce que nous dépendons de la météo. Quand il fait trop beau, c'est presque vide dans la salle à manger, et c'est l'inverse les jours où le temps laisse à désirer. Mais je suis affectée à la terrasse, c'est ce qu'a décidé la compagne du propriétaire.

C'est logique, selon elle... J'ignore si nous serons un jour d'accord sur quelque chose.

Aujourd'hui, mon ex a demandé à être dehors. Il est accompagné d'un autre homme que je ne connais pas. Je prends les commandes d'un duo d'habitués et j'irai ensuite à SA table. Il me regarde sans discrétion. Nous nous sourions. Ça me déconcentre. Heureusement, ces deux clients que je fais semblant d'écouter choisissent toujours la même chose, alors je n'ai presque pas besoin d'attention. OK, *go*.

— Bonjour, Olivier. Monsieur.

— Bonjour, beauté. Mike, laisse-moi te présenter cette délicieuse petite blondinette, Doris.

Il aurait pu oublier le qualificatif sur ma grandeur, mais il ne se voulait pas réducteur ni insolent. Flatteur, il ne tarit pas de compliments, c'en est presque gênant. Surtout que je ne suis pas sans savoir que la sueur me coule dans le dos et sur le front, tellement j'ai chaud. Je ne me sens pas à la hauteur. Lui, il est toujours beau, chic et décontracté. Son col de chemise est un peu de travers, cependant. Avant, quand nous étions ensemble, j'avais la manie de le remettre parfaitement en place, ce qu'il détestait. Je me retiens de le faire.

— Et comment va ta sœur ? me demande-t-il.

N'a-t-il que ça à me demander, des nouvelles de ma famille ? Et moi, alors ?

— Très bien, elle ne cesse de grandir en beauté avec le temps. Elle est toujours aussi drôle, écolo, active et généreuse...

Je ne suis pas objective. Est-ce que ça se voit tant que ça que je l'adore ? Tiens, serait-ce un bon parti pour ma cadette ? Il est attentionné, gagne bien sa vie, est sérieux et pas trop... Non, ce serait trop bizarre, c'est mon ex, et surtout, il n'est pas libre ! C'est vraiment Manuel qu'il lui faut, un jeune qui s'amuse.

— Autant de qualités qu'on retrouve aisément dans ta famille. Tu es toi-même de plus en plus magnifique au fil des ans.
— Charmeur. Et comment va Valérie ?
— Elle se porte très bien. Elle te salue, d'ailleurs. Quant à moi, je viens d'obtenir une promotion, précise-t-il en gonflant son torse déjà bombé par sa musculature.

Fier coq, va ! Je le reconnais bien là. Par contre, je le trouve différent quand il est accompagné par un collègue plutôt que par sa conjointe. On dirait qu'il a de multiples personnalités, mais il a toujours ce fond noble et orgueilleux.

Cette chaude journée se poursuit sans accroc.

****

Ce soir, je règle la température de l'eau de ma douche plutôt tiède, un peu froide. Un cri m'échappe en entrant, et une bienfaisante sensation me rafraîchit en un instant. L'eau fraîche a un effet saisissant qui me coupe le souffle, mais qui m'amuse.

À présent, bien installée sur mon lit, je poursuis la lecture de ce roman qui raconte avec sensibilité l'histoire d'une femme qui emprunte le scooter de sa fille pour s'offrir une longue pause. Le questionnement existentiel du personnage me ramène au bout de papier qui est sur ma table de chevet.

Celui qui détaille ma liste de choses à faire avant d'être vieille…

Après mon décollage en lionne, je stagne un peu. En même temps, c'est normal, je n'ai pas de plan concret pour réaliser tous mes objectifs. Est-ce que je m'attendais à relever tous mes défis comme par magie ? Il y a le numéro trois qui me permet un peu d'optimisme… Et encore, ça dépendra. J'ignore comment faire ce genre de chose. Une folie, une folie… facile à dire ! De plus, nous sommes à la mi-juin, je devrais en profiter pour admirer les étoiles, tandis qu'il fait chaud… Mais la luminosité urbaine m'empêche de les voir. Il faudrait que survienne une panne électrique géante ! Ha ! Ha ! C'est farfelu ! Quant au numéro six, je me demande si je devrais le changer. J'étais inspirée par l'événement espagnol, mais je n'irai vraisemblablement pas en Espagne d'ici la fin de l'été. De plus, la prochaine édition de la fête aura lieu après mon trente et unième anniversaire. À moins que je provoque quelque chose… Je vais y penser. Je doute même de mon premier point. Ce n'est peut-être pas une si bonne idée, après tout.

7 choses à faire avant d'être vieille

? 1. Aider Cindy à trouver l'amour

2. Une « première fois », hors de ma zone de confort…

3. Une folie devant l'appareil photo ← À venir

4. Admirer les étoiles

✓ 5. Sauter en parachute !!! ← OMG, je l'ai fait !

6. Participer à une bataille de nourriture !

7. ~~Folie sexuelle?~~
~~Lieu inusité?~~ Ha, ha ! Non
Cybersexe?

Chapitre 6

Shooting !

Les filles ont été enchantées par mon idée de séance photo. Surtout Élodie, qui veut faire des clichés particulièrement sexy. Mathilde a proposé que nous commencions la journée en mangeant au restaurant ensemble, mais nous aurions été trop ballonnées pour les photos ensuite, selon mon amie rouquine. Moi, j'ai parlé d'emprunter quelques accessoires à ma grand-mère, et nous voilà toutes ici, chez Odile, en train de fouiller dans ses affaires. Il me semblait qu'être habillées de nos tenues habituelles allait faire de moins bonnes photos, moins artistiques... Et puis, je savais qu'Odile avait un super coffre aux trésors.

Mon adorable aïeule a des étoiles plein les yeux quand elle nous sort de vieilles robes très chics, des boas à plumes, des bijoux... Nous avons parfois droit à la petite histoire qui accompagne l'objet, mais pour ma part, je connais déjà toutes ces anecdotes. Il reste néanmoins que j'aime écouter ma grand-mère les raconter. Éblouie, Mathilde a les yeux ronds, les mains dans un coffre à bijoux.

— Ce sera presque gênant de les porter, admet mon amie.

— Oh, il n'y a pas de raison ! Toi, avec tes belles formes, regarde ce que je te propose. Ce collier de généreuses perles rondes. Et tu ne devrais porter que ça… Enfin, c'est une suggestion… Le rose pâle des perles t'ira bien, et tu es magnifique. Tu en es à combien de semaines ?

— Trente et une.

Odile, qui a eu trois grossesses et élevé six enfants, est très intéressée par ce que vit Mathilde. Cette dernière s'en donne à cœur joie et lui raconte tout, depuis l'allégresse ressentie devant le test positif jusqu'aux malaises gastriques. Ensuite, elle jette rapidement son dévolu sur le petit Sucre.

— Ce petit toutou est trop adorable !

Quant à Élodie, ce qui l'attire le plus parmi toutes les vieilleries de ma grand-mère, c'est un superbe tissu vert tout en dentelle. Elle s'enroule dedans, s'y cache, s'y abrite… Moi, je sais qu'en réalité il s'agit d'une nappe ! Je la trouve drôle. Il est vrai qu'il n'y a rien de mieux que d'ignorer ce qu'est réellement un article pour le réinventer.

Je fouille un peu, moi aussi, mais rien ne m'inspire pour moi-même. Alors, je pose les yeux sur ma grand-mère, qui tapote l'épaule de Mathilde de sa douce main usée. Mon amie a toutes sortes de peurs insensées. Je devine qu'Odile réconforte la future maman et tente de la rassurer.

— Où allez-vous prendre ces photos, Dodo ? me demande ma grand-mère en se tournant vers moi.

— Dans mon appart, car chez les filles, on ne pourrait pas être tranquilles.

— Vous pouvez faire ça ici ! J'irai dans le jardin pour vous laisser seules. Vous êtes déjà là et vous n'aurez pas à transporter toutes ces choses…

D'abord, mes amies paraissent sceptiques, puis elles réfléchissent. La cuisine a une tapisserie fleurie vieillotte, le salon, une murale dévoilant un paysage, mais la chambre d'invités est plus contemporaine. À ma grande surprise, en quelques instants, l'idée est retenue !

Nous commençons par Mathilde. Des images de maternité, c'est inspirant. Tandis qu'elle retouche son mascara et son *gloss*, Élodie et moi installons ce qu'il faut. Puis, je la photographie à la fenêtre, devant le papier peint. Ce sera joli, parce que c'est elle qui est charmante.

Elle tente de nous faire rire en grossissant son ventre encore plus ou en gonflant ses joues, mais nous ne remarquons pas la différence. Notre mannequin fait d'abord la frustrée, puis éclate de rire. L'atmosphère est tout à fait détendue à présent.

Je prends une photo avec le collier de perles roses comme seul ornement, en plan épaule. Mathilde tient ses seins lourds pour en accentuer le galbe sans que ses mains soient visibles. En fait, ça les remonte un peu. Puis, j'insiste pour en faire une de profil afin de mettre en valeur ses fesses et une cuisse en

plan américain. Mais elle n'aime pas tellement son ventre sous cet angle. Nous trouvons une solution avec un jeté duveteux qui la cache partiellement. En format portrait, toujours. Les images seront fabuleuses.
— Waouh, ton mec va vouloir que tu restes dans cet état toute ta vie ! dis-je avec enthousiasme.
— Euh, je ne pense pas, non… Dis-toi qu'il y a déjà plein de positions que j'ai du mal à adopter !

À quoi fait-elle allusion exactement ?

Comme nous ne sommes pas sûres que c'est une blague, Élodie et moi ne réagissons pas, alors Mathilde ajoute :
— Je parle ici d'attacher mes sandales, par exemple… En plus, je n'ai même pas décidé si j'allais lui montrer ces photos. Si je les trouve belles, ça servira d'abord à me redonner confiance en moi.
— Je me demande ce que pensent les enfants qui tombent sur ce genre de photographies de leur maman, plus tard, prononce Élodie en réfléchissant tout haut.
— Oh ! Qu'est-ce que j'ai fait ? s'écrie Mathilde en caressant son ventre vigoureusement avec un air désolé. Je peux le traumatiser ?
— Ha ! Ha ! Ha ! Pas grave, Mathou, t'as qu'à pas les lui montrer si tu ne le souhaites pas, la rassure Élodie.

Elle a raison, c'est privé. La femme, l'amante et la mère feront bien ce qu'elles veulent. Une fois que j'ai fini de la

prendre en photo et qu'elle s'est rhabillée, voyant qu'Élodie retarde le moment de se dévêtir, Mathilde choisit de s'éclipser.
— Ça vous va si je vais discuter avec ta grand-mère dehors ?

Voilà qui est bien. Je comprends la pudeur d'Élodie et je me demande si j'aurai le courage de retirer mes vêtements, tout à l'heure. De toute façon, je n'ai personne à qui montrer ça. Prête pour l'expérience, Élodie a apporté un déshabillé et porte un ensemble mauve vif qui crée un contraste éclatant avec sa chevelure de feu et ses magnifiques yeux verts ombragés de charbon. Elle choisit la chambre d'invités, et ça me fait bizarre parce que c'est « ma » pièce, quand, parfois, je dors ici...

Sur les premières prises, elle n'est vraiment pas naturelle. Je tente de faire comme les photographes professionnels qui vantent la beauté de leur modèle et je la complimente.
— Tu es tellement belle. Hum... waouh !

J'en fais même un peu trop, ce qui nous fait finalement mourir de rire.

À genoux, penchée vers l'avant, elle fait avec son index un geste qui signifie « Viens ici », que je capte en plongée. On ne voit que le haut de ses seins et on devine qu'elle est agenouillée. Cette image est prise en format paysage.
— Viens ici, toi ! Je veux te faire l'amour ! Ha ! Ha ! Ha !

Tout en riant comme une folle, elle essaie quelques positions au sol, appuyée sur ses pauvres rotules. Elle bouge, car le tapis lui pique la peau. Puis, elle entre vraiment dans le jeu. Décidément, ses clichés seront très provocateurs. Sur l'un d'eux, elle feint de se donner du plaisir, et ça semble si réel que je me sens gênée d'assister à la scène.

C'est à mon tour d'être le modèle. J'hésite, mais je finis par me prêter au jeu, moi aussi. Nous restons dans « ma chambre ». D'abord, je fais mine de dormir, ça, c'est facile. Je suis plus à l'aise derrière la caméra que devant, j'en ai plus l'habitude. Mon amie veut que je sois aguichante comme elle l'a été, mais je n'y arrive pas. Je propose d'utiliser l'effet de contre-jour, face à la fenêtre, mais je suis vraiment incertaine du résultat. Élodie change de position avec l'appareil pour laisser la lumière naturelle m'éclairer doucement le visage. Après avoir adopté le rôle de la Belle au bois dormant, je fais la timide, l'indifférente, puis réussis une moue coquine. Je suis complètement nue, mais toujours cachée en partie par un drap. Mine de rien, je parviens à me créer des rôles, et c'est amusant. J'ignore à quoi ça aura servi, mais je suis tout de même fière d'avoir osé. Je pourrai fièrement cocher cet élément sur ma liste !

Nous rejoignons Mathilde et ma grand-mère qui discutent toujours. Odile tient une des mains de mon amie entre les siennes. Elles semblent en grande conversation, mais notre arrivée sur la véranda les interrompt.

— Ha ! Ha ! les filles ! C'est fou comme ce petit chien est gourmand ! Quand il voit de la nourriture, il en tremble, c'est trop chou ! dit Mathilde en prenant l'animal.

Je m'approche de ma grand-mère, qui est assise dos à moi, et je l'enlace par le cou, joue contre joue. Je respire son parfum de linge propre.

– On a tout replacé dans ton coffre, Odile d'amour.

Odile n'a pas de tabou et peut aborder n'importe quel sujet en toute franchise. Mais je crois qu'elle juge plus opportun de ne poser aucune question sur notre séance de photos. La regarder m'émeut. Ma grand-mère rayonne, et un coup d'œil sur sa rampe d'accès me remplit de gratitude envers cette fondation qui lui vient en aide. Élodie s'assoit devant elle.

– Oh, es-tu tombée, ma belle fille? Tu as les genoux tout égratignés !

Je ris et Mathilde aussi, car elle devine qu'Élodie s'est agenouillée pour la prise de photos, et ses genoux égratignés peuvent laisser croire qu'elle avait adopté une position sexuelle.

– Ne vous inquiétez surtout pas. J'ai juste posé les genoux sur le tapis, précise Élodie.

– Oh, oh. Tu devras trouver une explication pour ton conjoint, il pourrait se poser des questions et être perturbé ! enchaîne Odile, sans gêne aucune.

Mathilde et moi rions de plus belle en comprenant à quoi pense ma grand-maman. La principale intéressée n'est pas inquiète du tout.

– Oh, s'il peut se questionner, celui-là, ce ne serait peut-être pas une mauvaise chose. Un petit mensonge ou une demi-vérité, ça peut mettre un peu de saveur... Peut-être chercherait-il à me reconquérir ? Oui, une touche de jalousie peut mettre du piquant…

— Ça peut foutre la merde aussi, ajoute la future maman.

— Je peux gérer.

Puis, nous repartons toutes les trois vers un samedi soir tranquille. Je leur enverrai leurs photos respectives par courriel. Demain, c'est la fête des Pères. Comme je l'ai fait ces deux dernières années, je viendrai changer les idées de ma belle Odile. Nous célébrions ce jour en famille, autrefois. L'an passé, nous avons pique-niqué dans son salon, car il pleuvait. Cette fois, j'ai l'intention de lui faire vivre ce que les filles et moi avons vécu aujourd'hui. Sans tenue sexy, toutefois…

Enfin, nous ferons comme ça lui plaira.

* * *

C'est le soir du 14 juillet, et j'ai choisi une tenue concept, sans crainte du ridicule. Je porte un short blanc et une blouse aux bretelles spaghettis. Celle-ci est bleue et j'ai ajouté un foulard rouge pour rappeler notre drapeau tricolore. Je porte aussi mes vieilles tongs, car elles sont étonnamment confortables pour marcher et pour danser.

Je suis chez ma grand-mère pour lui remettre un imprimé du plus beau portrait pris lors du shooting, sur lequel elle est assise près de l'arbre qui se trouve devant sa maison. On la voit avec son petit Sucre sur les genoux, qui semble avoir envie de l'embrasser. Elle a un air romantique sur chacune des prises. J'en déduis qu'elle pensait à feu son mari, mais nous avons tout de même passé une très agréable journée. À défaut de lui avoir réellement changé les idées, je lui ai tenu compagnie, et ça lui a fait plaisir, je le sais. Je l'aime inconditionnellement et je ferais n'importe quoi pour elle.

En ce soir de fête nationale, nous avons concocté un repas bleu en chantant nos chansons françaises préférées. Aubergine dans sa marinade cuite sur le grill, soupe froide aux poires et betteraves, puis glace à la vanille avec son coulis de bleuets. Ça s'avère plus mauve que bleu, mais c'est ce que nous avons trouvé de mieux.

Depuis que les filles sont en couple et qu'Élodie a un enfant, nous courons moins les grands spectacles regroupant des artistes populaires de chez nous et les rassemblements patriotiques d'envergure. Je les regarde à la télévision avec Odile. On voit mieux, mais il est vrai que c'est moins exaltant. Nous avons par contre l'avantage de discerner la fierté sur le visage des chanteurs et nous vibrons avec eux. Nous passons un bon moment.

Ensuite, comme Odile se couche tôt, je me dirige tout droit vers… mon lieu de travail ! Eh oui. J'y connais la plupart des gens, et mes collègues de nuit me manquent. Je m'y rends seule, mais une fois sur place, j'ai l'impression de faire partie d'une grande famille. C'est particulièrement vrai les soirs de fête où nous nous prenons par le cou pour chanter ensemble. Ça sent les festivités arrosées de bière. Nous n'avons plus tellement d'espace personnel, et certains en profitent pour faire des avances importunes. Ça ne me tente plus, ces histoires-là. C'est pour cette raison que j'ai changé d'emploi, l'automne dernier. Des clients s'en permettaient un peu trop. Quand je travaille, je garde nécessairement une distance avec les gens. Là, en ce moment, sans ma bulle imaginaire pour me protéger, je trouve la proximité quelque peu envahissante. De plus, je crains pour mes orteils, avec mes tongs qui ne couvrent rien.

Édouard, le barman, sert son «mélange secret» du jour à une jolie écervelée… Oups, je suis censée être celle qui ne juge pas. C'est ce qu'on dit de moi, et j'en suis fière… Alors, disons plutôt… à une jeune femme qui semble en état d'ébriété moyennement avancé. Il s'agit ici d'un constat, pas d'un jugement. Je me tiens à côté du bar, et elle décide de me parler.

— Il était bon, le cocktail secret du barman! C'était quoi? Malibu-ananas?

— Euh, non. Vodka, un trait de gin, jus de fruit de la passion et crème de vanille… Oh oh, j'ai dévoilé le mystère.

— Ah, ben, il était bon, en tout cas!

Beurk… Elle a une éructation qui sent la boisson sucrée régurgitée. Par contre, je remarque son tatouage et étonnamment, je le trouve joli. Il s'agit d'une silhouette de chat, mais ça n'a rien de ringard. Ce n'est simplement qu'une question d'assumer son choix, ce que je ne pourrais pas faire, malgré la suggestion d'Élodie de mettre le tatouage sur ma liste.

Ce soir, devant l'insistance d'un homme qui fait fi de mes refus très clairs, je ne me sens pas à l'aise de quitter seule cet endroit. Je me méfie de lui. Alors, Édouard a la gentillesse de me raccompagner. Mon collègue est vraiment un brave type. Un ami. J'avais d'ailleurs un œil ou deux sur lui quand je suis arrivée dans ce bar, il y a quelques mois. Mais ce n'était pas réciproque.

* * *

En ouvrant la porte du bistro ce matin, je vois qu'une affiche y est collée. Il s'agit d'une publicité pour un événement qui aura lieu la semaine prochaine. Tous les employés seront de service ce jour-là.

> Dans le cadre du festival Paris l'été
>
> Ne manquez pas notre Bar-Fest !
>
> Samedi 22 juillet
>
> Votre bistro-bar préféré est partenaire de la « Course aux épreuves façon serveur/serveuse »
>
> Une expérience folle à ne pas manquer !
>
> ET c'est gratuit !!!

J'amorce ma journée de travail immédiatement. Aujourd'hui, un client m'exaspère. Celui-ci paie par carte et inscrit un gros zéro à la question concernant le pourboire. Il ajoute : « Désolé, mais c'était trop salé. »

Pff! Quoi? Hé, ça, c'est pas gentil!
Ce n'est pas moi qui ai préparé son plat! Grrr.

Au moins, l'autre cliente, celle qui a toujours des demandes compliquées, m'aura permis de bénéficier d'une erreur de cuisine. Il y a toujours un employé pour se réjouir de ce genre de faux pas. Les serveurs sont nourris grâce aux surplus et aux gaffes culinaires. Il fallait que ça arrive, considérant son club sans poulet, pain sans gluten, sans frites, avec salade vinaigrette à part, blablabla... De quoi faire regretter au chef d'avoir ajouté ce mets au menu dernièrement.

Manuel apparaît au moment où je termine ma journée au bistro. Il se tient au milieu de son quatuor d'amis et me salue d'un sourire craquant et d'un regard appuyé. Je lui trouve un petit air timide cet après-midi. Le premier qui m'interpelle, c'est Philippe.

— Hé, *Blondie*! Tu viens nous écouter jouer, Man et moi, ce soir?

Il reçoit un coup de coude dans les côtes de Manuel, qui me précise l'endroit en s'approchant, tout sourire. Je craque pour sa moue de gamin séducteur. Il ne m'a jamais dit quel style de musique il jouait. Je me dois donc de le découvrir en y allant. Ce sera plus amusant que de lui demander. Ça me tente, ça me ferait du bien. J'ignore pourquoi ce n'est pas ce qui sort de ma bouche.

– Oh, je ne pense pas pouvoir. J'ai un dîner, ce soir.

Ce n'est pas un mensonge, c'est vrai que je m'en vais manger de ce pas… chez moi. Toute seule.

– On ne commence pas de bonne heure. Amène tes copines. En tout cas, tu seras la bienvenue si tu décides de venir faire un tour.

Il aurait pu insister un peu plus que ça… Je suis déçue. Je pense qu'il regarde mon cou. Justement, ça me chatouille. Ça doit être une mouche. Je fixe sa bouche et j'attrape une crampe. Je crois bien que c'est mon sourire qui est trop grand ? Ben quoi, c'est beau, un grand sourire… Il me fait un drôle d'effet, ce type.

– Ben, j'en parlerai à mes amies. Amusez-vous bien ! Bye, dis-je en guise de réponse.

Tous les quatre prennent une table pour manger. Au diable la fatigue, je me reposerai quand je serai vieille, c'est-à-dire dans quelques semaines à peine… Je texte Élodie et Mathilde pour leur demander si elles veulent sortir ce soir. Arrivée à mon appart, je me douche et fais simplement gratiner des chips tortillas avec de la salsa. Un bon repas vite fait…

Mathilde est trop épuisée pour sortir en pleine semaine et Élodie s'est disputée avec son conjoint qui est allé prendre l'air… Tiens, ça pourrait donc constituer un excellent prétexte pour que Manuel rencontre ma sœur « par hasard ». Ça doit paraître étrange à dire, mais c'est cool que mes amies ne puissent pas venir ce soir, car ça me donne l'occasion de sortir avec ma petite Cindy ! Je l'appelle et suis surprise qu'elle accepte, mais je trouve ça super. Je l'adore. Nous nous voyons au moins une fois par semaine, nous nous textons ou bien nous nous appelons, mais sortir dans un bar, elle ? Ça lui arrive très rarement.

Arrivée la première, je choisis une table bien située et j'attends. Évidemment, j'en ai profité pour m'habiller autrement qu'avec ma tenue de serveuse dans laquelle Manuel m'a toujours vue. Quand je sors, je porte autre chose que du noir. J'ai aujourd'hui une robe rouge à pois blancs. La coupe est rétro, elle présente une ouverture en cœur sur le buste et n'a pas de manches. Ça fait un peu « Minnie Mouse ». Mes ballerines rouges complètent bien l'ensemble.

Quelques minutes plus tard, voilà Cindy qui apparaît !

Ma sœur porte un jean et un beau t-shirt. Je vois qu'elle a fait un « effort » spécial : elle s'est légèrement maquillée. Cindy n'est pas seule. Caroline, sa coloc, l'accompagne. Je connais peu cette fille, mais elle me semble super sympa et simple. Elle est en jean également. Je les accueille avec une bise et elles s'assoient avec moi.

Nous voici toutes les trois autour d'une petite table ronde. Je suis habituée aux bars, mais ici, on dirait que ça sent encore le vieux cigare. Heureusement qu'on ne fume plus dans les clubs ! Malgré ça, on croirait voir de la fumée, et ça donne du style à l'endroit. Il y a des photos de musiciens plein les murs, ceux qui se sont produits dans ce bar et d'autres aussi. Je ne les reconnais pas. La musique est jazzy. J'aime bien, mais ce n'est pas tellement mon répertoire. Je suis pourtant familière avec un large registre, mais je ne suis quand même pas Gregory Charles!

Ah, mais c'est ça!

Nous sommes en plein Festival de jazz, justement... Je vois une affiche à ce sujet. Je me demande si c'est la raison pour laquelle il y a tant de monde ou si c'est toujours aussi bondé. Enthousiastes en ce «début» de soirée, nous nous commandons chacune une bonne bière. Trois Leffe blondes.

Ça y est, je l'aperçois, là, avec Philippe.

— C'est de lui que je te parlais, Cindy. Celui qui a un chapeau. Avoue qu'il est craquant.

Son ami Philippe va rejoindre des gens à une autre table, et Manuel se dirige vers nous. Je ressens une sorte de trac en le voyant s'approcher. Cindy réplique très rapidement pour réfréner mes ardeurs d'entremetteuse.

— Peut-être pour toi, Doris, mais pas pour moi, me répond-elle.

Elle ne comprend pas que je fais tout ça pour elle? Moi, quand j'aurai trente et un ans, je chercherai peut-être une relation stable. Je ne m'amouracherai pas d'un musicien. Mais elle, elle est jeune et doit en profiter... Je trouve ça triste, parfois, de constater qu'elle reste toujours chez elle avec la même personne. Cindy ne s'en plaint pas, mais j'aimerais qu'il y ait plus de piquant dans sa vie, plus de couleurs...

— Hé ! Tu es venue, dit Manuel en arrivant à mes côtés.

Ça m'en a tout l'air… Qu'est-ce que je peux répondre ? De toute façon, ce n'est pas une question. Il s'invite à notre table en me demandant la permission du regard. J'accepte, bien sûr, alors il emprunte un tabouret à un groupe installé à côté. Ses prunelles pétillent, c'est parfait.

— Manuel, je te présente ma sœur, Cindy. Je t'en ai parlé l'autre jour.

— Je m'en souviens. Salut, Cindy !

Il lui sourit chaleureusement. Comment pourrait-elle résister à ça ? Pourtant, elle ne semble pas certaine d'apprécier, si je considère son air outré.

— Tu lui as parlé de moi ?

Elle me fait un regard faussement fâché et présente aussi sa coloc à Manuel, en ajoutant qu'avec une sœur, un frère et « les autres », on n'a jamais la paix… Il n'a pas tiqué quand elle a mentionné un frère. C'est assez bruyant, il n'a peut-être pas entendu. De toute façon, il sait, pour notre famille…

— Enchanté. Oui, Doris m'a dit combien tu étais belle. Elle n'a pas menti, vos gènes sont des *winners*. Et vous avez toutes les deux une adorable fossette au menton.

— Tu as une bonne mémoire. Ça m'avait étonnée, aussi, que tu te souviennes de mon nom. Avant même que je te le mentionne, d'ailleurs.

— Facile.

Il ne va pas me déclarer que c'est à cause de mes beaux yeux… Ce n'est pas original ! Manuel pose une main sur mon verre de bière, où est écrit Leffe en grosses lettres, et en boit une gorgée avant de s'expliquer.

– Ton nom, c'était celui de la mère de ma mère.

– Oh!

Si je m'attendais à ça!

– C'est vrai que c'est ancien comme prénom. Ta grand-mère, c'est la mamie gâteau dont tu m'as parlé?

– Exactement.

Il me questionne, et j'en reviens toujours à parler d'Olivier. C'est parce que je l'ai à nouveau vu au bistro aujourd'hui. Il est possible qu'en abordant encore le sujet de mon ex, je tente sournoisement de camoufler l'effet que ce guitariste a sur moi. De plus, ça a l'avantage de l'orienter plutôt vers ma sœur. Et puis, je me retiens de parler d'Olivier avec mes amies quand je les vois, car elles vont penser que je suis accrochée à lui. Alors que Manuel, je ne le connais pas vraiment, et ça me permet de ventiler mes émotions. Je compare la relation qu'avaient mes grands-parents avec celle que j'ai eue jadis avec mon ex.

– Mes grands-parents avaient tant de points en commun... Olivier et moi n'en avions pas tant, mais on dit que les contraires s'attirent. On verra avec le prochain que je fréquenterai.

Manuel replace souvent son chapeau, ça semble être un tic inconscient. Lui, il travaille dans un magasin d'instruments de musique. Il vend principalement des guitares et il en répare. Il envisage également d'enseigner à en jouer. Nous

aimerions voyager. Pas « nous » comme dans « nous ensemble », là. Je veux dire, il nous explique que c'est son rêve de visiter de vieux pays, et c'est le mien aussi. Je ne le dis pas. Il a cette façon de me regarder qui me fait croire que nous sommes seuls. Ça me rend mal à l'aise. Non, c'est faux. Je me sens bien, mais je sais que je dois penser à Cindy. C'est d'elle que nous devons parler.
— Cindy est éducatrice ! Avec des petits enfants... Il faut un cœur d'or et un professionnalisme à toute épreuve pour exercer cette profession !

Oh, c'est vrai, je ne dois pas parler des marmots,
ça fait fuir les hommes !

Alors nous discutons de nos goûts musicaux. Je dois admettre que je ne connais pas beaucoup les groupes qu'il me nomme. Bientôt, c'est l'heure pour lui de rejoindre Philippe sur la scène.
— À tout à l'heure.

Il dépose sa main sur mon bras en se levant. C'est une simple salutation, mais ça me fait quelque chose. C'est fou ce que ce contact d'un instant me procure comme chaleur. J'aime ça. Je ne sais pas pourquoi ça ne me vient jamais naturellement de toucher les gens. C'est pourtant si chaleureux. Les musiciens s'installent, j'ai bien hâte de les entendre.

Chapitre 7

Il me tend la main

Manuel et son ami pianiste échangent un regard complice que je trouve charmant. Je reste silencieuse. J'écoute. C'est doux, pas très entraînant, mais beau. *You Don't Know Me*, de Ray Charles. Il est assis sur un banc, l'instrument tendrement appuyé sur une cuisse, le caressant d'une main et le guidant de l'autre.

Ce qu'il est séduisant !

Les muscles de ses bras se tendent, et c'est follement sexy. Ça m'allume instantanément. Ma respiration est haletante, de la lave se répand dans mes veines. Bon sang… Les concepteurs de guitares ont-ils fait exprès de leur donner une forme aussi féminine et suggestive ? De temps à autre, il suit la silhouette de sa guitare avec sa main, c'est tellement sensuel !

La coloc de ma sœur est gentille. Nous parlons de son travail. Elle est intervenante dans un centre jeunesse. Ça doit être très prenant émotionnellement. Je me dis qu'elles semblent former une belle équipe, ces deux-là. Caroline, énergique, doit être comme une tornade dans l'appart, et je devine que ma Cindy est celle qui calme le jeu...

Un spectateur va parler à Philippe, et ce dernier l'invite à monter sur la miniscène, derrière son piano. Celui-ci est rouge. Le piano, pas l'homme. Ils font une chanson ensemble. C'est tellement sympathique ! Et là, ça se met à rocker ! Ça bouge, et tout le monde frappe des mains. Les plus connaisseurs chantent. Pendant ce temps, Manuel fouille dans un classeur et, finalement, il les accompagne. Debout, il tient sa guitare fermement, comme si c'était ce qu'il avait de plus précieux. Jamais il ne la laissera tomber, ça se voit. Je veux être cet outil de bois aux formes voluptueuses.

Il nous regarde et sourit. J'adore son sourire, et ses lèvres. Je chante aussi avec entrain, même si je ne connaissais pas cet air.

Mess around... mess around...

Par contre, la chanson suivante, je la connais ! C'est bon !

– Wou-hou !

J'éclate de joie, mais je suis soudain déstabilisée par le geste de Manuel. QUOI ? Qu'est-ce qu'il fait ? Il sourit toujours, mais il... il... il me tend la main afin que je le rejoigne sur scène !

— Vas-y, Doris ! dit Cindy.

— Ben non !

— Il t'invite ! Vas-y, monte sur la scène !

Ma sœur est debout et me pousse pour que je me lève. Tout le monde me regarde. En tout cas, c'est l'impression que j'ai. Je ne m'en sortirai pas... Aussi bien ne pas me faire prier. Alors, je respire à fond et me dirige vers la chaise qui se trouve entre Manuel et Philippe. Celui-ci démarre, ils semblent improviser, mais ils l'ont jouée souvent, cette chanson-là, c'est certain.

Manuel veut que je chante. Il approche un micro de ma bouche, mais je ne connais que le refrain :

Hit the road, Jack, don't you come back no more,
no more, no more, no more !
Hit the road, Jack.
Don't you come back no mooooore...

J'adore ça. Je chante avec lui chaque passage que je connais et j'éprouve un grand plaisir. Je chante fort, mais je garde le micro un peu éloigné de mon visage ; je ne tiens pas à casser les oreilles de tout le monde.

Waouh ! C'est cool, c'est cool, c'est cool !

Nous nous tapons dans la main, Manuel et moi, puis je retourne à ma table. Je ris et j'ai chaud ! Au fond, je chantais seulement le refrain, mais je me sens comme une vedette.

Bon ben, nous avons ça en commun tous les deux : le plaisir de s'égosiller. C'est mille fois mieux que le karaoké. Waouh ! Je suis encore sur un nuage.

J'aime l'écouter. Il m'impressionne par sa voix qu'il module à volonté. Il chante maintenant quelque chose qui est habituellement interprété par une fille. *No one*, d'Alicia Keys. C'est très beau.

Je soupire. Ça, c'est ce qu'on appelle mettre de l'eau dans son vin et donner une gorgée de bière au voisin ! Je tente de guider Manuel vers ma sœur même si... même si, finalement... En tout cas... Le petit Cupidon en moi semble bien confus.

— Cindy, j'y pense, pourquoi tu ne t'inscris pas sur un site de rencontres ?

J'ai encore droit à ses gros yeux fâchés, tandis que sa coloc s'enthousiasme démesurément à propos de mon idée.

— Ben oui, Cin ! Pourquoi pas un site de rencontres ? C'est une bonne idée, ça, non ? Y a plein de beaux mecs, là-dessus ! confirme-t-elle pour m'appuyer.

— Do, peux-tu me lâcher avec ça ?

— Ben quoi, même ton amie trouve que ce serait bien !

— Laisse tomber, je te dis.

Ma sœur est si près et si loin à la fois. Je ferais peut-être mieux d'obéir, elle est sérieuse. La soirée avait super bien commencé, nous nous amusions toutes les trois. J'ai un peu gaffé. Elles parlent déjà de partir, car elles travaillent tôt demain matin.

— Oh, Doris, fais-moi penser de t'apporter le nouveau livre de Sylvie G. la prochaine fois. Il est vraiment, vraiment bon !

– Si tu l'aimes, je l'aimerai aussi, on a les mêmes goûts.

– Pour la lecture, oui. En tout cas, ce roman-là est sexy, romantique et très accrocheur.

J'avais promis à ma sœur d'accepter de rentrer en même temps qu'elle sans rouspéter, mais elle insiste maintenant pour me relever de mon engagement. Tant mieux, je n'ai aucun malaise à rester seule. On n'est pas isolé dans une foule qui s'amuse !

Après la première partie, mon ami guitariste et chanteur vient me donner un paquet d'allumettes sur lequel est inscrit le nom du bar où nous sommes. C'est sûrement le genre d'article qu'Odile considère indispensable, mais moi ?

– Qu'est-ce que tu veux que je fasse avec ça ?

– Du feu, c'est toujours pratique. Ou garde-le précieusement en souvenir de cette soirée. C'est rare, aujourd'hui, de recevoir des allumettes gratuites. Ça peut aussi être utile pour allumer un feu de camp.

– Ha ! Ha ! Ça ne fait malheureusement pas partie de mes activités quotidiennes.

– Moi non plus, mais... mes potes vont camper prochainement, fin juillet. On pourrait faire un feu.

Il m'invite ? Je ne réponds pas tout de suite. Il poursuit.

– C'est une invitation déguisée, ajoute-t-il.

– Ah, malgré le déguisement, je l'ai reconnue à son sourire sous son chapeau.

Son sourire s'agrandit. Ce sourire m'engourdit. Il y a quelque chose de nouveau dans mon ventre. Je me sens bien quand Manuel me sourit de la sorte.

– Ce serait cool que tu viennes. On ne se connaît pas beaucoup, je sais. Il faut donc provoquer des occasions.

Je suis encore muette, mais j'affiche un certain intérêt.

– On peut se contacter cette semaine pour confirmer? demande-t-il.

– Oui, passe me voir au bar. Tu m'expliqueras ce qu'il en est, et on verra...

Je n'ai rien promis, juste accepté d'y penser... Nous discutons et, comme chaque fois que nous nous parlons, je me mets à avoir chaud. Puis, je découvre qu'il aime aussi la lecture! Nous n'avons pas tout à fait les mêmes goûts, mais nous identifions tout de même une comédie policière que nous avons lue tous les deux. Ça s'appelait *Médium saignant*. Comme c'est drôle. Le hasard, pas la comédie... En fait, les deux...

Je reste au bar pour assister à la deuxième partie du spectacle. Sa voix enveloppante me caresse les oreilles, je ne m'en lasse pas. Mais à la toute fin, il est accaparé par plusieurs copains que je ne connais pas. Je les laisse entre gars, même s'il m'assure que je peux rester. Tandis que nous nous faisons la bise, je tiens mon poing bien fermé sur le carton d'allumettes qu'il m'a offert.

Pour une rare fois, je fais le trajet de retour vers mon appart en taxi. Je me sens bien et je n'ai pas envie de briser ce sentiment léger en laissant s'installer l'insécurité qui me gagne parfois dans le métro, à cette heure tardive. En chemin, je suis envahie par le sentiment euphorique éprouvé sur scène avec Manuel. Ça m'a réellement fait sortir de ma zone de confort, mais ça a été exaltant ! Tiens, ça me fait penser à ma liste. Oui ! Ça y est, j'ai osé faire quelque chose d'inhabituel ! L'initiative vient de lui, mais j'ai relevé le défi ! Le moment était magique, je dois l'avouer.

En arrivant chez moi, je me jette sur mon papier et révise mes objectifs. Je retire le premier objectif, qui ne mène nulle part et qui n'a pas autant de sens que je voulais le croire. Et je regarde les autres... Sans l'ombre d'un doute, je suis partie en force comme une championne, et je trouve que ça avance bien. J'ai chanté en public ! Ça, ça me permet sans aucun doute de cocher le deuxième élément ! Quant au troisième, c'est grâce à Élodie que j'ai eu le courage de me lancer, mais je crois que j'ai réussi. Et puis, une idée folle commence à germer pour remplacer mon sixième but, qui serait trop tiré par les cheveux... Mais je ne suis pas prête à l'écrire, ce serait trop engageant.

7 choses à faire avant d'être vieille

? 1. ~~Aider Cindy à trouver l'amour~~ ← Mauvaise idée

✓ 2. Une « première fois », hors de ma zone de confort… ← J'ai chanté en public !

✓ 3. Une folie devant l'appareil photo ← ~~À venir~~ J'ai osé !

4. Admirer les étoiles

✓ 5. Sauter en parachute !!! ← OMG, je l'ai fait !

6. Participer à une bataille de nourriture !

7. ~~Folie sexuelle ?~~
~~Lieu inusité ?~~ Ha, ha ! Non
Cybersexe ?

Chapitre 8

J'ai un léger frisson

Il faisait chaud ce matin quand je suis partie pour le travail, si bien que je n'ai pas pensé à prendre ma veste. Nous sommes en juillet, mais ça ne garantit rien quant à la température. L'air est frisquet en ce moment. Une brise me chatouille et me donne la chair de poule. Les clients sont habillés en conséquence, mais pas moi. Je m'approche d'un groupe de six et annonce les plats du jour, qui ne sont pas précisés dans le menu. Une personne n'a pas tout entendu. Ça arrive tout le temps…

– C'est à quoi, la soupe, vous avez dit ? me questionne une fille assise au fond.

– Potage de légumes, dis-je pour une deuxième fois.

– OK, et le dessert ?

– Forêt-noire ou Jell-O. Et les pâtes, c'est à la sauce Alfredo.

J'ai ajouté cette dernière info au cas où…

— Oui, ça, j'avais compris.

Elle et sa voisine m'informent de ce qu'elles aimeraient manger. Quant à la troisième fille, elle me demande :

— C'est quoi, les pâtes du jour ?

Soupir intérieur, sourire extérieur. Attention de ne pas faire l'inverse !

— Alfredo.

— Je vais prendre ça. Et le potage, c'est quoi ?

Je répète le tout en tentant d'accrocher le regard des trois personnes qui n'ont pas encore commandé, sans mentionner le choix de desserts. De toute façon, je devrai les proposer à nouveau après le plat principal. Je suis habituée ; là où je travaillais avant, le menu était affiché à plusieurs endroits, et il fallait quand même le dire à nouveau. C'était exaspérant. Je finis par pouvoir communiquer les plats voulus à la cuisine et par aller servir d'autres clients.

Olivier est seul ce midi.

— Hé. Salut, toi, lui dis-je simplement.

— « Hé » ? Où est ton protocole professionnel ? Pas de « Bonjour, monsieur, êtes-vous prêt à commander » aujourd'hui ?

— Juste un salut pour toi. Le burger spécial extra bacon ?

— S'il te plaît.

J'ai un léger frisson quand le vent me frôle le dos. Il le remarque.

— Je te prête mon veston ?

— Ha ! Ha ! Non, merci. Je t'en ai déjà emprunté trop souvent !

Oh. Est-ce un petit papillon qui passe ? Non, non.

Et son col de chemise qui n'est pas parfait... Sans vraiment y penser, je le replace un peu avant de me rappeler qu'il n'aime pas ça.

– Oh, je m'excuse, je ne voulais pas t'importuner.

Je me retourne pour continuer mon travail quand il répond :

– Mais JE VEUX que tu m'importunes !

Ai-je bien entendu ? Ouh ! J'ai le souffle coupé, tout à coup.

Pour être certaine que je n'ai pas eu une hallucination auditive, je demande à Olivier des nouvelles de Valérie quand je lui apporte son assiette.

– Elle va bien, mais ce n'est déjà plus ce que c'était. Elle s'est mis dans la tête d'offrir des cours d'autodéfense pour les femmes. Elle gaspille tout son temps pour cette lubie et n'en a plus pour nous.

Olivier trouve l'ambition de sa copine dérisoire. Je pense au contraire que ça a plein de sens. Je ne savais pas qu'elle était qualifiée pour le faire, mais le besoin est grand. Je garde mon opinion pour moi, cependant.

Cette journée se poursuit à peu près normalement, et je reviens chez moi un peu mélancolique. Mes sentiments semblent tout emmêlés, et je ne suis pas dans mon assiette. Les belles fleurs achetées l'autre jour se sont fanées. Je suis triste de les jeter à la poubelle.

Depuis que je travaille de jour, je sors moins. Ce n'est pas des farces, il est maintenant courant pour moi d'être étendue sur mon divan pour surfer sur les réseaux sociaux dès vingt et une heures, et parfois avant. Je viens de m'y installer, après m'être massé les pieds avec de la crème hydratante. Je le fais chaque soir, ça me relaxe. De plus, Odile dit qu'il faut bien les entretenir, puisqu'ils reflètent l'état de notre corps tout entier et même de notre âme.

Ding ! Olivier qui donne signe de vie. C'est pratique de voir s'afficher le nom du contact qui envoie un message ainsi que les premiers mots avant même de toucher mon portable.

Oli

Hé. Salut, beauté.

Avant de répondre, je regarde la date de notre dernière conversation sur Facebook. Ça fait presque deux ans que nous nous sommes écrit. Je m'allonge, les pieds relevés et appuyés au mur, avant de le saluer. Au bout de quelques phrases, il me fait un aveu.

Oli

Je dois te dire que depuis que je t'ai revue, je souhaite toujours que tu sois là le midi. C'est d'ailleurs pour te voir que je vais manger à cet endroit.

Ah ben, si je m'attendais à ça ! Je n'ai donc pas rêvé, il a fait exprès de me toucher la main en reprenant sa carte de crédit ! Une vague chaude monte en moi. Je nous revois lors de notre première rencontre. Tous les deux coincés dans l'ascenseur en panne... Nos amis nous ont rebattu les oreilles en nous disant que ce n'était pas original, mais je ne connais personne d'autre à qui il soit arrivé quelque chose de semblable. Il était tard, les techniciens n'étaient pas sur place. Il me complimentait, je me suis détendue. Je me suis même à moitié endormie... et il m'a réveillée de la plus érotique des façons. Comment ne pas le prendre pour le dieu du sexe, après ça ?

Doris

Charmeur !

Voilà. Ça dit ce que ça veut dire et avec un ton plus humoristique que sérieux.

Nous discutons de son travail, de sa promotion... et de la course de relais du bistro qui aura lieu le week-end prochain. J'y serai. Nous offrirons exceptionnellement le service « sur le parterre ».

Oli

Tu seras vêtue de ta robe de serveuse
ou de tes habits du midi ?

Doris

Bien que ce soit en plein jour,
nous porterons nos robes noires.

Oli

Et en dessous, il y aura quoi ?

Doris

Oli… Il commence à se faire tard.
Je vais me coucher.

Oli

Ce que je donnerais pour y aller avec toi…

Doris

Euh…

Oli

Juste me coller dans ton dos pour te réchauffer.

Tant de délicieux souvenirs remontent à la surface. J'en ai une vague de chaleur.

Doris

Mmm.

Oups, j'ai répondu ça pour de vrai ???
Zut, ça ne s'efface pas, il est trop tard.

Il en ajoute.

Oli

Je me souviens très bien que tu dors
avec une chemise et une petite culotte.
Tu nous imagines, toi aussi ? Mes doigts
ont frôlé tes seins par-dessus
ton vêtement, mais si tu préfères,
je peux les laisser sur ta hanche...

Ouh ! Nostalgique de l'ancien temps, je savoure l'idée. Je m'étire voluptueusement et je le sens derrière moi. C'est bon. Me voilà en boule sur le divan, les fesses ressorties et les mains qui me chatouillent les seins.

Ding.

Oli

Oups. Tu m'excuseras si tu sens mon érection sur tes fesses. Ça a été instantané. Je te sens consentante, alors mes doigts se faufilent sous le tissu qui te recouvre si peu, mais encore trop.

Une savoureuse vague de désir m'envahit quand je lis ces mots.

Oli

Tu es chez toi ? Dis oui et j'arrive.

Ah ! Il est fou ou quoi ?

Doris

Oui, j'y suis.

Oh, qu'est-ce qui m'a pris ? Il arrive ? Je me lève et m'affole, puis exécute un *sprint* de ramassage. Hop, la vaisselle dans le lavabo, du parfum d'ambiance et je change de chemise. Puis, je retourne à mon portable.

Oli

En fait, cette fois-ci, on devra se contenter d'une rencontre virtuelle, bien sûr… Mais on se reprend bientôt, beauté.

OH. Virtuelle. Bien sûr. Il ne se déplacera pas pour de vrai. Pas ce soir, du moins. Je me sens un peu ridicule. Encore. Comme d'habitude quand il est question de lui. Fiou, quand même, je ne suis pas certaine que ça aurait été une bonne idée qu'il débarque ici. J'entre dans son jeu.

Doris

Oui, bien sûr. Je t'entends approcher de la porte de mon appart. Entre, ce n'est pas fermé à clé.

Dans cette scène imaginaire, il est entré et m'a trouvée à moitié nue sur mon divan, où il m'a rejointe en un instant. Je n'ai rien ajouté, trop concentrée sur cette sensation de brûlure au bas-ventre et sur la fiesta dans mon ventre. Il n'a rien dit d'autre non plus. Je crois que la suite s'est passée dans nos têtes. Oh, que ce fut délicieux…

Somnolente, j'ai le corps détendu, mais ma conscience n'est pas apaisée. Je suis perplexe en saisissant le papier de ma courte *to do list*. Il y a une mise à jour à y faire.

7 choses à faire avant d'être vieille

? 1. ~~Aider Cindy à trouver l'amour~~ — Mauvaise idée

✓ 2. Une « première fois », hors de ma zone de confort... — J'ai chanté en public !

✓ 3. Une folie devant l'appareil photo — ~~À venir~~ J'ai osé !

4. Admirer les étoiles

✓ 5. Sauter en parachute !!! — OMG, je l'ai fait !

6. Participer à une bataille de nourriture !

7. ~~Folie sexuelle ? Lieu inusité ?~~ Ha, ha ! Non
Cybersexe ? — Considéré fait. Je ne tiens pas à recommencer.

Chapitre 9

Un jardin secret, ou deux…

D'habitude, quand nous mangeons ensemble dans un resto, mes amies préfèrent ne pas aller où je travaille, car je connais tout le monde. J'y suis identifiée comme une employée aux yeux des clients, et on me commande parfois une consommation quand je me lève pour aller aux toilettes. Mais ce vendredi soir, je les ai convaincues, car il y a des avantages. Je leur ai affirmé que je pouvais leur offrir une consommation gratuite. Le verre du patron, comme on dit pour rire. Je suis donc postée au comptoir et j'attends qu'on me donne ce que j'ai demandé quand, justement, un client m'aborde.

— Hé, salut! Je pensais que tu ne travaillais plus dans ce bar! Content de te voir! Je vais te prendre un Whisky Coca.

Qu'est-ce que je disais? Les clients me prennent toujours pour la serveuse, même quand je ne suis pas en service. Je suis pourtant habillée « en civil », ce soir ! Je porte une chemise rose ! Je lui réponds tout de même.

– Je fais le service du midi, maintenant. Je suis ici pour manger avec mes amies. J'attends ma commande.

Puis, le naturel revient au galop, et je m'adresse au barman.

– Hé, Édouard, un Whisky Coca pour monsieur juste là, s'il te plaît.

Je reçois mes trois bulles de minuit. Dans celui de Mathilde, on a remplacé le vin mousseux par du ginger ale. Enfin, je rejoins mes amies à notre table.

– Voici, mesdames…

– Merciii ! répondent-elles à l'unisson, en imitant la voix nasillarde de la fille derrière elles, de qui nous nous moquions gentiment tout à l'heure.

Ça me fait tellement pouffer de rire que ma gorgée me ressort par le nez ! Pouah ! Ça fait mal et c'est dégueu. Je n'ai rien sous la main pour m'essuyer, je dois retourner au bar avec une main devant mon visage pour cacher mon pif morveux.

Puis, je me réinstalle en face de mes amies, qui se moquent encore de moi. C'est de bonne guerre, je ris aussi. Tout en les écoutant, je fouille dans mon sac à main et fais un peu de ménage. J'en sors plusieurs factures et un long lacet à jeter.

– Doris, tu pourras faire abstraction du fait que tu connais plein de gens ici ? Nous partageons nos secrets ce soir ! annonce Élodie dont le décolleté laisse à peine deviner le cœur qui est dessiné entre ses seins.

— Des secrets ? Tu as décidé toute seule du sujet de nos conversations pour la soirée ? De toute façon, je n'en ai pas vraiment.

— Tu as quelque chose à mettre sur la table, Mathilde ? demande alors Élodie, toujours à l'affût.

— Ouais, peut-être… avoue la future maman, vêtue d'un simple t-shirt fleuri et d'un short de maternité.

Encore sur sa faim, Élodie insiste.

— OK, on en a toutes, des secrets… Même toi, Doris.

Moi, j'ai l'impression que j'en ai deux. Un qui commence par un M et l'autre par un O. Des confidences au sujet des garçons, ce ne sont pas de vrais secrets, entre amies. Nous finissons toujours par tout nous dire. Mais je n'ai pas envie d'en parler, ce soir.

— Allez… On a toutes un jardin secret, ou même deux. Un petit quelque chose dont on n'a pas envie de parler… renchérit Élodie.

Voyons, lit-elle dans mes pensées ? Elle continue.

— Comme ton frère et la raison pour laquelle tu as soudainement cessé de parler de lui, comme s'il n'existait plus…

— Ben, vous le savez déjà.

Puisque je ne montre aucune ouverture, la belle rouquine s'adresse à nouveau à la future maman.

— Mathou, c'est toi qui commences, propose la meneuse.

Notre douce amie au ventre de plus en plus rond ferme les yeux et se prépare à dire quelque chose…

— OK. Êtes-vous prêtes à commander, les filles ?

Ma collègue se pointe à un bien mauvais moment pour prendre nos commandes, mais heureusement, avant la confidence que s'apprêtait à faire Mathilde. C'est une chose qui m'est arrivée à plusieurs reprises.

— Non, merci, on n'est pas pressées.

La serveuse repart, Mathilde referme les yeux et Élodie et moi lui accordons toute notre attention. Les deux mains à plat sur la table de bois, on croirait qu'elle s'apprête à communiquer avec un esprit.

— Avant d'être avec Charles... quand j'étais avec un autre gars... j'ai déjà perdu un bébé. Et je ne l'ai jamais avoué à Charles.

Que dire ? Ça fait plusieurs années que nous nous connaissons, et je n'ai effectivement jamais entendu parler de cette grossesse. Élodie est muette. Il faut bien qu'une de nous réagisse, alors je me lance.

— Pourquoi tu as voulu garder ça pour toi ? Tu n'as pas commis un crime, tu as juste vécu une épreuve.

Elle soupire tristement.

— Premièrement, c'est une expérience douloureuse dont le souvenir est loin d'être agréable. L'évoquer encore moins. Mais si je ne lui en ai pas parlé, c'est surtout parce que cette fausse couche réduisait mes chances de mener une grossesse à terme. Charles a toujours voulu des enfants, et j'ai eu peur de ne jamais plus être enceinte. Et ensuite, de ne pas mériter un bébé en pleine santé !

Notre belle amie toute ronde se met à pleurer. Je me lève pour lui poser un bras sur les épaules. Élodie fait de même de l'autre côté. Puis, cette dernière ajoute son commentaire :

– Tu as bien raison, tu ne mérites pas UN bébé en pleine santé, mais deux ! Deux du même coup ! Tu mérites incontestablement des jumeaux, pour avoir le double d'amour. Quelle injustice d'en avoir juste un !

Nous rions un peu de son ironie et reprenons nos places. Mathilde revient ensuite sur ses préoccupations pessimistes des derniers temps.

– Je pense que c'est la raison pour laquelle j'ai toujours peur que quelque chose cloche. La crainte d'avoir une malédiction au-dessus de la tête. Ça m'a fait du bien de parler à ta grand-mère, Doris. C'est une merveilleuse dame.

– Oui, Super Odile. Tant mieux si elle a pu t'apporter du réconfort.

La discussion étant redevenue plus légère, il serait temps de commander. Je fais signe à ma collègue. Parfois, nous commandons des mets différents dans le but de goûter à tout, de piocher dans l'assiette des autres. En fait, surtout quand il y a des plats particuliers. Ici, le menu n'a pas de secret pour nous. Nous choisissons trois généreuses entrées à partager. Puis, tout en reprenant mon verre, je reviens sur les craintes excessives de Mathilde.

– Mais tu as peur de tout, ma cocotte. Qu'est-ce qu'il te faudrait pour te donner de la confiance ?

Devant le mutisme de la future maman, notre amie rouquine propose des pistes délicates.

– Même si je sais que ça ne semble pas avoir de lien avec le problème... Te sentir belle. Que ce soit le maquillage pour illuminer ton teint ou montrer tes tendres lèvres roses, une jupe qui mettrait en valeur la sublime rondeur de tes fesses, des talons... ou des sandales qui laissent voir avec quels pieds gracieux tu vas de l'avant ! Ça peut être du vernis à ongles pour les mains et les pieds. Ne pas négliger les orteils. Des vêtements confortables, des épaules dénudées. Tes épaules sont superbes, et ça se voit qu'elles sont ultra douces.

– Waouh, t'es gentille, Élo.

– Hé, ne la fais pas pleurer encore une fois ! dis-je pour rire.

Et je confie aussi ma part de petites peurs personnelles...

– Moi, j'ai toujours peur de me tromper.

– On le sait ! Encore ce soir, ça n'a pas été facile pour toi de choisir entre les nachos et les calmars ! Ha ! Ha !

Justement, les nachos, les bâtonnets de mozzarella et le guacamole arrivent à l'instant.

– Hé, la météo est-elle assez folle cette année ? Il fait chaud, il fait froid, il pleut, il grêle... déplore Élodie.

Ma réponse est spontanée :

– C'est comme ça chaque année, non ?

– Non, il y a des étés torrides, d'autres orageux, mais là, on a tout ça en même temps !

Je pense que c'est toujours pareil, mais ça ne sert à rien d'en rajouter. Les clients parlent sans cesse de la météo ; avec mes amies, j'aimerais parler d'autre chose. Nous dégustons les mets servis et discutons de banalités : mes clients désagréables, les reflux gastriques de Mathilde et les clavardages érotiques d'Élodie avec deux mecs mystérieux. Pour avoir un peu expérimenté l'exercice, je ne crois pas que j'y prendrai goût autant qu'elle. Je n'ai pas détesté, mais le plaisir n'y est pas tout à fait. Une cyberrelation n'égalera jamais un contact en chair et en... peau.

— Il faut que tu réorientes vers ton conjoint le désir que tu éprouves quand tu leur parles, Élo, conseille Mathilde tout en douceur. Jean ne demande pas mieux, j'en suis certaine.

— L'un n'empêche pas l'autre. Je te confirme que parfois, le clavardage m'émoustille assez pour qu'il me reste une chaude énergie quand je rejoins Jean dans le lit conjugal. J'ai même envoyé aux trois gars quelques photos que Doris a prises de moi lors de notre séance ! Et je peux vous dire que ce n'est pas Jean qui a eu la meilleure réaction.

Parlant de cette séance, lorsque j'ai pu observer les résultats, j'ai été surprise de constater que mon amie m'avait prise en très gros plan. En effet, sur une des photos, on voit seulement mon profil : cadrage bouche-nez-yeux fermés. Je crois que c'est ma préférée. J'ai gardé les miennes pour moi et je n'ai donné à chacune de mes copines que les fichiers qui les concernaient. Quant à Mathilde, elle ne sait pas à quel point les photos que j'ai prises d'Élodie sont provocantes. Je crois que c'est pour cette raison qu'elle réagit peu.

— Ah bon ? Charles et moi avons décidé d'en faire imprimer une et de l'afficher dans le salon. Sa réaction m'a surprise, il a été émerveillé ! C'est lui qui a choisi celle devant la fenêtre, où on voit ma silhouette ronde. C'est vrai que c'est beau. Faire un bébé, c'est plus que beau, en réalité : il s'agit d'un vrai miracle, quand on y pense.

Elle introduisait ainsi un sujet philosophique, mais je ne peux m'empêcher de faire bifurquer la conversation. Le geste audacieux d'Élodie me préoccupe trop.

— Élodie, sois prudente. Tu ne sais pas ce que ces gars-là peuvent faire de tes photos ! Ces images pourraient se retrouver à faire le tour du Web, du monde… ou le tour de tes collègues !

— Ça n'arrivera pas. Et tu ne dis rien à Mathilde-la-brigade-des-mœurs qui en affiche une sur son mur ?

— Ça ne se compare pas ! Vos photos ne portent pas le même message !

— Moi, j'ai peur pour toi, Élodie, dit Mathilde. Et pour ton couple. Pense à ce que tu as à perdre.

— Mathilde, je préfère me préoccuper du moment présent et de ce que j'ai à gagner. *Carpe diem*[4], qui peut être contre ça ?

Deux d'entre nous boivent quelques verres alcoolisés, la troisième s'en tient aux *virgins cocktails*. Élodie et moi sommes venues en métro, et Mathilde a utilisé sa voiture, sachant bien que dans sa condition, elle risquait tout au plus d'être conductrice désignée pour le retour si l'une d'entre nous était moins raisonnable que d'habitude.

— Est-ce qu'on va bouger un peu ? demande Élodie.

4 Traduction libre : profite de l'instant sans te préoccuper de l'avenir.

— On n'a pas fini la conversation de tout à l'heure. Élo, c'est ton tour… ordonne Mathilde.
— Oui, as-tu des peurs profondes, toi ? lui dis-je.
— Pas ses peurs, Do, son secret… Tu en avais un en tête, avoue, Élodie !

Moi, je n'aime pas beaucoup ce « jeu » de mettre de la pression sur une personne pour la faire parler. Mais notre amie a visiblement quelque chose sur le bout de la langue.
— C'est vrai que j'en ai un. Que je peux vous dire. Ne me jugez pas !

Euh, ça s'annonce difficile, avec une intro pareille…

— J'ai déjà embrassé mon beauf. Ça fait longtemps ! C'était dans mes débuts avec Jean.
— Ton qui ? Ton boss ? demande Mathilde.

Je réponds à Mathilde sans quitter Élodie des yeux et sans montrer d'émotion.
— Son beau-frère.
— Ça fait dix ans environ. Ça ne faisait pas longtemps que j'étais avec Jean. Je trouvais son frère hyper sexy. C'était Noël… Il a mis ses mains sur mes hanches en passant derrière moi, l'espace était restreint. Et il a soufflé son haleine dans mon cou. J'ai frémi et… voilà. On respirait fort, et nos langues ont un peu dansé un *slow* cochon. Pas longtemps. C'est tout. Les fois suivantes, on s'est évités subtilement, et les choses ont repris leur cours normal par la suite. Ce n'est pas grave.

Après réflexion, je suis d'accord avec elle.

– Tu as sûrement raison. Ce n'est pas si dramatique.

J'ai l'impression que je dois préciser ma pensée pour Mathilde.

– C'est de l'histoire ancienne. Jean ne le sait pas, j'imagine. Pas de peine ni d'attentes = pas de problèmes. En fait, peut-être que si, à bien y penser ! Tu sembles apprécier ce « danger » et vouloir recommencer, Élo.

Notre amie nous assure qu'elle sait ce qu'elle fait, mais je n'en suis pas si certaine. Toujours est-il que lorsqu'elle insiste pour danser, nous l'accompagnons quelques minutes, puis nous décidons de rentrer. Nous nous unissons dans un câlin à trois avant de nous séparer. Nous savons bien que nous nous aimons très fort. C'est ce qui nous permet de nous parler franchement. Parfois, ça secoue, nous nous blessons même un peu quand nous nous disons nos quatre vérités, mais l'amitié est assez forte pour tout supporter. C'est vrai, nous avons déjà tenu les beaux cheveux de Mathilde quand elle vomissait, même après lui avoir recommandé de moins boire. Nous avons aussi fait des pieds et des mains pour sortir Élodie des difficultés que lui avait causées un petit mensonge, même en sachant qu'elle nous en fait à nous aussi de temps en temps. Et les filles ont instantanément libéré leur horaire quand j'en ai eu besoin. Tristesse lors du décès de mon grand-père, mal de ventre causé par mes doutes au sujet de mon frère ou cœur brisé à maintes reprises par Olivier, elles étaient là.

OK, nous nous disons bye, les filles. Je dois aller au lit. Exceptionnellement, je travaille demain, c'est le Bar-Fest. Je servirai les festivaliers dans la rue face au bistro.

* * *

Ça y est, nous sommes le jour C, pour Course. C'est à croire que le soleil fait un barbecue tout en mettant de l'huile dans son poêle à bois. MétéoMédia suggère d'éviter l'activité physique à l'extérieur, tellement il fait chaud. Waouh, nous tombons pile-poil avec nos épreuves sportives ! Des jeux d'adresse plutôt exigeants physiquement sont organisés et dureront tout l'après-midi. Il y a quand même des mesures qui sont prises pour aider les participants à s'adapter à la température. Des commandos spéciaux se promèneront parmi les gens pour les mitrailler d'une bruine rafraîchissante avec des pompes à eau, et des gourdes réutilisables à l'effigie du bistro seront offertes. Le gérant a bien su profiter de l'occasion sur ce coup-là.

Pour l'événement, l'accès est refusé aux voitures, et il y a des artistes ambulants qui performent en exploitant le thème des bars. Des clowns portent des échasses ornées d'escarpins, d'autres jonglent avec des bouteilles ou des verres... Et j'adore les décorations qui ornent la rue ! Des drapeaux et divers autres articles affichent le message « Restez calmes et laissez un bon pourboire ! » Cette prémisse utilisée à toutes les sauces me fait toujours rire.

Il y a des adultes de tous les âges dans la foule. Ce n'est pas une activité familiale, car quelques performances sont un peu osées, et un sex-shop figure parmi les kiosques. Il y a aussi des stands de dégustation d'alcool où des distilleries, des brasseries, des vignobles et des cidreries font la promotion de leurs produits, pour le plus grand plaisir des personnes qui se sont déplacées.

Moi, je fais le service de bière. Ces rafraîchissements sont très populaires et je n'arrête pas d'en servir. Je n'ai pas besoin de me voir dans un miroir pour savoir que mon visage est tout rouge et qu'il doit drôlement contraster avec mes cheveux platine. Je n'ai par ailleurs pas vraiment le temps de m'hydrater. Pour être plus efficace, un bac d'une trentaine de centimètres de profondeur est accroché à mes épaules par des bretelles. Ainsi, je peux me déplacer facilement. Des glaçons conservent les canettes bien fraîches. À trois euros cinquante chacune, ça se vend bien.

Quand j'en ai l'occasion, je m'étire le cou pour voir les jeux. C'est assez drôle de constater la maladresse des participants dans un jeu d'habiletés impliquant un plateau et des assiettes. J'ai envie de les applaudir lorsqu'ils laissent tomber leur butin. C'est d'ailleurs ce que fait la foule compacte.

La plupart des prix à gagner ne sont que des bons pour une consommation gratuite, mais il y a aussi quelques chèques cadeaux plus alléchants.

– Doris !

Il me semble toujours entendre mon nom au loin, mais avec tous ces gens, difficile de répondre chaque fois. Plusieurs le connaissaient déjà, et le « mot » se passe. Ainsi, j'entends des Doris par-ci, Doris par-là…

Un tapis de caoutchouc a été installé tout le long du super parcours d'épreuves. En début de trajet, quatre équipes placées côte à côte se préparent à partir en observant une série d'images et de mots à mémoriser. Un des partenaires tient l'autre par les pieds, et celui qui marche sur les mains porte un plateau vide sur le dos. Celui-ci ne doit pas tomber. Ensuite, ils doivent porter ce plateau très haut, à bout de bras, à travers un chemin parsemé d'objets dont certains roulent. Et enfin, un des deux membres de chaque équipe dépose deux pichets d'eau sur ce plateau, que son coéquipier doit transporter jusqu'à la ligne d'arrivée, quelques mètres plus loin.

— Doris!

Oui, j'arrive! Il ne me reste que quelques bières, je devrai retourner faire le plein. Ma vue s'embrouille, tellement l'humidité est accablante. Tandis qu'un type se concentre pour réussir à se déplacer en tenant son plateau en équilibre, sa camarade lui assène une forte tape sur les fesses! Surpris, il laisse presque tomber son précieux lot. La foule acclame le geste de la fille en sifflant et en riant. J'ai l'impression que ça se serait passé différemment si les rôles avaient été inversés. Avec raison, à mon avis, car les femmes se font plus souvent intimider, et on ne doit pas en rire. De toute façon, aucun des deux sexes ne devrait oser dépasser certaines limites, et tout le monde devrait se respecter!

Soudainement, la chaleur m'incommode à l'extrême. Je suis désorientée. Il y a un mouvement de foule, je vois la masse qui se déplace, qui recule, mais les gens sont trop nombreux et je suis trop étourdie pour m'adapter. Je suis simultanément bousculée sur le côté, poussée en arrière et projetée. Mes genoux flanchent, mes pieds se soulèvent et… c'est le noir total.

***

J'ai mal. J'ai mal à la tête, au corps, aux oreilles… J'ai de la difficulté à respirer et je tente d'ouvrir les yeux comme si ça pouvait m'aider à trouver de l'air. J'ignore ce qui se passe et je commence à paniquer. Je suis couchée par terre, et quelqu'un est là, tout près de moi. Je dois voir de qui il s'agit.

Oh ! Hum ! Ces lèvres, je les connais.
Je veux les goûter, j'ai une soif impossible ! Oh, c'est lui ?

Le type au chapeau… C'est l'homme le plus séduisant que j'ai vu de toute ma vie. Qu'est-ce qu'il fait là ? Je me suis étalée par terre pendant la course, et Manuel est agenouillé près de moi, inquiet. Un pli soucieux lui barre le front, ses iris me questionnent et s'affolent. Je ferais mieux de me dépêcher de le rassurer. Je marmonne :

– Ça va, c'est bon ! Je vais me relever.

Je tente de relever ma tête, mais déjà je devine que j'ai parlé trop vite. Manuel me palpe le ventre.

– Ça te fait mal quand je touche ici ? On pense que quelqu'un est tombé sur tes côtes.

Je ne suis certaine de rien. J'ai chaud et froid en même temps. Et je suis mouillée… Bouger un tout petit peu m'a permis de percevoir qu'une canette a été placée sous ma nuque. Mon front est humide, ainsi que mes cheveux. Je crois qu'on m'a aspergée de l'eau des glaçons qui étaient dans mon bac. Ce dernier gît non loin de moi.

— Non, mes côtes… ne sont pas douloureuses.

— Parfait, alors je vais t'emmener ailleurs, car Philippe n'arrive pas très efficacement à éloigner les gens pour que tu puisses avoir de l'espace et de l'air.

Je ferme les yeux et me laisse faire. Il m'appuie contre son torse. Je voudrais rester là. Toujours. Quand je relève les paupières, il est en train de me déposer sur le comptoir du bistro.

Le comptoir ? Quelle drôle d'idée !

Il faut que je retourne travailler.

— Ça va aller. Laisse-moi me relever tranquillement.

Je suis assise sur le bar, la tête encore appuyée sur Manuel, et j'aperçois mon patron. Mon premier réflexe est de vérifier que je porte toujours mon tablier rempli des recettes de ventes de bières. Je m'affole. Manuel, qui me soutient toujours la tête, devine ce que je cherche.

— C'est Phil qui a ton tablier. Je lui ai demandé de rester dehors pour guider les secours qui arrivent.

Chapitre 10

Bas les pattes !

Samedi dernier, les ambulanciers sont repartis sans moi. Il aurait été inutile de m'emmener à l'hôpital. Un verre d'eau bien froide m'a fait du bien. Mon quart de travail était fini, avec tout ça. Je suis donc rentrée me reposer chez moi. Tout un samedi soir !

Aujourd'hui, mercredi, la terrasse est à moitié remplie. Juste assez pour que je sois bien occupée et que j'aie le temps de passer régulièrement visiter mes tables pour m'assurer que tout est à point. Je vais voir mon groupe de six. Je crois que ce sont des collègues, et ils semblent beaucoup s'amuser pendant l'heure du déjeuner. Ils s'envoient blague par-dessus blague depuis tout à l'heure. Idéalement, je m'arrange pour ne pas me tenir tout près, pour ne pas me sentir obligée de rire, histoire de toujours être sympathique et professionnelle. C'est raté pour ce coup-là.

Les compagnons s'esclaffent un peu, par politesse, probablement. Je fais de même.

— Même la petite serveuse rit, vous voyez ben que je suis drôle ! se défend le *wannabe* humoriste.

— Qu'est-ce qu'une serveuse ne ferait pas pour un beau pourboire, hein ? Ha ! Ha ! Ha !

Je réplique avec mon sourire le plus aimable.

— Ha ! Ha ! Ça dépend de ce que vous avez en tête. Je n'irais pas jusqu'à rire contre mon gré, par contre. Je ris parce que ça me paraît plus agréable comme ça !

De toute façon, si je ne riais que pour être gentille,
je ne vous le dirais pas !

— Bon, tu vois, ce n'était pas parce qu'elle te trouvait nécessairement drôle ! se moque une autre personne aux dépens du blagueur amateur.

— Tout est à votre goût ?

Je m'en tire avec cette phrase. Hé que j'ai un professionnalisme à toute épreuve !

Quand je reviens débarrasser la table du groupe qui vient de partir, le client qui se tient derrière moi met sa main sur mon postérieur.

Oh ! Je me retourne plus vite que mon ombre.

— Du calme, la tigresse ! Fais semblant que t'aimes ça si tu veux un bon pourboire…

— Vraiment pas, non.

Entre collègues, nous avons un code à utiliser en cas de problème majeur. Je n'irai pas jusque-là pour l'instant. Cependant, il est certain que ma colère transparaît. Ma voix est grave et mes yeux, sérieux. Je ne suis pas en furie, je me montre ferme et déterminée. J'ai de l'expérience. Je préfère ne pas attirer l'attention en m'époumonant. L'effronté en rajoute.

— Allez... Tu t'es forcée à rire, tout à l'heure... Tout le monde sait que les serveuses font des petites gâteries pour un pourboire...

C'est n'importe quoi, il veut me faire sortir de mes gonds ! Ce client mangeait seul et il a forcément entendu la conversation du groupe de six au sujet des pourboires. Je tente d'ignorer cette remarque stupide et prends sa chope de bière vide pour débarrasser la table. Sa bêtise crée une légère agitation sur la terrasse. Rien qui le dérange, car il en remet encore.

— Au moins, laisse-toi faire, bébé...

— Non ! dis-je en enfonçant le verre massif le plus fort possible dans ses côtes pour le saisir.

Recevoir un coup pourrait le surprendre suffisamment pour qu'il change son comportement.

Mais ça ne marche pas. Il est bien plus robuste que moi, il doit faire plus de deux fois mon poids. J'entends Édouard, le barman, s'en mêler.

— Monsieur, vous payez et ensuite vous partez. Allez, venez me voir pour l'addition.

Soulagée, j'entre dans le restaurant, le temps de reprendre mon souffle. Je ne pense pas l'avoir laissé paraître, mais je tremble. Il y avait longtemps que ça ne m'était pas arrivé, et j'avais presque oublié ce que ça pouvait provoquer comme sentiment. Le client baragouine d'autres conneries et me traite de frustrée. Il lance un billet de vingt euros sur la table, soit environ le total sans pourboire. Il part d'un pas lourd, et quelques personnes applaudissent. Je crois qu'elles saluent son départ ou l'intervention d'Édouard. OK, je ne dois pas faire l'enfant et rester cachée. Je retourne sur la terrasse pour continuer ce pour quoi on me paie, autant en salaire qu'en pourboires.

Ce malotru m'a énervée, et j'écope plus qu'il le faudrait. Je fais mon possible pour qu'au moins, les clients que je sers par la suite n'en fassent pas les frais. Malgré moi, je demeure irritable tout le reste de la journée.

* * *

Je suis chez moi. Je me suis douchée, massé et crémé les pieds, qui sont actuellement déposés sur le mur. Cette journée a été particulière. Allongée dans mon salon, je repense à ce qui s'est passé. Je sais maintenant que je suis capable d'imposer mes limites. Mon corps, c'est mon corps, et je refuse d'être touchée lorsque je travaille. J'ai une petite bulle imaginaire autour de moi. Je m'y sens à l'abri, et personne n'a le droit de la transgresser. Ce n'est pas compliqué !

Quand est-ce que ça entrera dans la tête de chacun ?

Financièrement, la journée a été bonne. Je crois que quelques clients ont tenté de compenser ce que je n'ai pas eu de l'abruti. Je ne m'en plains pas, je le mérite. Je les ai remerciés, plus pour leur soutien que pour la prime.

Je peux maintenant faire la connaissance des personnages du nouveau roman que je tiens entre mes mains.

* * *

Une autre semaine s'achève, et je vais voir Odile avant de me rendre au boulot. Elle me semble préoccupée et a besoin d'écoute. Nous sommes à l'intérieur ce matin, autour de son mobilier de cuisine. Le petit Sucre dort sur sa chaise. Oui, oui, une des chaises est officiellement la sienne. Sur un rond de la cuisinière mijote une soupe multicolore. J'adore ce bouillon rempli de nourrissants morceaux de légumes frais. Enfant, les tomates entières provenant des boîtes de conserve me répugnaient.

– Elle a vécu tant de solitude, dit-elle en parlant d'une de ses amies.

Hier, Odile est allée aux funérailles du mari d'une dame qu'elle aime beaucoup. Ma grand-mère au cœur d'or est attristée par l'isolement de son amie de longue date.

– Dès le moment où son entourage a su que son époux était condamné, il a cessé de les fréquenter. Pas de sorties en couples ni en groupe. C'est cruel, quand on y pense. Les gens ne sont probablement pas mal intentionnés. Ils éprouvent sûrement un certain malaise et évitent les rencontres dans ces cas-là. Même ses enfants ont diminué la fréquence de leurs visites. Mon amie aurait tant eu besoin de soutien. Son mari était de plus en plus absent mentalement, et elle était seule pour tout faire, vingt-quatre heures sur vingt-quatre. J'aurais peut-être dû…

– Ce n'est pas ta faute. Qu'aurais-tu pu faire de plus, mamie ?

– Je ne me déplace pas facilement, mais je peux le faire. Sinon, j'aurais pu l'appeler tous les jours pour bavarder et la sortir un peu de son isolement. Je m'en veux de l'avoir laissée à elle-même durant cette période difficile.

Quand je ne trouve pas quoi dire, je me demande :

« Qu'est-ce qu'Odile dirait, elle ? » Ça m'inspire.

– Ce qui est fait est fait, tu sais. C'est ce que tu me dis d'habitude.

Elle me tapote la main.

– Tu as tendance à me remettre mes propres mots sous le nez.

– C'est parce que j'ai de grandes oreilles, grand-maman ! Je suis un parfait petit chaperon rouge. Hi ! Hi !

Je détourne le regard et vois des papiers sur sa table. Elle m'explique sans que j'aie besoin de la questionner.

– Je préparais ma rencontre avec mon notaire. J'ai fait des modifications pour mes dernières volontés.

Je n'aime pas ce sujet. Ça me fait peur. Ça sent la solitude, l'abandon. Mes doigts pianotent sur ma cuisse. Elle le remarque, mais poursuit quand même, avec toute la douceur dont elle est capable.

— Si je veux que vous ayez des sous, je dois avoir le service funèbre le plus simple possible. Ce sont de vrais voleurs. Tout doit être à vous, mes enfants. Mon fils et ses enfants, ta mère, où qu'elle soit, et vous trois, mes p'tits derniers, ma deuxième portée…

De la famille nombreuse dans laquelle elle a grandi, il ne lui reste qu'un frère, et une de ses deux filles est décédée il y a plusieurs années. J'ai donc un oncle, le frère aîné de ma mère, et un grand-oncle, le frère d'Odile. Je les mettrai bien sûr sur la liste d'invités pour son anniversaire.

— La sagesse, c'est beau, mais il faut aussi faire quelques folies… lance-t-elle à brûle-pourpoint.

— Tu en as fait suffisamment, toi ?

— Oh oui ! dit-elle pour me rassurer. J'ai même déjà fumé du cannabis ! Je suis une vraie rebelle, que veux-tu.

— Ha ! Ha ! Ha !

Sucre se lève et vient se recoucher sur sa maîtresse. Il doit avoir envie de quelques caresses. Elle le caresse avec affection, spontanément. C'est lui qui lui tient compagnie quand nous ne sommes pas là, ma sœur et moi. Cindy vient de temps à autre. Odile a aussi des amies, mais je sais que son toutou occupe une grande place dans son cœur. Tiens, et lui, est-il aussi sur son testament ? Je blague, mais s'il le fallait, nous en prendrions bien soin, de ce petit tas de poils blanc.

Ce qui me démange actuellement, et je n'en suis pas fière, c'est qu'Adam, mon frère, soit inclus dans la succession. Ce n'est pas une question d'héritage, mais de considération. S'il est réellement responsable de la fraude dont Odile a été victime et qu'elle l'apprend, elle pensera sûrement autrement. Devrais-je lui dire ? Beurk, quelle tâche épouvantable ! En plus, je n'ai pas de preuve. Je m'en veux, et ces idées me donnent la nausée. J'en ai mal au ventre, mais je n'y peux rien si son attitude douteuse a éveillé mes soupçons et en a fait le suspect le plus probable.

J'avais une si belle énergie en arrivant, je ne laisserai pas mon frère gâcher ma journée ! D'instinct, je visualise une photo de lui que je froisse et que je lance. Et ouste !

Trouver le moyen d'amener Odile à sa fête ne sera pas simple. Il me faudrait une voiture dans laquelle je pourrais mettre son fauteuil. Sinon, je peux demander le transport adapté, mais sans qu'elle ne sache où nous irons... Ce n'est pas évident. Et la raison ? Qu'est-ce que je pourrais bien inventer pour l'attirer quelque part ? Je pourrais dire que nous allons à un endroit, encore à déterminer, et que nous avons un petit arrêt à faire en chemin... Nous verrons bien. J'ai encore du temps. Mais je dois cesser de procrastiner.

Et puis, le fait qu'une femme comme Odile, qui a toujours foncé et qui a toujours été active et créative, cultive elle aussi quelques regrets, ça me fait réfléchir... Je devrais songer à rédiger une autre liste pour après mon anniversaire. Une où j'écrirais toutes ces choses que je voudrais réaliser « une fois mature », à trente et un ans… et durant les années qui suivront. Je souhaite avoir toujours des projets et les remettre en question, les mettre à jour, quoi.

Je me remets sur mes pieds pour aller travailler et j'aperçois un sachet de sucreries pour chien.

– Je peux lui en donner ?

Dès qu'il entend l'emballage se déchirer, Sucre lève la tête et l'incline. Trop mignon.

– Vas-y, ça lui fera plaisir.

– Sucre, tu en veux ?

Il se retrouve à mes pieds avant même que j'aie fini ma phrase. Je le trouve adorable. Puis, je me prépare à partir. Ma grand-mère me tend les bras.

– Bye, mon p'tit soleil !

Je me remplis les narines et les poumons du parfum réconfortant de la soupe qui mijote avant de sortir. Je sais qu'Odile prendra le téléphone et qu'elle appellera son amie dès que je fermerai la porte. En sortant, je jette un coup d'œil sur l'arbre qui veille sur sa maison. Il semble fatigué…

* * *

Donc, avant mon prochain anniversaire, le pire de ma vie, le trente et unième, il me reste un peu de temps pour profiter de ma jeunesse. À peine un mois. C'est comme ça. Je sais bien, de façon rationnelle et intelligente, qu'après cette date, je ne serai pas beaucoup plus vieille et gâteuse qu'aujourd'hui, mais c'est plus fort que moi. Je me demande si Maxime Le Forestier est conscient que ses chansons traumatisent les jeunes femmes. Sûrement pas. Peut-être aussi qu'il n'y a que moi qui m'en fais autant avec ces paroles... Alors voilà, je profite de ma jeunesse, je me déclare complètement folle.

Parce que c'est lui, j'ai accepté d'accompagner Manuel au camping avec la famille de ses copains Cédric et Patrick. Il est venu me voir au bistro pour m'expliquer ce qu'il en était et m'informer de son intention de ne pas dormir là-bas. Nous irons y faire un tour dans l'après-midi, puis, si ça nous tente, nous mangerons là-bas, avant de repartir en soirée. Rien de trop compromettant. Ça me va. J'ai envie de lui faire confiance. J'ai dit oui. Juste oui. Il a souri, et j'ai dû lui donner mon adresse pour qu'il passe me chercher.

Monsieur le Soleil nous pèse dessus de tout son poids, de toute sa prestance. C'est parfait, car je suis vêtue pour une journée chaude. J'ai hésité. «Camping» signifie pour moi plusieurs trucs : bottes de pluie, chemise à carreaux, tongs, souliers de randonnée pédestre, robe bain-de-soleil, maillot sport, jean à salir... Je ne savais pas quoi mettre. Et je n'allais quand même pas demander à qui que ce soit comment m'habiller… Je suis une femme et je suis censée savoir me vêtir…

J'ai mes éternelles vieilles tongs aux pieds. D'ailleurs, l'une d'elles semble sur le point de rendre l'âme. J'ai choisi de porter un short en jean et une chemise rose (pas blanche, car on sait que ces tissus deviennent transparents s'ils se font mouiller). Je trimbale aussi une veste pour le soir.

Manuel se gare devant chez moi et sort m'accueillir. Bien ! J'ai misé juste pour ma tenue. Il porte un bermuda marine et une chemise fleurie. Et… PAS de chapeau. OH !!

– Oh ! Hein ? T'as des cheveux !

Ça me donne un peu l'impression d'avoir droit à un autre Manuel. Encore plus accessible. J'ai le sourire fendu jusqu'aux oreilles et les sourcils relevés quand je tends spontanément une main vers sa tête pour la toucher.

– Euh, ben oui, j'ai des cheveux. J'en ai une tonne, en plus. Comme tu peux voir.

Je freine mon élan, quand même. Ses cheveux châtains, minces et fous sont légèrement bouclés. J'y mets les doigts un instant seulement. Je frissonne. Même si je n'aime pas toucher les gens, je suis très sensible aux contacts. Mieux vaut m'abstenir. Je me suis déjà reposée sur son épaule, mais cette fois-là, j'avais une bonne excuse pour m'y blottir. Je venais tout de même de m'évanouir.

Nous sommes dans sa voiture et avons un peu plus d'une heure de route à faire vers le nord. J'aperçois quelques bouquins de Michel Houellebecq sur la banquette arrière. Je ne l'ai pas lu, mais j'en ai beaucoup entendu parler. Il y a une odeur agréable dans son auto. Ça sent meilleur que dans les transports en commun. Ça sent le propre, le bonheur, la journée ensoleillée... Peut-être que ça sent toujours comme ça quand il est là ? J'essaie de me souvenir des autres fois. Puis, il met une chanson, se doutant bien que j'affectionne cet air plus qu'hier et moins que demain, et que j'aurai envie de chanter. Il s'agit de *Hit the Road Jack*. Nous crions, chantons à tue-tête !

No more, no more, no more, no more !!!

C'est rare que je fasse connaissance avec de nouvelles personnes. Littéralement faire connaissance. Je réalise en quoi ça consiste. Avec mes amies, nous nous racontons notre quotidien et, comme nous nous parlons régulièrement, nous pouvons y aller dans les moindres détails.

Avec Manuel, nous abordons plutôt notre passé. Raconter nos souvenirs est une façon de montrer qui nous sommes et d'où nous venons. On dirait que je ne me lasserai jamais d'en apprendre plus à son sujet.

Si le ciel est toujours dégagé ce soir, j'aurai l'occasion de voir les étoiles. Je ne suis pas allée souvent à la campagne. Dans la plupart de mes souvenirs d'été, je suis à l'extérieur, oui, mais dans la ruelle. Nous avons grandi dans un coin plutôt familial, et la ruelle était pleine de jeunes de tous âges. Nous avions aménagé une école et un hôpital imaginaires entre les cabanons, pour jouer. La cour des grands était devenue la cour des petits au fil des ans. J'y ai aussi appris quelques techniques utiles... comme allumer des feux et lancer des cailloux avec précision.

Quant à Manuel, il a fait beaucoup de camping avec sa famille quand il habitait une banlieue au sud de Paris. Il connaissait déjà les jumeaux lorsqu'ils ont emménagé en ville tous les trois, lui pour la musique, eux pour leurs études.

Beaucoup de vacanciers sont sur les routes, alors la circulation est ralentie, et nous rendre à destination a pris plus de temps que prévu, mais je ne m'en suis pas rendu compte.

Il a apporté de la bière et de la nourriture pour nous deux. J'ai insisté pour payer nos entrées sur le site. Débourser chacun son tour m'apparaît plus amical que d'acquitter chacun la moitié des factures. J'aime bien ce procédé. Il a investi plus que moi, mais bon, il s'est montré généreux, et je me reprendrai à une autre occasion.

Voilà donc le site du camping. Je trouve que ça sent déjà la forêt. Les emplacements disposés le long du chemin sont aussi semblables que différents les uns des autres. C'est quand même drôle, ce « loisir » qui exige d'installer ses équipements à côté d'autres campeurs qui font tous leur petite affaire sans trop s'occuper de leurs voisins. Il flotte une bonne, mais pas très subtile odeur de feu. Les campeurs n'attendent pas tous le soir pour parfumer l'atmosphère avec la fumée. C'est agréable. Plusieurs semblent installés là depuis des années. Ils ont aménagé une plate-bande de fleurs, une terrasse de bois, des pavillons, etc. Je devine une piscine bondée de familles qui se rafraîchissent et s'éclaboussent à travers les cris d'enfants qui, du même coup, se créent des souvenirs d'été...

— Ils sont juste là. Sur le dernier terrain au fond, m'indique Manuel.

Je vois tout de suite un des deux jumeaux qui vient nous accueillir.

— Man ! Je savais que tu déboulerais !

— Salut, mon Ced !

Bon, il s'agit de Cédric. Je vais retenir qu'il porte un t-shirt bleu pour le différencier de son frère quand je l'apercevrai. Je descends à mon tour de la voiture et les rejoins.

— Salut, Cédric, dis-je, souriante, sans toutefois tendre la main ni donner de bisous.

Il répond en souriant lui aussi. Il me regarde, mais s'adresse d'abord à Manuel.

— Hééééé ! Man, tu ne devais pas venir avec Phil ? Il a embelli, dis donc ! Salut, Doris, content de te voir.

Et voilà la bise, les paumes sur mes bras. Je me sens bien accueillie. Pas que j'en doutais, mais... enfin, je suis en confiance et je prévois que ce sera une superbe journée. Cédric me présente ses parents, sa copine Pascale et son petit frère de six ans, William. Ce dernier se dit chercheur d'or et de pierres précieuses...

Pascale entame la discussion en tentant de me rassurer.

— Nous sommes arrivés hier et il pleuvait, mais aujourd'hui, c'est parfait. Ne t'inquiète pas à propos des gros nuages qu'on voit de ce côté, ils sont à cet endroit depuis ce matin, mais on dirait qu'ils se sont posés juste avant de nous survoler. Ils restent là.

– Veux-tu une bière, Doris ? J'ai acheté la sorte que tu buvais au bar, m'offre Manuel.

– Oui, merci.

C'est « ma » sorte de bière, en plus. Comme c'est gentil. Nos mains se frôlent quand il me tend la canette, et ça me procure une chaleur inattendue. Le petit garçon blond au joli minois s'est assis près de moi et me fixe d'un air féroce depuis tout à l'heure. William n'a pas l'air de m'aimer. Manuel le taquine.

– Hé, Will ! Dis-moi, mon gars, ta langue, est-ce qu'elle est mouillée ?

– Euh... Oui ! répond celui-ci.

– Tu en es sûr ???

Le garçon sort la langue et la touche pour s'assurer de son humidité. Manuel rit et frotte la tête de l'enfant, qui se lève pour feindre un boudage en règle. Manuel lui fait comprendre par son attitude que la moquerie n'était pas méchante, que c'était juste pour rire. L'enfant est visiblement insulté. Son rire est un peu jaune, mais il fait preuve d'un bon sens de l'humour...

Un rond de gazon brûlé est de toute évidence l'endroit désigné pour le feu, mais les garçons tiennent à déposer des pierres autour. Ils élèvent un minimuret de seulement deux ou trois pierres de hauteur qui forme un C. Mon ami s'installe à côté de moi sur une chaise en toile.

— Vous ne le finissez pas ? dis-je.

— C'est fait comme ça. Le trou, c'est la porte pour mettre du bois !

— Ha ! Ha ! Ha !

Tout le monde rit de la blague, que je trouve drôle, moi aussi. Comme si ces quelques gros cailloux empêchaient de déposer le bois par-dessus le petit muret et qu'une porte était nécessaire !

Ils sont tous morts de rire, et ça me fait m'esclaffer à mon tour. Leurs rires sont contagieux.

— Des tickets pour notre tirage au sort spécial camping !

Une jeune fille nous invite à acheter des billets pour un tirage où on peut gagner cinquante pour cent de la mise totale, la moitié du pot. Ça m'intéresse.

— Ah ben oui, peut-être. C'est combien et pour quelle cause ?

— Cinq euros pour un billet et huit euros pour deux.

— OK. Et les profits vont où ?

L'adolescente hésite avant de répondre.

— Nulle part. C'est pour les activités du camping.

C'est à mon tour de rester coite.

— Euh, je pensais participer à une campagne pour une œuvre caritative… Non merci, alors.

Personne d'autre ne lui porte d'intérêt, et elle va crier son invitation plus loin. Je sens toujours le regard du petit garçon sur moi. Quand Manuel se remet debout dans l'intention de déplacer encore une grosse pierre afin de l'ajouter au demi-cercle autour du feu, William se lève pour voler la place du jeune homme à mes côtés. Je lui dis :

— Il est fort, Manuel, hein ?

Mon compagnon a entendu mon compliment et prend la pose. Il imite un Monsieur Muscles en montrant ses biceps et en soulevant ses sourcils à répétition. Il me fait rire. William a l'air d'accord, il semble admirer mon ami. Cédric me fait une observation.

— Doris, on dirait bien que tu as tapé dans l'œil de mon petit frère !

— Tu penses ? J'avais plutôt l'impression qu'il m'en voulait... Est-ce que Manuel joue avec lui, habituellement ?

— Toujours, et ce, depuis qu'il sait marcher.

— Ah, c'est ça. Je le lui ai volé...

— À voir les beaux yeux qu'il te fait, je me demande bien qui vole qui... Man, attention, Will convoite ta place auprès de Doris, je crois !

Pauvre enfant, ce n'est pas facile pour l'ego. Les adultes parlent de lui comme s'il n'était pas là. Il n'aime pas ça.

Pascale me montre sa nouvelle lanterne à télécommande et une petite chaufferette électrique qu'ils mettront dans leur tente avant la nuit, Cédric et elle. Une voiture approche.

— *Yes !* V'là Pat qui déboule avec sa copine et nos cousins !

Dès que ces derniers arrivent, tous chantent en chœur :

Oui, mais voilà, pendant ce temps-là à la caserne
on entend les pompiers crier :
Qu'est-ce qu'on a fait des tuyaux, des lances
et de la grande échelle? Qu'est-ce qu'on a fait des tuyaux?
Pas de panique, il nous les faut!

On dirait bien que *L'incendie à Rio*, de Sacha Distel, est leur chanson de camping fétiche.

— Oh, on dirait qu'il va pleuvoir bientôt, les gars. Va falloir se coller sous l'auvent de la roulotte! observe Patrick.

— Non, non. Ne t'inquiète pas, ces gros nuages-là n'ont pas l'intention de venir jusqu'ici. Ils ont passé toute la journée tout près, mais ont cessé leur progression. Le vent soufflera sur ces cumulus au besoin!

J'illustre mes propos avec des gestes pour les rassurer à mon tour.

— Ha! Ha! Cumulus… Je me demande bien pourquoi on appelle ces nuages comme ça? Ils ressemblent à des choux-fleurs.

— Je ne sais pas, je ne me suis jamais posé la question, dis-je.

Manuel avance une explication qui semble valable.

— Il paraîtrait que ça vient du latin et que cela signifie «amas» car ce sont des amas de nuages. J'aime bien leur surnom poétique : «moutons nuageux».

Tandis que les copains se moquent un peu de son pseudo vocabulaire scientifique, je remarque qu'il y a des snacks sur la table de pique-nique. De plus, j'apprends qu'en camping, on mange tard. J'ai un p'tit creux, mais une deuxième bière et quelques bouchées m'aideront à patienter.

Nous nous posons encore beaucoup de questions, Manuel et moi. J'ai envie de le connaître à fond. Ça ne fait pas interrogatoire de police, non. Il veut simplement en savoir plus sur moi, et moi sur lui. C'est naturel. Je le verrais bien s'intégrer à ma famille.

Pascale se lève d'un bond et s'écrie :

— Hé, est-ce qu'on joue aux *washers* ?

J'ignore ce que c'est. Manuel doit lire l'incompréhension dans mes yeux, car il m'explique.

— Il s'agit de lancer un anneau dans une boîte. C'est un jeu qui vient du Québec. C'est un peu comme jouer au fer à cheval.

J'ai déjà joué au fer à cheval… et je me débrouille pas trop mal. Viser et lancer font partie de mes forces cachées, et ce, grâce aux petits voyous de la ruelle de mon enfance.

— Je ne sais pas si je serai capable, mais je veux bien essayer.

On m'explique que nous allons faire un tournoi. Ça me va. Mes premiers lancers ne sont pas extraordinaires, je dois m'adapter à ces anneaux qui ne pèsent pas lourd. Pour ma première partie, je joue contre Pascale. J'ai de l'avance. J'avoue que les garçons me rendent la tâche facile en déconcentrant mon adversaire. Cédric et Manuel se mettent à se chamailler en riant, et l'un verse sa bière sur l'autre, qui lui rend son coup illico presto. Ils peuvent bien faire les gamins, moi, je m'amuse et j'ai le vent dans les voiles.

J'aime bien ce jeu.

Oouuhh. Trempé, Manuel enlève son t-shirt. Au ralenti. Ou bien c'est moi qui suis dans un espace-temps parallèle ?

Dire que ma sœur n'en veut pas, c'est incroyable !

Qui refuserait un corps pareil ? Bon, ce n'est pas Monsieur Muscles ni un acteur ténébreux, mais ce corps est très attirant ! Je suis complètement déconcentrée, là. Oups, la joueuse en face de moi suit mon regard, je devrais me remettre à jouer.

— Ça va, Doris ? Quelque chose te dérange ? demande-t-elle en sachant très bien ce qui a détourné mon esprit de notre partie.

En séparant bien les syllabes, je prononce :

— Rien du tout. Au-con-traire !

Mon ami a suspendu son t-shirt après l'avoir rincé, et c'est torse nu qu'il s'approche du jeu.

— C'est à mon tour ! dit-il. Après, Ced, je joue contre toi, mon vieux !

— Ça dépend de qui gagnera, Man !

Je comprends par son sourire en coin que Manuel tient pour acquis qu'il me battra. C'est ce qu'on va voir.

Eh bien, est-ce que la chance de la débutante m'aurait déjà abandonnée ? J'ai atteint la boîte quelques fois, mais jamais le cylindre du centre, et Manuel place toujours ses anneaux par-dessus les miennes. On dirait bien qu'on a ici un habitué… OK. C'est mon tour, et je prends mon temps. Mes pieds sont installés un devant l'autre, et j'avance lentement mon bras en visant le cercle.

Ça y est, au moment de lancer, j'aperçois un adversaire sexy devant moi qui m'envoie un bisou sensuel dans les airs pour me distraire encore plus. Son sourire est... gourmand, et ça me donne chaud. C'est injuste! Cette bouche m'attire depuis la première fois que je l'ai vue. En cet instant, je rêve d'y goûter.

«Aahhh!» font simultanément sa voix chaude et la mienne, trop aiguë. Il s'est poussé juste à temps pour ne pas recevoir mon anneau dans le front, et je dois aller la chercher sur le terrain voisin.

Nous rions, mes joues sont pleines de larmes. Je me sens merveilleusement bien. Même si je n'ai pas gagné aux *washers*.

La lumière du jour commence à tomber quand tout le monde sort sa nourriture des glacières pour le repas. Manuel a apporté de la viande marinée et des légumes déjà tranchés.

— Je ne savais pas que tu cuisinais!

— Je ne cuisine pas, répond-il. Je fais seulement à manger, il y a une nuance!

— Avoue-le, Man! C'est pas grave, faire des tâches de femme! affirme Patrick, le jumeau en chemise, pour le taquiner.

— T'es con!

C'était une blague, alors je ne suis nullement offusquée par son commentaire sexiste.

— Je suis certaine que Patrick est moins con qu'il en a l'air, dis-je sans retenue.

Tout le monde rit, même lui.

— C'est Man qui cuisine ! Je le savais donc que j'avais raison de demander conseil au chef du rayon alcool. J'ai dit : « Monsieur, quel vin me suggérez-vous ? » Il m'a demandé ce qu'on mangeait. J'ai répondu : « On mange de la merde ! »

Ce n'est pourtant pas si drôle, mais je rigole quand même, plaignant mentalement les employés de supermarché qui doivent entendre une multitude de blagues ennuyeuses. Peut-être que je pourrais arrêter de boire. Pendant la cuisson, Manuel reprend sa place à mes côtés, et dès qu'il retourne au barbecue, William revient occuper sa chaise. C'est mignon, ses grands cils blonds battent l'air quand il me regarde. C'est un petit romantique. Pascale a un service à demander à mon ami.

— Man, va chercher les assiettes dans le bac à côté de la roulotte, s'il te plaît.

Un petit élément, discret, attire mon attention sur sa jambe. Un papillon à l'encre noire virevolte sur son mollet. Elle est jolie, cette fille, et super gentille, en plus.

Il fait un peu sombre, et ça me donne une idée. Je prends la lanterne et m'approche du petit frère des jumeaux pour lui faire part de mon plan. Enthousiaste, il accepte de jouer le jeu pour taquiner Manuel.

— Hé, Man, tiens, prends la lampe, ça va t'aider, lance le garçon fièrement.

Manuel le remercie et accepte la lanterne volontiers. Dès qu'il s'éloigne un peu la lumière s'éteint. William rit de bon cœur quand il voit son grand ami taper sur l'accessoire pour réanimer la pile et que le faisceau renaît. Le même manège se répète quelques fois, et le petit a les larmes aux yeux, tellement il s'amuse. C'est que c'est lui qui contrôle la télécommande... Manuel finit par se plaindre.

— Pascale, soit ta lanterne est pas ben bonne, soit tes piles sont mortes!

Le petit lui montre alors sa télécommande en riant. Il est très fier de lui avoir rendu la monnaie de sa pièce pour sa plaisanterie de tout à l'heure.

Durant le repas, j'accepte une autre bière et du vin, constatant que Manuel, lui, a arrêté d'en prendre. Je sais qu'il pourra conduire sans problème. Je me rends compte qu'il est responsable et je me sens en sécurité. Un grand sac bleu est accroché sur un support afin de recueillir les canettes. Je termine une bière et lance le contenant en visant la collection. «Kling!»

— Panier!

William m'a vue faire et veut essayer.

— Man, as-tu fini ta boisson? demande-t-il.

— Presque. Attends, je vais te la donner.

Le garçon rate la cible de peu, et Manuel lui trouve d'autres canettes à lancer. Voir la bouille de l'enfant quand il réussit vaut bien «un sac de pièces d'or».

En soirée, je mets ma veste, mais je commence à avoir froid malgré tout. Je lève les yeux et les aperçois. Les étoiles sont visibles par milliers. Elles sont comme des paillettes en suspension dans l'infini. Je sais qu'elles ont des noms, mais je ne les connais pas.

Bonjour, les étoiles, je m'appelle Doris. Et vous?

Près du feu, une couverture nous entoure, Manuel et moi. L'odeur de la fumée et la lueur du brasier ont sur moi un effet presque hypnotique. Je me suis même assoupie un peu, je crois. J'ai la tête appuyée sur son épaule, le regard dans les flammes orangées. Sa bouche tout près de mes cheveux, il me parle à voix basse. Il sent bon, c'est clairement lui qui dégage ce parfum de bien-être. Même sa voix me donne envie de poser mes lèvres sur les siennes. Je dois me calmer…

Il m'a avoué qu'il m'a donné le sobriquet de Fée Clochette avant même que je lui fonce dedans avec mon plateau, au bar. Je lui confie à mon tour que je l'ai appelé « Le type au chapeau » avant de connaître son prénom.

— Finalement, tu n'as rien d'une clochette. Il y a certes une ressemblance, mais ça ne reflète pas la vivacité et l'intelligence que tu dégages. J'aime ta répartie et ton humour. Ta simplicité et ton rire. « Ma Fée », simplement, fera mieux l'affaire.

J'aimerais bien actualiser aussi le pseudonyme que je lui ai donné, mais je crains que ce moment puisse prendre une apparence trop romantique et je crois que ça me fait un peu peur. « Super Man », dis-je pour moi-même. « Le type au chapeau », c'est trop impersonnel, maintenant. Je dois bien admettre que ce jeune homme me fait de l'effet. Il a déposé quelque chose au creux de mes entrailles. Quelque chose qui ressemble à un essaim de papillons en feu !

Ce moment sous la voûte étoilée, c'est du pur bonheur. Même si nous ne pouvons pas oublier que nous ne sommes pas seuls.

Les ténors chantent encore près de nous :

Oui, mais voilà, pendant ce temps-là à la caserne
on entend les pompiers crier :
Qu'est-ce qu'on a fait des tuyaux?

Puis, l'ambiance se calme, chacun étant envoûté par l'effet apaisant des flammes. Aussi fabuleuse que soit cette soirée, bientôt, nous partirons. Nous avons tout de même un bon bout de chemin à faire.

Les au revoir sont brefs, nous ne voulons pas perturber l'atmosphère si tranquille qui règne autour du feu.

L'ambiance pendant le trajet du retour est calme, douce, silencieuse. La route passe en un éclair. En fait, le temps d'apercevoir quelques éclairs au loin. La tête dans les étoiles et les cuisses au chaud grâce à la veste de Manuel, j'aurais volontiers roulé toute la nuit. Puis, il me prend la main. Je la retire. Ensuite, je me pose mille questions sur mes sensations et sur les raisons obscures pour lesquelles je garderais mes distances...

À notre arrivée chez moi, il descend de la voiture pour me dire au revoir. Debout sur le trottoir, il lorgne mon cou avec ses yeux noirs, prend mon visage entre ses mains à la base de ma nuque et caresse mes joues avec ses pouces. Ma journée a été fantastique, c'est le moins qu'on puisse dire. Son regard est chaud, doux. Sincère. Le temps s'est arrêté. Je cesse de respirer et j'avale ma salive. Mon cœur tambourine passionnément, mes jambes sont molles et mon ventre se serre. Il veut m'embrasser, je le sais. Je suis bien. J'adore ses lèvres, mais mon courage a la trouille.

Oui, je crois que... j'ai peur. Je me sens paniquée sans savoir pourquoi. Serait-ce parce que Manuel est musicien ? Il n'est pas pour moi, je ne peux pas aller plus loin avec lui...

— Bonne nuit et merci pour cette super belle journée, lui dis-je.

Une bise rapide sur sa joue et je me retourne, puis j'entre chez moi.

* * *

Bien installée sur mon divan, je mets ma liste à jour. J'ai pu admirer les étoiles. J'en suis ravie. Pas longtemps, c'est vrai, mais j'ai vu des milliers d'étoiles et elles étaient belles. Je me suis sentie incroyablement bien, paisible. Sinon, je n'ai toujours pas remplacé mon premier ni mon sixième défi. De quoi ai-je toujours rêvé ? Je devrais ouvrir un restaurant ! Non, un jour peut-être, mais certainement pas dans les prochaines semaines... De toute façon, je ne crois pas avoir l'étoffe qu'il faut pour ça. Je sens qu'avant d'envisager un projet d'envergure, je dois véritablement apprendre à faire confiance. Un voyage d'aventure ? Hum... Pas complètement improvisé et sans filet, ce n'est pas mon genre. Mais j'aimerais bien faire une petite escapade, un peu de tourisme… Quant au dernier point, ce que j'envisage, au fond, sans oser l'écrire, je sais bien ce que c'est…

Une belle fébrilité mêlée d'un fond de regret m'habite lorsque je coche mon quatrième objectif.

Chapitre 11

Les bienfaits des nouvelles chaussures

Je me dis que je réfléchis, mais en réalité, je suis couchée immobile sur mon lit et je ne fais rien. Un petit coma éveillé. On dirait que je me sens honteuse, nullement fière de moi. J'ai pourtant passé une magnifique journée hier, au camping, mais j'ai mal dormi en raison d'un mal de ventre inhabituel, une impression de vide. Je commence à avoir faim et j'ai clairement envie de faire pipi, mais je ne fais aucun mouvement.

J'ai une araignée au plafond. Ce n'est pas une façon de parler, je l'aperçois pour de vrai. Je n'ose plus fermer les yeux, elle pourrait en profiter pour descendre. Elle demeure aussi immobile que moi. Je bouge un bras, le glissant sur mon lit. La bestiole fait un mouvement semblable. Ça ne peut être qu'une coïncidence. Je fais «un ange», comme on le ferait dans la neige, et l'arachnide agite toutes ses petites pattes. Je me fige à nouveau. Qui se moque de qui ? J'ai plus d'initiative qu'une araignée, quand même ! Je me lève brusquement, et elle va se recroqueviller dans le coin du plafond. *Go*, ce dimanche ne sera pas gaspillé !

Je fais une lessive, je range la vaisselle propre qui traînait sur le comptoir et je lave les quelques verres et assiettes sales empilés. Je range aussi le vase sans fleurs qui accumule la poussière depuis que les marguerites n'y sont plus. Un peu de ménage me remet les idées en place. N'ayant pas vraiment ce qu'il faut pour me préparer un bon repas, je décide de sortir afin de me procurer de quoi manger.

Comme hier, le temps est splendide. Je marche dans ma rue et passe devant les mêmes commerces que d'habitude en songeant que j'aimerais bien revoir Manuel aujourd'hui. Le soleil brille, mais les oiseaux ne chantent pas ce matin.

Oh waouh !

Je dois revenir sur mes pas. Je n'ai jamais vu de chaussures aussi semblables à celles de Dorothée dans *Le magicien d'Oz* ! Des ballerines rouges, j'en possède déjà, mais celles-ci sont brillantes ! C'est exactement l'élan qu'il me fallait pour dynamiser ma journée. Je fais le plein d'énergie grâce à cet achat impulsif et j'entre ensuite dans un petit marché.

Munie de mes nouvelles chaussures et d'une douzaine d'œufs, je me ferai une superbe omelette avec du fromage et de vieilles échalotes que je dois manger avant qu'elles soient trop sèches. Oh ! Et puis pourquoi ne pas me procurer aussi cet audacieux bouquet de grosses fleurs aux couleurs éclatantes que j'aperçois dans le kiosque du fleuriste ? Je me sens maintenant remplie d'une vigueur débordante et j'ai vraiment hâte d'attaquer cette omelette que je réussis presque à sentir et à goûter, déjà.

Ne manque plus qu'une petite rencontre avec les copines pour couronner le tout !

Le camping, l'air de la campagne, ça m'a fait un bien fou ! Je suis en feu, j'ai de l'énergie comme jamais depuis hier. Rectification : depuis ce matin, en fait. Hier, je m'en voulais trop d'avoir été aussi nulle et d'avoir laissé partir Manuel ainsi. En réalité, ce dynamisme, je l'ai surtout depuis que j'ai décidé de me bouger les fesses avant l'araignée !

Ha ! Ha ! Ha !

De retour à mon appart, je prépare mon repas en songeant aux préjugés qu'on peut avoir. Plus précisément, je pense au mec qui m'a touché les fesses l'autre jour. J'ai réfléchi. Est-ce qu'il y a vraiment des préjugés voulant qu'on soit des filles faciles, mes consœurs et moi ? Je sais très bien que c'est faux, puisque je connais des dizaines de serveuses.

J'ai fait la même chose concernant les musiciens. Je ne suis pas fière de moi, là. Les idées préconçues sont parfois basées sur une certaine réalité… Sans aucun doute, il y a des musiciens en tournée qui font trop la fête, qui flirtent avec leurs admiratrices… Mais au fond de moi, je sens que Manuel est un type bien. Je crois qu'il n'a rien de cette caricature. Tout en rangeant mes nouvelles ballerines, je songe que je me comporterai différemment avec lui à l'avenir, si j'en ai l'occasion. En fait, je n'ai qu'à en provoquer une.

* * *

Finalement, les filles et moi, nous sommes bien quand nous sommes dans « mon bar ». C'est ici que nous sommes venues ce soir. En terrain connu. En plus, c'est dimanche. Habituellement, nous ne sortons jamais le dimanche, mais je savais qu'il y aurait beaucoup de monde de bonne humeur, car c'est les vacances pour bien des gens en ce moment. Élodie fait partie du lot d'heureux vacanciers et a pu prendre sa soirée *off*, alors que Mathilde a commencé son congé de maternité. Il fait une chaleur d'enfer ici, et nous dansons même s'il n'est que vingt heures. Je suis légèrement soûle, ça aide.

— Mathilde, tu t'arrêtes déjà ?

Je comprends que mon amie ne se sente pas vraiment au bon endroit, vu son état. Elle est devenue grosse, ça ne doit pas être facile de se mouvoir, et il fait tellement chaud ! J'ai les joues rouges et le dos en sueur. Je m'arrête un peu et la raccompagne à notre table, près du bar.

— Je dois souffler un peu, m'explique-t-elle. Je vais peut-être retourner sur la piste de danse tout à l'heure, mais je ne rentrerai pas tard. Je pense que je n'aurais pas dû venir. Je veux être en forme pour la prochaine semaine.

— Qu'as-tu de prévu ? dis-je naïvement.

— Bien… j'accouche bientôt, je te rappelle !

— Oui, c'est vrai ! Moi, je dois faire une recherche pour trouver une salle pour les soixante-quinze ans d'Odile.

— Hum.

Quand je dépose mes fesses sur mon banc, je perçois mon portable qui vibre. Il était dans ma poche arrière. Je le regarde sans avoir l'intention de prendre l'appel, il y a beaucoup trop de bruit. Mais ça peut être bon de voir qui pense à moi.

C'est un message de Manuel sur Messenger. Nous n'avons jamais utilisé cette façon de communiquer auparavant.

Manuel

Coucou, c'est Man. Ben, tu le sais, tu aperçois ma photo. 🙂 Je t'ai trouvée sur Facebook ! 😁 Une chance parce que… On ne s'est même pas échangé nos numéros de téléphone… Si on ne le fait pas, il va falloir que j'aille te rendre visite au bistro chaque fois que je veux te parler…

Il m'écrit cela sans me donner son numéro. Pas de demande d'amitié non plus. C'est donc « à moi le micro », la balle est dans mon camp, à ce que je vois. J'ai envie de le voir, de lui parler... Mais je me bats avec moi-même, car par réflexe, je tente constamment de le sortir de ma tête, même si je sais que je ne le pourrai pas. Je lui donne donc mon numéro.

Doris

0655382463. Ou rejoins-moi,
je suis au bistro, justement.

J'aperçois les typiques points indiquant que l'interlocuteur est en train d'écrire. Puis, ils disparaissent. Il a arrêté de taper.

C'est finalement un texto qui entre. Un rire m'échappe.

— Ha ! Ha !

— Quoi ? Ce n'est pas poli d'être là-dessus quand on est ensemble, c'est toi qui le précises habituellement.

— Je m'excuse, Mathilde, je le remets dans ma poche à l'instant. Manuel arrive. Je rigolais parce qu'on se parlait sur Messenger et il m'a répondu par texto. Il a dit : « J'arrive. »

— Ahhh ! Le mec avec qui tu es allée camper ? Cool, je vais le rencontrer !

— Oui, tu sais, c'est celui que je voulais présenter à Cindy. Mais ça n'a rien donné.

— Bien sûr que je m'en souviens, on ne pouvait pas aller le voir jouer, Élodie et moi, et tu y es allée quand même.

— Je tiens juste à préciser qu'on n'a pas vraiment campé. On est allés passer un après-midi dans un camping. Ce n'est pas la même chose. On n'a pas dormi sur place.

Nous parlons un peu de sa grossesse, puis elle me demande des nouvelles de ma liste de choses à faire avant d'être vieille. Elle ne l'a pas oubliée, même si nous en parlons peu. Je lui dis que ça progresse et que j'en suis fière.

– Je n'aurai pas besoin d'écrire un blogue ! dis-je simplement, même si je sais bien qu'elle ne pourra pas faire le lien avec la jeune blogueuse qui a fait naître en moi l'idée de la *bucket list*, en quelque sorte.

Ça vibre une fois de plus sur mes fesses. J'ai une douce crampe au ventre, « un trac de papillons »... Cette sensation abdominale causée par la nervosité, celle des débuts d'une relation toute neuve... ou anticipée.

– S'cuse-moi, Mathilde, je vais regarder, ça doit être lui, encore.

Ah, ben non, c'est mon ex.

Olivier

On remet ça, ma beauté ? Ça a été bon, l'autre soir, j'irais un peu plus loin, là...

Doris

Je ne suis pas à la maison, reviens plus tard.

Ce n'est pas le moment d'avoir de telles pensées. Je discute plutôt avec mon amie, mais pas longtemps, la musique étant très forte près de la piste de danse.

— Est-ce qu'on change de place ? Histoire de mieux s'entendre ?

— Volontiers !

Je me commande un troisième verre et désigne une table dans le fond de la salle. À cette heure, nous avons l'embarras du choix. Notre infatigable amie rousse, elle, danse encore.

— Doris, j'ai un plan pour aider Élodie.

— L'aider à quoi ?

— À retrouver son homme avant de le perdre. J'ai eu l'idée d'écrire une lettre anonyme à Jean pour le mettre en garde et lui recommander d'accorder plus d'attention à sa compagne. Elle aurait peut-être besoin qu'il la courtise, qu'il lui coure après...

— Tu as une intention honnête, mais je ne pense pas que ce soit une bonne idée de s'en mêler, Mathou. Laisse-les évoluer à leur rythme dans leur relation. Je t'ai déjà raconté la fois où...

— Oui, oui, je sais. La fois où tu as informé discrètement un homme de l'infidélité de sa copine et qu'elle s'est fait violenter. C'est terrible, c'est vrai, mais c'était lui, le malade. Tu ne pouvais pas deviner et tu ne peux même pas être certaine que c'est à cause de cette information qu'il a réagi ainsi.

— Ça prouve quand même qu'il vaut mieux de ne pas s'en mêler. Tu ne sais pas quelles conséquences directes ou indirectes ça peut avoir.

— Mais ça me déchire le cœur qu'elle le trompe ! Et lui ne ferait jamais ça, on le connaît.

— À ce que je sache, elle n'a pas vraiment été infidèle. Tu prends ça trop à cœur. Quant à Jean, on ne peut pas savoir. Quand on est infidèle, ce n'est pas le genre de chose qu'on s'écrit sur le front en grosses lettres...

Mathilde a maintenant la voix brisée. Ses yeux sont pleins d'eau.

— J'ai peur que Charles le fasse aussi !

— Hein, pourquoi penses-tu ça ?

— Parce que je suis fatiguée, je suis grosse...

Elle est encore angoissée, sans doute pour rien. Son Charles est un mec en or. Je voudrais tant la rassurer. Elle en rajoute.

— Il est en vacances, et pourtant, il me dit qu'il est occupé avec des rendez-vous ! Si mes doutes se révèlent fondés, je vais craquer !

Je la vois ravaler ses larmes et essayer de retrouver un visage serein. Élodie se joint à nous.

— Je ne vous trouvais plus ! Je pensais que vous étiez parties sans me le dire ! Mais ça ne se fait pas, et donc, j'ai cherché.

L'endroit s'est rempli. J'aperçois Manuel et lui fais de grands signes pour qu'il nous repère. Une énergie électrique me parcourt. Il porte un jean noir, un t-shirt et un veston. Et son chapeau. Il est seul. Il est donc venu uniquement pour me voir.

Hé ! L'idée me chatouille l'intérieur. Et son sourire aussi.

— Salut !

Oh ! Son sourire… Je fonds.

Ses yeux… Je me noie.

Son odeur… Je tombe.

Ses épaules… Je… l'embrasse sur les joues.

— Manuel, je te présente mes amies, Élodie et Mathilde.

Cette dernière se lève pour le saluer.

— Enchantée, mais mon bébé et moi, on part se coucher. Ne te sens pas visé, surtout. On est fatigués, j'ai les jambes en compote et je n'en peux plus de ces reflux gastriques qui me brûlent. Vous ne m'en voudrez pas… ?

Elle termine sa plaidoirie en posant la main sur son ventre rond.

Puis, au passage, elle chuchote à mon oreille :

— Hum, je te comprends de craquer ! Bye bye. Bonne fin de soirée.

Je me lève, et Élodie se joint à nous pour le câlin collectif. Elle aborde ensuite Manuel en lui parlant du style de son chapeau.

— Hé ! C'est monsieur Trilby !

Il touche son chapeau comme pour vérifier qu'il est bien en place ou pour confirmer qu'il a saisi le lien avec le nom qu'elle lui attribue, puis il revient à moi en pointant mon verre vide.

— Tu veux une autre bière ?

J'acquiesce. Il en offre aussi une à Élodie et va s'en procurer trois. Il en profite pour ouvrir le chemin à Mathilde dans la foule.

— Il est à croquer, Doris ! Prends les deux !

— Les deux quoi ?

— Olivier et lui !

— Ha ! Ha ! T'es folle ! dis-je en riant.

— Écoute, Do, on a un problème. Je crois que Mathilde est persuadée qu'elle aura un baby *shower* dans les prochains jours.

— Hein ? Ohhh, ça ne m'a même pas effleuré l'esprit un seul instant. Je n'en ai pas vraiment vécu dans mon entourage. Mais pourquoi tu crois ça ?

— Ben, premièrement, parce qu'elle en est déjà à la trente-septième semaine de sa grossesse. Il serait plus que temps de lui en faire un ! Et deuxièmement, elle pose beaucoup de questions sur nos horaires. Cette semaine, je vais chez ma mère pour commencer les vacances, mais Mathilde pense que tous nos plans sont des excuses bidon. Moi non plus, je n'y avais pas pensé. Je devais être trop préoccupée par mes histoires personnelles.

— Tu m'inquiètes. C'est ton couple qui t'obsède ?

— Disons, oui. Et mes envies qui partent dans tous les sens… Mais oublie ça. Concentrons-nous sur notre amie future maman !

— OK, on va réfléchir à ça, on a vingt et un jours devant nous avant l'accouchement.

— Pas nécessairement. Le bébé peut arriver à tout moment. Oh, merci, Manuel! lance-t-elle à mon ami dès qu'il revient près de nous avec les bières.

Elle prend le verre qu'il lui tend et retrouve instantanément son air séducteur naturel. Je saisis le mien, et nous faisons tchin-tchin. Quand ce jeune homme sourit, il fait encore plus chaud. C'est directement lié, je le réalise maintenant. Ses yeux sont rivés aux miens. Il se passe quelque chose à cet instant. Une promesse pour plus tard.

Réalisant que nous ne sommes pas seuls, nous parlons un peu. Manuel aura bientôt un autre contrat avec Philippe pour une minitournée, mais il a fait de nombreux spectacles depuis quelques années et il vise à en faire de moins en moins. Sans bien sûr lâcher la musique…

J'aime sa voix. Même quand il doit élever le ton, elle est douce et enveloppante.

Des connaissances l'abordent, et Élodie et moi en profitons pour retourner danser. C'est bondé, maintenant. Je me sens belle, invincible et forte. Je sautille, je bouge et je remue comme si personne ne me regardait. Ce qui peut très bien être le cas, je n'en ai aucune idée, concentrée sur le rythme et le bien-être que me procure la danse.

Je commence à dégriser, non pas parce que je bouge, mais bien en raison du temps qui passe. Manuel est près de moi et se trémousse lui aussi. Inspirée par la cadence langoureuse, je place mes mains sur ses hanches. Nos bassins ondulent, et je ne suis plus certaine de qui *lead* le mouvement. Nous nous balançons sensuellement, je vois ses yeux envoûtés et j'adore ça. Ses iris me bombardent du désir qui semble exister en lui, une vague chaude monte en moi en un flux instable, mais quand même fluide. Mes bras s'élèvent au-dessus de ma tête, suivis par ses mains qui me caressent les bras jusqu'à attraper mes doigts pour les poser derrière sa nuque.

Je n'ai aucune idée de l'heure qu'il est. Pour que je ne m'inquiète pas, Élodie me souffle rapidement qu'elle part. Je la regarde s'éloigner et remarque qu'elle est tirée par un homme vers la sortie. Je suis à peine décollée de mon partenaire de danse qu'un client que j'ai souvent servi me prend par la taille comme si je lui appartenais.

— Viens ici, c'est mon tour…

Je n'ai pas eu le temps de changer de perspective dans mon esprit. Je n'étais pas en mode serveuse-toujours-un-peu-sur-la-défensive. Heureusement, ça ne dure qu'une fraction de seconde. Manuel impose sa présence, et l'importun dégage. Je suis capable de me défendre, mais je n'étais pas prête. Et Élodie qui est avec je ne sais qui… J'ai une boule dans l'estomac qui remonte à ma gorge et qui menace de sortir…

J'ai envie de vomir.

Chapitre 12

Reste

Je n'ai pas vomi. Nous sommes repartis du bar, et nous voilà chez lui. « Mon musicien » habite en face d'un parc, dans un immeuble dont la porte donne presque sur le trottoir. Nous sommes entrés juste à temps, car le ciel voulait justement que nous nous engouffrions à l'intérieur. Le temps s'est rafraîchi, et il commence à pleuvoir. L'appartement, que Manuel partage avec Philippe, se trouve au troisième étage.

– Oh, mais c'est le bordel, chez toi !

– Assez, oui.

Ça fait vraiment étudiant ! Quel âge a-t-il, au fait ? C'est à ce moment que Philippe se pointe.

– Man, tu devrais au moins t'excuser pour le désordre ! Salut, Doris.

– M'excuser d'être moi-même ? Jamais.

Cette réplique me saisit un peu. Je constate que je peux rester naturelle avec lui. Je n'ai pas besoin d'un masque ou d'un « vernis » pour sentir que je brille. Ça ne le dérange pas le moins du monde que je voie ce qu'il laisse traîner et ça me fait penser au ménage express que j'ai fait quand je croyais qu'Olivier débarquait chez moi. Ce n'était pourtant pas aussi bordélique qu'ici... C'était juste... moi. Ai-je voulu cacher ce qu'il y avait de moins beau chez moi... en moi ?

Les lèvres pulpeuses de Manuel me rendent nerveuse. C'est fou comme elles m'appellent. Je regarde ailleurs. Il y a un chat noir, il me rafraîchit les idées.

— Oh, un minou !

Je me dirige spontanément vers la petite panthère à la queue en forme d'éclair pour refroidir un peu mes ardeurs. Cette dernière se laisse prendre, mais se débat ensuite rapidement pour que je la redépose et qu'elle puisse continuer de s'abreuver dans le restant d'un vieux verre qui traîne.

— Doris, je te présente Plouf.

— Qu'est-ce qui est arrivé à sa queue ?

— Je ne sais pas. Il était comme ça quand je l'ai trouvé. Il flânait dans le coin et voulait entrer. Il a quémandé le statut de réfugié. Moi, j'avais envie de parler avec quelqu'un. C'était gagnant-gagnant. On ne parle pas la même langue, mais je pense qu'on s'apporte quelque chose mutuellement.

Dès qu'il a fini de boire, l'animal s'installe pour se laver. En fait, il se lèche les parties intimes sans aucune pudeur.

— Oh. Je peux te confier un secret, Doris ?

— Seulement si tu ne dois pas me tuer ensuite…

Ça le fait sourire, même si la blague est usée.

— Plouf, comme tu peux voir, n'a aucune classe.

— Pff ! C'était ça, ton secret ? C'est controversé. Ma sœur dirait sans doute que les félins sont des aristocrates et qu'ils ont toujours de la classe.

Je repère rapidement une étagère qui contient plusieurs livres. L'appart est un cinq pièces et demie. Les garçons ont chacun leur chambre, et entre les deux, il y a un atelier.

— Phil travaille principalement le soir et moi le jour, alors on s'y amuse à nos heures sans problème, avec nos instruments. Il y a dans ce coin deux guitares que j'ai à réparer. Le chevalet de celle-ci est brisé.

Je n'ai rien à dire, je suis des yeux les éléments dont il me parle.

— Là, c'est le nouveau Nord de Phil.

Le mot « Nord » a été prononcé à l'anglaise.

— Le Nord ?

— Son clavier numérique, ou piano de scène, si tu préfères, m'explique-t-il.

Justement, le propriétaire de l'instrument en question s'avance dans l'atelier.

— C'est un Nord three. Mon petit pincement au cœur n'a pas duré longtemps quand j'ai vendu mon ancien pour cet instrument tout neuf ! précise Philippe avec un air de présentateur de quizz américain.

Puis, l'ami pianiste s'éclipse dans sa chambre. Pour sembler plus intéressée, je m'informe en montrant une guitare du doigt.

– Et… le truc-chevalet pourra être réparé ?

Manuel sourit de façon craquante.

– Non, le truc-chevalet devra être remplacé. Tu veux une bière ?

J'acquiesce en hochant négligemment la tête. Tandis que je reste seule au salon, je jette un coup d'œil sur mon téléphone pour me rendre compte qu'il est près de deux heures. En même temps, j'aperçois mes messages. Il y en a deux, un d'Olivier et l'autre de Mathilde, qui me demande comment s'est passée ma fin de soirée. Elle a ajouté plein de petits cœurs. Elle s'imagine des choses. Ou bien elle voit plus clair que moi…

Cette idée, celle de donner mon cœur, me fait encore me sentir mal. Une sorte de mal de ventre… C'est sans doute ma peur de l'abandon qui remonte. À moins que la bière en soit responsable ? Je m'assois sur le sofa. Manuel revient et me tend une bouteille brune. Il se tient debout à côté de moi, nous prenons chacun une gorgée. Nous aurons la même haleine lorsque nous nous embrasserons.

Qu'est-ce que je dis là ???

Son chapeau gît sur la table, et mes mains veulent s'enfoncer dans ses cheveux fous. Il désire m'embrasser, je le vois, je le sens. Manuel pose délicatement ses mains sur ma nuque et se penche lentement vers moi. L'air semble incandescent, et son regard est fiévreux. Je rêve de ses lèvres. De sa bouche sur la mienne. Nos respirations se mélangent, et je frissonne. Je pense tout à coup que je ferais mieux de rentrer chez moi. Je me lève, mais il s'approche. Il devine mon intention.

— Reste, s'il te plaît.

Sa voix est chaude. Il a murmuré cette demande en tendant un bras dans ma direction, mais sans me toucher. Lorsque je sens que j'ai les yeux pleins d'eau, mon regard quitte le sien et je me dirige vers la porte. Je suis libre de partir, et c'est ce que je fais sans rien dire. Que dire de plus ?

Je dévale l'escalier en courant. Est-ce que j'ai oublié quelque chose ? Non. Je n'avais pas de sac, j'avais placé l'essentiel dans mes poches. Je pense que j'ai abandonné quelque chose là-haut. Pas un objet, non, mais quelque chose de plus important. Je me concentre sur cet escalier qui défile à toute vitesse parce que je ne veux pas me fouler une cheville. Ça m'arrive souvent… J'ai nettement l'impression d'avoir laissé… d'avoir oublié… J'ai le sentiment que je devrais remonter. J'ai peur d'avoir fait une erreur. Ai-je laissé mon cœur là-haut ? Ma vue est embrouillée par mes larmes et ma vie l'est par ma trouille !

Bon, j'arrive en bas, j'ouvre la porte et je respire enfin. Je respire à fond, lentement. Il pleut à flot, maintenant. J'ai envie de crier. Je marche rapidement. Qu'est-ce qui m'a pris ? Qu'il soit musicien ne définit pas sa personnalité ni ses valeurs ! Arrête avec cette excuse bidon. Où ai-je mis l'audace trouvée dans mes belles fleurs colorées achetées ce matin ? J'ai froid et j'ai mal au ventre. Manuel est beau, drôle, sympathique, simple, attirant… Il est… super.

Je stoppe net. Là, je respire fort, mais c'est douloureux. J'ai fait une erreur. Rentrer chez moi, toute seule, vomir ma peine, pleurer ma bêtise, est-ce vraiment ce que je désire ?

– NON ! Doris, agis, bordel !

Je fais demi-tour, et c'est dans un super sprint que je retourne chez lui. La chance est de mon côté. Quelqu'un sort de l'immeuble, et je peux profiter de la porte ouverte. J'ai chaud, à présent, et mes cheveux trempés par la pluie me coulent sur le front et dans le dos. Je remonte les escaliers en courant et frappe frénétiquement à la porte. Une vingtaine de coups en deux secondes. Puis, je touche à la poignée pour vérifier si elle est fermée à clé.

Il ouvre, avec une expression difficile à interpréter, puis son sourire de soleil réapparaît. Ma poitrine se soulève avec force alors que je tente de reprendre mon souffle.

Oh, et puis, je respirerai quand je serai vieille ! Dans moins d'un mois…

Il est là, dans son appart ; je suis devant lui, dans le corridor. Je lui entoure le cou de mes bras et emprisonne ses lèvres de rêve avec les miennes. Elles sont chaudes, ses lèvres. Elles sont douces, ses lèvres. Hum, et ses lèvres, elles m'embrassent avec fougue, elles m'embrasent avec violence !

Nos corps sont soudés maintenant. Il grogne à mon oreille, et ce son guttural fait augmenter ardemment mon désir. Je me rends plus ou moins compte que j'avance, qu'il marche à reculons, qu'une porte se referme derrière nous, que nous allons jusqu'à sa chambre, que son t-shirt disparaît…

Parce qu'ils sont trempés, mes vêtements résistent. Mais nous sommes déterminés et pressés ! Je ne sais pas d'où vient l'urgence, mais nous rions de la situation tout en tentant de couvrir nos corps en entier de baisers enflammés.

Il descend mon soutien-gorge encore en place pour libérer mes seins, qu'il titille avec sa langue. Je me tortille dans tous les sens, tellement c'est bon. Je savoure ce qui se passe, mais j'en veux plus. Justement, Manuel saisit mon idée et déballe une boîte de préservatifs sans perdre de temps. Je suis légèrement gênée d'être humide de désir, mais il me fait tout oublier instantanément, car le plaisir prend le dessus sur tout.

****

Nous avons fait l'amour… avec rage. La pluie sur ma peau a séché, mais je suis en sueur et lui aussi. Notre épiderme perle et nos cheveux sont trempés. Il rit. Ses yeux d'un noir si profond deviennent minces comme un fin croissant de lune.

— Pourquoi tu ris ?

— Parce que je ne peux pas me retenir de sourire comme un fou. Et ça me fait rire…

Mes vêtements gisent par terre, mon portable est tombé à côté. Je pose une main sur sa poitrine qui se soulève rapidement. Nous n'avons pas encore récupéré. Je me colle à lui.

– Je me soûlerais juste avec ton parfum, lui dis-je.

– Je ne porte pas de parfum.

– Je sais !

Là, c'est moi qui n'ai pas le visage assez grand pour héberger mon sourire. Je suis consciente que les papillons ne vivent pas longtemps. C'est ce qu'il y a de plus éphémère, et j'aime les sentir vivants. J'en profiterai le temps que ça durera.

Nous bavardons et nous nous embrassons, puis nous recommençons avec moins d'impatience, plus d'exploration. Sa peau est soyeuse. Des dizaines et des dizaines de petites taches de rousseur décorent ses épaules. Je compterai ces points un jour, pas tout de suite. Il a juste assez de poils sur la poitrine pour mettre en valeur sa maturité physique. Je les touche doucement de mes doigts. Il en a aussi sur les avant-bras, et je trouve ça beau, viril. Je trouve ça doux et érotique à la fois. Bien que tous les hommes en aient, je suis en pâmoison. Il émet encore ce son rauque qui me fait frissonner. Le contact de nos corps soudés est si bon ! Je crois que je serais d'accord pour finir la boîte de préservatifs qu'il a ouverte cette nuit. Je m'étire de plaisir quand il me caresse.

Au cours de notre discussion, je lui fais même part de ma liste de choses à faire avant d'être vieille. Je suis heureuse de l'avoir fait, de lui faire suffisamment confiance pour m'ouvrir ainsi à lui. Bien sûr, il rit un peu du fait que je considère cet âge-là comme le début de la vieillesse, mais il approuve totalement la méthode de la liste de choses à cocher.

La lumière du jour commence à poindre, mais je dormirais bien quelques heures, moi.

— Doris ?

— Hum ?

— As-tu faim ?

J'y pense un instant.

— Oui !

— Moi aussi ! On peut manger et revenir au lit. J'ai du poulet au frigo, t'aurais envie d'un sandwich ?

— Sandwich au poulet le matin ? Ha ! Ha ! Ça ne se fait pas !

— Ben quoi ? Veux-tu... de la confiture par-dessus, pour que ça constitue un petit déjeuner ?

Il est unique, ce mec-là. Il faut que je l'embrasse encore, au risque de déranger le chat qui dort au pied du lit. Je ne me lasse pas de ses lèvres. Je ne déteste pas non plus sentir son membre se dresser à nouveau.

Par terre, mon portable retentit et attire notre attention. Par réflexe, Manuel regarde et voit automatiquement le nom de l'expéditeur et ce qu'il m'a écrit. Le début, du moins.

Olivier

Je suis chez toi, bébé. Es-tu là ?
Notre rendez-vous...

— Olivier, c'est ton ex, ça ?

– Oui…

Manuel se lève. Il a immédiatement une voix plus grave, et sa bouche est pincée.

– Tu avais rendez-vous avec lui ? Quand, hier soir ? Cette nuit ?

– Non !

J'espère que non… mais je n'en suis pas tout à fait certaine. Manuel semble vraiment fâché. On se calme !

– Pourquoi tu t'énerves ? On a passé un bon moment, là !

Oups, ce n'était certainement pas la meilleure chose à dire.

– Un bon moment ??? Un BON MOMENT ! Cette nuit, pour toi, c'était juste un bon moment ???

Il reste debout, complètement nu, et affiche une expression qui se situe à l'opposé du message qu'envoie son restant d'érection. L'image est ridicule. J'ai presque envie de lancer une boutade, mais il ne rirait pas. Je ne sais pas quoi faire. Ses pupilles sont maintenant de minuscules points noirs au centre de ses yeux sombres. Il me tend mon téléphone et regarde ailleurs, semblant chercher ses mots ou la force pour les prononcer. Il reste muet, incertain. Je lis le message à voix basse, mais pas juste dans ma tête.

Olivier

Je suis chez toi, bébé. Es-tu là ? Notre rendez-vous… Tu m'as demandé de revenir plus tard alors me voilà et j'ai, de toi, une faim de loup…
Ce sera encore meilleur que la semaine dernière…

Oh ! Merde…

— Je… Je…

Je l'ai blessé en niant avoir un rendez-vous. Je dois lui expliquer.

— Je ne… l'ai pas précisément invité chez moi. Je…

Je regarde le sol et me trouve pitoyable.

— Tu peux partir, Doris, me dit-il doucement.

Merde, merde, merde ! Il faut qu'il comprenne !

— Il ne s'est rien passé avec lui dernièrement, enfin presque rien, je peux te raconter.

— Ça ne me tente pas. Va-t'en. Va-t'en ! me crie-t-il.

Ce cri est comme un coup dans le ventre. Je ne sais pas pourquoi, mais ça a toujours eu cet effet sur moi. Je n'endure pas que quelqu'un s'adresse à moi en élevant la voix. J'enfile mon soutien-gorge, ma chemise et mon short en tremblant. Je pense que ma culotte traîne quelque part dans les draps. Je fais le plus vite que je peux, mais trébuche sur le chat, assis sur une feuille qui traîne par terre.

Il me jette dehors, mon portable dans une main, mes sandales dans l'autre. Je franchis la porte de sa chambre, celle de l'appartement, et pendant un instant, je me demande ce qui serait le plus rapide entre dévaler l'escalier sur les fesses et descendre sur la rampe. Débouler ? Trop tard, je me suis élancée au pas de course et je me trouve déjà en bas.

Dehors, je pleure. Je suis fâchée, j'ai de la peine. Mes sentiments se mélangent et me donnent mal au cœur, comme l'odeur d'un buffet chinois périmé. Je n'identifie pas ce que j'ai. Une peur insensée me prend aux tripes.

* * *

Je me réveille déjà et, étonnamment, je n'ai pas mal à la tête. J'ai pourtant bu beaucoup et je suis sortie sous la pluie... Je n'ai pas la chance de pouvoir me plaindre de mon état. L'araignée au plafond... Elle y est toujours, dans le coin. Moi, contrairement à elle, j'ai bougé, mais j'en ai retiré quoi ? On dirait qu'elle sait que je l'ai vue et que je l'observe. Elle entame alors le tissage d'une toile. Il était temps. Le cours de mes pensées peut se remettre en marche.

Donc, pas de lendemain de veille pour moi ce matin ni de gros rhume bien mérité pour être sortie sous la pluie froide. Je suis seulement épuisée d'être rentrée à six heures du matin et d'avoir trop peu dormi... et pleuré mon sentiment indéfinissable. Et je travaille tout à l'heure. Je n'y arriverai pas ! Ma chambre m'apparaît gris-beige, ce matin. Avec un gros point noir au coin du plafond que je surveille assidûment.

Mon téléphone retentit. Au moins, il ne me tire pas du sommeil, j'aurais détesté ça. Je ne connais pas ce numéro.

— Allo ?
— C'est moi.

Ah ! J'aime cette voix chaude !

Mais je me souviens aussitôt de mon système d'alarme qui s'est déclenché quand il a crié, la nuit dernière. Je raccroche. C'est une impulsion, un instinct de survie.
— Ne te mêle pas de ça, toi ! dis-je à la bête à huit pattes qui me juge.

Au cas où il rappellerait, j'enregistre son numéro dans mes contacts pour que l'afficheur puisse me signaler que c'est lui. J'aurais vivement préféré être *hang over* et me maudire pour mon immaturité de buveuse d'alcool que d'être chamboulée comme je le suis ce matin. Il me texte.

Manuel

Je veux te parler.

Ah oui, monsieur désire s'exprimer, s'expliquer ? Eh bien, moi, quand je me fais mettre à la porte aux aurores et avec des cris, en plus, ça ne me tente plus de discuter !

Spiderman est toujours à son poste.

Je dois m'occuper. Recroquevillée dans mon lit, je texte Élodie pour savoir comment s'est conclue sa soirée d'hier. Rien ne sert de tourner autour du pot, je vais droit au but.

Doris

Tu es où et avec qui ?

Élodie

À la maison. Je fais des crêpes pour la marmaille qui se fera garder chez grand-maman ce soir et je planifie une fin de soirée assez aphrodisiaque pour Jean et moi.

Doris

Parfait !

Élodie

Tu trouves ? J'suis assez bonne-petite-femme à ton goût ?

Doris

Raconte…

Cinq minutes après, je suis au téléphone avec Mathilde.

— Alors, c'est ça. Élodie a réalisé qu'il valait mieux investir dans sa famille que de batifoler n'importe où comme une paumée.

— Je savais qu'elle allait reprendre ses esprits !

— Tu savais ça, toi ? C'est pour ça que tu voulais « l'aider »… ?

— Ben, je n'étais pas certaine et je voulais juste mettre le plus de chances possible de son côté.
— Elle m'a quand même inquiétée. Elle a commencé par décrire combien la danse avec lui était envoûtante et à quel point son haleine la faisait frissonner, puis Jean et son garçon se sont imposés dans sa tête et elle est partie. En se faisant traiter d'allumeuse au passage, évidemment. Comme si elle n'avait pas le droit de changer d'idée. Elle cherchait des aphrodisiaques pour ce soir, je pense. Ça sonne comme une maladie mentale, ce mot-là, ne trouves-tu pas ? Comme maniaque, hypocondriaque...
— Ha ! Ha ! Tu es un vrai moulin à paroles, toi, ce matin. Ce n'est pas bon signe... Qu'est-ce qu'il y a ?

Je soupire et me demande pourquoi j'ai téléphoné à Mathilde. Elle lit en moi aussi bien qu'Odile. Je lui sers une version un peu embellie de la réalité.
— Je pensais à Manuel. J'ai fini la soirée chez lui, hier soir. Cette nuit, en fait. C'était cool.
— Cool... ?

Bien sûr qu'elle veut des détails. Je me replonge dans l'ambiance de la nuit passée. En arrivant, je me sentais bien. Fébrile, vivante. Il m'a fait visiter, et nous avons discuté. Nous n'étions pas seuls, Phil était présent à ce moment-là. Je me sentais comme à treize ans, quand il faut des préliminaires pendant tout un après-midi avant de s'embrasser.

Entre adultes, on peut aller droit au but, non ?

Je ne comprends pas pourquoi je suis partie et ensuite revenue, mais je ne l'ai pas regretté. Cette nuit a été plus que merveilleuse. Cet homme-là est unique, je suis sous le charme.
— Allooo ? Doris ?
— Oui, oui ! Voilà…

Je lui raconte tout ça sur le ton le plus détaché possible. J'ai une envie folle de le contacter et de retourner chez lui, de lui sauter dessus. Mais il n'est pas question que je laisse quelqu'un crier après moi comme ça. Bon, OK. Il n'a pas vraiment hurlé, mais il a quand même élevé la voix, et ça m'a saisie. Il a tout gâché. C'est vrai, le texto d'Olivier pouvait laisser présumer que j'entretenais une… une… une relation privilégiée avec lui. J'ai tout bousillé en m'enfuyant. Oh, là ! Je ne suis pas partie de mon plein gré, il m'a ordonné de quitter son appartement ! Ce fut un bon moment et c'est tout. Et il n'y a pas de mal là-dedans, je dois cumuler les folies avant d'être vieille. Pas juste les extravagances sexuelles, là. Toutes les spontanéités sont les bienvenues. Je dois me ragaillardir !
— En tout cas, comme répète ma belle Odile, si ça avait été les vingt dernières minutes de ma vie, j'en serais satisfaite ! Avant, elle disait : « Vis comme si c'était tes vingt dernières minutes ! » Je paniquais. S'il me restait si peu de temps, je serais incapable de rire, de danser, ou de faire l'amour. Pour réussir à jouir un peu de cette vie, il faut avoir… au moins… un mois devant soi. Qu'en penses-tu ?

Mathilde est d'accord pour les quelques minutes, mais croit qu'elle arriverait à être heureuse tout en sachant qu'il ne lui resterait qu'un seul petit jour. Tant mieux pour elle. Mais ma copine a aussi ses ennuis. Elle a très mal dormi, et ce n'est pas sans gêne qu'elle m'en explique la raison.

— Ça fait quelques nuits que je fais pipi au lit ! m'avoue-t-elle. Pas une grosse flaque, là. Juste un peu. Charles ne s'en est même pas rendu compte, il dort comme une bûche.

Elle est stressée, c'est normal. Elle a pris la décision de faire des dons de lait maternel et s'est déjà renseignée auprès de l'ADLF. Waouh, c'est vraiment quelqu'un, Mathilde ! Ça me ferait du bien de m'impliquer quelque part, moi aussi.

— Bon, je dois me mettre à la recherche d'une salle de réception géniale, maintenant. Oh, et en fait, je suis trop fatiguée, je vais essayer de dormir un peu avant d'aller travailler. Alors on se revoit la semaine prochaine ?

— Bien sûr ! Ou avant…

« Ou avant ? » À quoi pense-t-elle ?

Oh, à un baby shower. Peut-être qu'Élo avait raison.

— C'est ça, ciao, bisou.

Je raccroche et lève les yeux. Oh, oh ! Il n'y a plus rien au plafond ! Je balaie la pièce du regard et ne vois plus de trace de cette horrible compagne qui était là tout à l'heure. Je ne serai pas à l'aise tant que je ne l'aurai pas localisée.

* * *

— Serveuse !

Grrr. Mon nom est écrit sur mon écusson et je me nomme en me présentant à chaque table. Ce n'est pas pour me faire siffler ou appeler « serveuse » !

— Oui, monsieur ? dis-je en souriant malgré l'irritation.

Franchement, je me trouve bien bonne. Ça ne me tente pas toujours d'être polie, comme avec la maman qui a dit à son enfant qu'il pouvait foutre le bordel sur la table, puisque j'étais payée pour tout nettoyer…

C'est une journée merdique.

Ce lundi, le vent est menaçant. C'est un temps orageux, sans l'orage qui vient avec. Les clients sont rares ce midi, alors ce ne sera pas très rentable. Ils sont peu nombreux, mais ils se sont tous donné le mot pour être désagréables. À moins que ce soit moi ? Je m'efforce d'être aussi aimable que d'habitude, pourtant. Ce n'est tout de même pas ma faute s'ils font les blagues les plus ennuyeuses qui soient. De plus, je n'en peux plus d'entendre des commentaires sur les migrants qui entrent en force au pays depuis l'Italie. Tout le monde y va de ses opinions plus méprisantes les unes que les autres.

Les restes de burgers tièdes et de frites froides m'écœurent. Entre deux services, j'ai le temps de survoler mon fil d'actualités Facebook, c'est dire à quel point je ne suis pas très occupée ! Je tague mes amies quand les publications me font penser à elles. Les bébés, les mamans dans le jus… Moi, je suis identifiée sur une image de la Fée Clochette ! Ça me fait penser à nouveau à lui. Pourquoi leur ai-je parlé du surnom qu'il m'avait attribué ? J'ai juste envie de finir ma journée de travail pour avaler quelques cocktails d'un trait avant de partir.

La fin de cet interminable quart de travail arrive enfin, et je me pointe illico au comptoir.

– Édouard ! Un shot, s'il te plaît.

Il ne me demande pas de choisir lequel. Ce sera la sélection du chef, pour Doris. Et ce sera une surprise, car je ne le regarde même pas faire, assise sur un tabouret avec la tête enfoncée dans mes bras croisés, bien appuyés sur le bar.

– Tiens, Miss. Bois ça.

– Ce n'est pas un truc diabolique pour me faire rapetisser comme dans *Alice au pays des merveilles*, j'espère ? Tu sais que je n'en ai pas les moyens, je ne suis déjà pas grande.

Si ça peut sembler humoristique comme réplique, je suis pourtant tout ce qu'il y a de plus sérieuse.

– Non. Dans le film, c'était « bois-moi »... Mes boissons n'ont aucun pouvoir magique, malheureusement.

Il m'envoie un clin d'œil amical. Ce liquide est clair, légèrement doré. Je l'engloutis.

– Encore, Édouard. Deux autres, s'il te plaît.

Ses sourcils se soulèvent. Quoi ? Je dois me justifier pour boire un peu ?

– Allez, j'arrête à trois et après je vais me coucher. Je veux un petit remontant, tu comprends ?

Il me sourit et me sert. J'en ingurgite un, illico.

Ah ! Qui est-ce que je crois apercevoir ?

Je me jette immédiatement par terre à côté du bar, inquiétant Édouard au passage, qui semble croire que je suis tombée.

– Do?

– CHHHUUUTTT!

OK, au moins, mon barman saisit vite. Il nettoie son comptoir et regarde partout autour pour deviner de qui je me cache. Puis, sans poser les yeux sur moi, mon collègue me demande une confirmation.

– Ce gars-là, le musicien? Celui avec le chapeau?

J'acquiesce d'un signe de tête et tends la main pour tenter de récupérer mon troisième verre sans me montrer. Finalement, ce verre, il glisse jusqu'à moi, poussé par la magie, mais surtout par le doigt d'Édouard. Cul sec.

Je me trouve ridicule. Pourquoi me cacher? Je travaille ici… J'ai le droit de finir ma journée en paix. J'ai même le droit de m'enfiler trois shots avant de partir. J'ai le droit de me mettre debout et de saluer ceux que j'apprécie, et d'ignorer les autres… Cet homme, dont je suis folle raide, je n'en ai rien à foutre… Je suis une jeune femme – pas pour longtemps – libre et assumée…

Il est tout près! Il a dit quelque chose! Mon barman répond.

– Doris? Je crois qu'elle a fini et qu'elle est partie.

Ne jamais négliger le travail d'équipe au boulot. Édouard, tu es génial, fais-moi penser de te le dire un de ces quatre. Je ne les entends plus… Oh. Manuel me cherchait. Ça me donne un coup au ventre. Là, si quelqu'un observait attentivement le bout de comptoir à mes côtés, il verrait mes cheveux blonds et mes grands yeux bleus qui montent lentement, comme mus par un ascenseur...

– Tu peux t'asseoir tranquille, il a quitté le bar. Qu'est-ce qu'il te veut ?

– Il est parti ? Où ?

Pourquoi j'angoisse à l'idée qu'il ne soit plus là ? Je crois que je suis dépitée qu'il ait abandonné si vite.

– Comment pourrais-je le savoir ?

À présent, je suis déçue et lance un regard de reproche non justifié à mon collègue.

– Je l'ai vu prendre la direction nord. C'est important ?

Sans un mot, sans perdre un instant de plus et sans récupérer ma veste malgré le temps qui s'est rafraîchi, je sors marcher vers le nord. Édouard ne semblait pas d'accord, mais je n'ai pas le temps de réfléchir.

Je repère facilement Manuel, qui progresse si lourdement que je dois moi aussi ralentir en dépit de la longueur d'avance qu'il a. Lentement, mes sandales de toile gris-bleu et moi courons vers lui comme si... Ah, inutile d'analyser la situation, je fais un pas suivi d'un autre, c'est tout. Il facilite lui-même ma filature en ne se retournant pas. Oups ! Je vois Philippe sortir d'un bar et rejoindre son ami. Il me fait face, il aurait pu me remarquer ! Mais je peux profiter de la présence d'un groupe d'adolescentes qui s'attardent sur le trottoir pour me dissimuler derrière elles. Merde, je ne vois plus les garçons, à présent.

Chapitre 13

Une nouille sur un banc

Après être rentrée chez moi, tout à l'heure, je suis restée plantée derrière ma porte. Je me suis assise et relevée à quelques reprises, pour finalement prendre un pull chaud et repartir. Oui, c'est le début du mois d'août, mais le temps est bizarre aujourd'hui.

Me voilà installée sur le banc du parc en face de chez Manuel. Je me suis apporté un livre pour paraître occupée... Un homme me regarde en marchant et s'applique à me faire un signe très vulgaire avec sa bouche en agitant frénétiquement la langue entre deux doigts. C'est dégoûtant. Je détourne le regard et observe les moineaux.

Qui ose dire qu'il n'y a pas de nature en ville ?

Il y a plein d'arbres, de jardinières, de mauvaises herbes qui percent l'asphalte... Il y a les écureuils, les chats et les oiseaux.

Je ne les connais pas par leur nom, mais j'aime distinguer les différentes espèces par leur chant.

Parfois, je tente de deviner ce qu'ils disent.
Parfois, je les imite, mais pas maintenant.
Parfois, je tente de bien me souvenir de leur apparence et de leur cri pour faire une recherche et les identifier.

Je crois que celui-ci est une mésange. On dirait qu'il s'apprête à réciter une comptine de mon enfance. J'entends les mots au lieu de son chant.

Hi hou. (Des fois).
Hi hou. (Des fois).
Des fois, j'ai peur un peu, des fois, j'ai peur beaucoup.
Des fois, j'ai peur un peu,
mais des fois je n'ai pas peur du tout !

Adam m'agaçait avec cette chansonnette. Mon frère me manque. Je me sens seule. Je reconnais ce sentiment qui n'est jamais bien loin et qui n'a rien à voir avec le fait que personne ne se trouve à mes côtés en ce moment. Je crois que cette sensation de solitude est toujours là, cachée, et qu'elle ressort quand je ne me sens pas bien et que j'aurais besoin de réconfort.

Devant moi, à quelques portes de l'immeuble où habite Manuel, se trouve un ancien restaurant désaffecté. Il y a peu de passants, sans doute à cause du temps qu'il fait. De gros nuages d'un gris-bleu foncé comme mes sandales couvrent le ciel, et l'homme qui avait un comportement indécent un peu plus tôt me fixe toujours. Il est allé s'asseoir sur un autre banc et n'a pas cessé de m'observer. Je ferais mieux de rentrer chez moi.

Un dernier coup d'œil chez Manuel me coupe le souffle. Il se tient là, dans l'embrasure de sa porte ouverte. Qu'est-ce que je fous ici ? Il est un peu tard pour me poser cette question. Il était une fois une nouille sur un banc… !

Il ne porte pas son chapeau et j'aime ça. C'est le Manuel de la vraie vie, pas celui qui s'est paré d'un style… Encore cette énergie électrique qui circule dans mes circuits internes.

Je pense que Manuel a traversé la rue d'un seul pas de géant. Évidemment… Évidemment que la pluie choisit cet instant précis pour se mettre à tomber. Et elle tombe avec force, la pluie… Je me dépêche de ranger mon livre dans mon sac et je me lève.

– Qu'est-ce que tu veux, Doris ? me dit-il quand il arrive près de moi. Ce n'est pas compliqué, qu'est-ce que toi, tu veux ?

Je veux qu'il m'embrasse, me réchauffe. J'ai envie de pleurer. Encore, mais dans ses bras, cette fois. Il se flanque à mes côtés sans dire quoi que ce soit. Moi, je suis soudainement passionnée par les nids de poule qui se remplissent d'eau, les arbres qui ragent et résistent… Je porte attention au décor de façon exagérée… Comment conserver un brin de dignité quand il pleut à flot et que je dois demeurer là ? Il poursuit.

— Profite du présent ! Où en es-tu en ce moment ? Me veux-tu dans ta vie ? Reste présente !
— Je suis extrêmement présente! dis-je, fâchée sans savoir pourquoi.

Ahh ! Il vient de me prendre dans ses bras !
Comme un bébé !

— Ha ! Ha ! Lâche-moi, lâche-moi ! Qu'est-ce que tu fais ?

Sans l'ombre d'un doute, il a décidé de m'emmener chez lui. Je m'y suis opposée verbalement, mais il a perçu le rire dans ma voix, bien sûr. Il… en fait, nous… traversons la rue sans problème. Un automobiliste s'est montré compréhensif, considérant la pluie. Je me débats pour la forme, mais je ris. Au pied de son escalier, je veux descendre, et il me fait basculer comme un sac derrière son dos.

Ses lèvres sont chaudes, douces et savoureuses… Elles fusionnent si bien avec les miennes. Ses mains sont pressées, déterminées et affamées. Elles savent si bien se mouvoir sur moi. J'envoie balader mes sandales mouillées dans son salon ainsi que mon sac. Tandis que j'attrape le bas de son pull, il attrape le mien, et quand nos bras montent, nos vêtements « prennent le large ». Je suis en soutien-gorge et en jean. Je frissonne, et il m'enlace pour que je n'aie pas froid. Après avoir jeté un œil aux alentours, il affirme que nous sommes seuls.
— Ha ! Ha ! Je n'avais même pas pensé qu'il pouvait y avoir quelqu'un !
— Viens ici…

Il tient fermement mes hanches. Je devine son intention et saute dans ses bras, les jambes autour de son corps. Ses mains posées dans mon dos me soutiennent pendant notre déplacement, les miennes en profitent pour caresser vigoureusement ses épaules, sa nuque… Je l'embrasserais jusqu'à la fin de mes jours. J'ai une urgente faim de lui !

Ne pourrions-nous pas nous dévêtir par temps sec, pour que nos vêtements le soient aussi ? Mon jean complètement trempé résiste à ses assauts. Je cherche une tête de lit à laquelle m'accrocher, mais il n'y en a pas. J'agrippe donc le matelas, et il comprend que c'est le moment de tirer d'un coup sec. Nous faisons de la télépathie !

En sous-vêtements, je frissonne seule sur son lit et je le presse, tandis qu'il retire son bermuda et son boxeur en même temps. Le voilà complètement nu. Il m'adresse un rapide coup d'œil et se jette sur moi, affamé autant que je le suis. Ah ! J'adore la chaleur de sa peau, la fermeté de ses bras et son gabarit à l'opposé du mien. J'ondoie de plaisir réel et anticipé et je m'impatiente. Quand une de ses mains se glisse sous le bas de mon dos, je m'arque, et il en profite pour dégrafer habilement mon soutien-gorge. Je n'en peux plus de me frotter tout entière contre cet homme ! Il est impératif que nous unissions nos anatomies sur-le-champ.

L'explosion est délicieuse, la rapidité de mon tressaillement est inattendue, et Manuel jouit peu de temps après moi. Mais ce n'est pas suffisant. Nous nous embrassons inlassablement, nous nous dévorons littéralement.

Nous reprenons maintenant notre souffle et pouvons commencer à réfléchir. Il nous faudra bien discuter. Il saisit mon visage pour que je le regarde et me caresse les joues avec ses pouces. J'aime quand il fait ça.

— Je ne voulais pas que tu partes. J'ai tiré des conclusions sans t'écouter. Et… Je n'ai pas compris pourquoi tu semblais fâchée. C'est moi qui l'étais… Je ne t'ai même pas donné l'occasion de t'expliquer.

Il a un petit rire nerveux. De mon côté, je dois mettre une chose au clair.

— Ne crie plus jamais après moi, lui dis-je en soutenant son regard.

— Je n'ai pas crié, je…

Manuel ne termine pas sa phrase et resserre ses bras autour de moi. Il comprend que peu importe le niveau de décibels de sa voix, je me suis sentie mal et il le regrette. C'est du moins ce que j'entends dans le doux silence de son étreinte. Il m'embrasse sur les cheveux, et j'enfouis ma tête dans le creux de son épaule pour ne plus en ressortir. Ma main se love dans les poils de son torse.

— Mais dis-moi, Doris. Juste une chose. Où en es-tu avec ton ex ?

— Je ne suis PAS avec mon ex. Je suis ici. Entière. Toute… nue, vraie, sincère.

Oh, bon sang, j'ai vraiment dit ça ?

— Je te fais confiance, répond-il.

Je sais que cette phrase signifie beaucoup pour lui, puisqu'il a été trahi auparavant. Hummm ! Je sens son sourire s'étirer dans mon cou, et il me mordille.

— J'aime ta nuque, Doris. Tu as bon goût !

Il semble en effet se régaler, et ça me réjouit énormément. Puis, il me fait une requête surprenante.

— Tu as envie de faire une folie ? Avec moi ?

Une autre bouffée de bonheur me submerge, et c'est sans aucune hésitation que je lui réponds :

— Oui.

C'est étrange de répondre par l'affirmative sans même savoir ce qu'il a en tête. Mais ça cadre parfaitement avec l'objectif de ma liste de choses à faire avant d'être vieille. Ça correspond à mon désir de profiter de ma jeunesse durant les quelques semaines qu'il en reste.

— Ha ! Ha ! Tu ne me demandes même pas ce que c'est ?

— Je te fais confiance.

Je suis heureuse de lui rendre ses propres mots. Hum ! Il me flanque un bref, mais puissant baiser sur les lèvres.

— On part à Lille ! Disons… deux ou trois jours ?

— Ah ! T'es fou ! C'est lundi et je travaille demain. Et l'autre jour après aussi…

Maintenant que j'ai décidé de relever des défis, il semble que la vie me donne des occasions de le faire sans que j'aie toujours à prendre moi-même l'initiative.

* * *

Alors, c'est ça, nous sommes assez fous pour le faire !

Mon boss a accepté que je m'absente ainsi à la dernière minute, parce qu'il a été capable de me remplacer, mais aussi parce qu'il a déjà été jeune… Ça a sûrement fait l'affaire d'une collègue qui voulait plus d'heures, alors tout est parfait dans le meilleur des mondes.

Nous avons été chanceux. Le premier hôtel où Manuel a appelé avait de la place. Il faut dire que ce n'est pas encore la période de la Braderie et qu'on est en pleine semaine. Je m'attends quand même à ce que la ville, très touristique, soit bondée. C'est les vacances, après tout.

Je monte dans sa voiture après avoir déposé mon sac à l'arrière. C'est à ce moment que je pense à un truc amusant. Je dois lui en faire part, c'est trop chou.

— Hé !

— Quoi ?

— Tu riais en dormant. J'aime te regarder rire.

Il pouffe encore et démarre la voiture. Voilà, c'est dit. J'aurais bien aimé savoir ce qui le faisait ainsi rigoler, mais il y a de fortes chances qu'il ne le sache pas lui-même. Avant de partir, j'ai préparé de minibagages, mais surtout, c'était « phase pédicure et épilation ». J'ai appliqué du vernis sur mes ongles de doigts, que je garde courts, et sur mes ongles d'orteils. J'ai une pensée pour Élodie et ses précieux conseils.

Merci, ma chérie. J'ai aussi ajouté dans mon sac deux robes légères et une nuisette sexy en guise de pyjama… Et j'ai des sandales confortables. Les rues du Vieux Lille ne sont pas clémentes pour les talons hauts.

Nous arrêtons acheter un café glacé pour la route, la *playlist* de mon Super Man est sélectionnée, et nous voilà partis pour la gloire ! Enfin, pour la capitale des Flandres. Le soleil nous offre une journée lumineuse, des plus rayonnantes. Manuel voit les trois romans que j'ai apportés.

– Tu as l'intention de lire pas mal !

– Ha ! Ha ! Non. Ces livres sont à donner au suivant. Je les déposerai quelque part avec une note, et ils feront le bonheur de quelqu'un. Peut-être même qu'ils donneront envie de lire à quelqu'un !

– Tu es adorable, me déclare-t-il en prenant ma main.

Je souris. Nous abordons le sujet de nos familles respectives. Je ne me souviens plus si je lui ai déjà parlé d'Adam, alors je m'en abstiens. Il a aussi une sœur de qui il est plutôt proche. Sa famille est dans le quatorzième arrondissement de Paris. Manuel me décrit les siens en me racontant plein d'anecdotes, et je sais que je pourrais me sentir à l'aise parmi eux. Il me parle d'ailleurs d'une éventuelle rencontre, mais rien ne presse pour me caser, je suis encore jeune… « Pas pour longtemps », me souffle une petite voix malicieuse dans ma tête.

Par ailleurs, il me dit combien il est nul en planche à voile. Cédric et Patrick en sont des adeptes, alors que lui n'a essayé ce sport qu'une fois. Et dans le cas de mon musicien, ça a été la catastrophe. Il en rit encore. Je lui raconte donc à mon tour mon expérience inoubliable de parachutisme. Il aimerait essayer, et je serais prête à recommencer n'importe quand. Notre contact physique avait été rompu pendant le récit de ces exploits, mais il remet sa main sur la mienne pour une bonne partie du trajet encore.

L'hôtel est cool. Un voiturier gare la voiture, et un autre employé nous propose de porter nos bagages, qui se résument à un sac à dos chacun. En entendant cette offre ridicule, nous pouffons d'un rire complice et refusons en le remerciant poliment.

La chambre est minuscule, mais tout à fait charmante. Manuel regarde le lit situé dans une alcôve. Il semble douillet à souhait, avec sa couette blanche. La structure sur laquelle repose le matelas n'est pas très haute. Je grimpe dessus et suis maintenant un tout petit peu plus grande que Manuel. J'attrape ses hanches et me colle à lui. Une onde géante me parcourt, montant jusqu'à la pointe de mes cheveux. Mon appétit est titanesque, le sien encore plus… Je rêve à la promesse d'un nouveau corps-à-corps électrique, mais je prends tout mon courage pour ne plaquer mes lèvres que sur sa joue.

— Allons nous promener ! On ne peut pas être ici sans faire un peu les touristes et profiter du paysage enchanteur…

— D'accord, répond-il en abdiquant.

En haut d'une rue pavée légèrement en pente, je sors mon téléphone et photographie en plongée le séduisant jeune homme qui m'accompagne. On voit tout le décor de cette rue bordée de restaurants et de bars. Hum, il flotte une odeur appétissante de cheddar fondu et de bière brune. De nombreux restaurants servent le célèbre welsh.

Ensuite, alors qu'il se tient à côté de la rambarde, près de la Citadelle, je photographie Manuel à nouveau. Puis, je me mets à chanter *La Ballade des gens heureux*, de Gérard Lenormand.

Notre vieille terre est une étoile
Où toi aussi tu brilles un peu

Les commissures de sa bouche s'étirent et il enchaîne :

Je viens te chanter la ballade
La ballade des gens heureux.

Puis, je le prends cette fois en contre-plongée. Et je fredonne toujours :

La ballade des gens heureux...

— Tu vas sembler aussi grand que la Citadelle !
— Je vais t'en faire une, contre-plongée, moi !
— Aaahh !

Il me soulève et... j'ai l'impression qu'il va me lancer au bout de ses bras ! Il me tient en l'air une seconde ou deux, puis me fait glisser le long de son corps pour me poser au sol. Nos respirations se mélangent, et je suis fébrile. Ses iris sont brillants. Avec les rayons du soleil qui les illuminent, je peux voir le brun riche et le doré scintillant autour de ses pupilles. Et sa bouche m'attire encore une fois. Nous reprenons la marche, et Manuel siffle sur cet air enjoué :

La ballade des gens heureux...

La chaleur est accablante. Je sais que j'ai les joues rouges et les cheveux collés sur la tête. Lui, il a laissé son chapeau sur le lit. Avec son bermuda et sa chemise colorée, il a le même style vacancier qu'il avait au camping. Son look est simple et cool, il a l'air d'un homme... vrai.

Les vitrines des magasins de souvenirs nous font envie. Des bières spéciales, des tasses et des dés à coudre aux couleurs de la ville remplissent les étagères. Nous entrons dans une galerie d'art afin de faire une pause d'exsudation extrême à l'air conditionné. Il y a des toiles intrigantes, des œuvres d'art moderne... Elles sont très belles, mais ce n'est pas le souvenir que j'aimerais rapporter.

De retour à l'extérieur, une image de granité géant me fait très envie. Manuel penserait-il que c'est trop enfantin ? Il la voit, lui aussi.

— Oh oui, on se prend un granité ?

Le jeune homme à mes côtés me ravit par sa proposition, encore une fois.

— Quel âge as-tu, Manuel ?

— On a toujours l'âge qu'il faut pour boire un granité !

— Tu as raison. Mais je veux savoir quand même.

— J'ai envie d'en avoir un rouge. Toi ?

Il n'a pas répondu à ma question concernant son âge, mais je me reprendrai. Je réponds à la sienne quant au granité que je désire. Comme lui, je choisis par la couleur.

— Bleu. Ma langue ira avec mes yeux !

OH NON ! Comment n'ai-je pas pensé à la possibilité de croiser Adam ici ? C'était pourtant prévisible, il habite cette ville ! Je stoppe et me glisse doucement derrière mon compagnon, qui reste devant moi tout en jetant un regard aux alentours, cherchant la cause de mon geste.

— Tu te caches ?

Je fixe un homme, me demandant s'il s'agit d'Adam. Non, ce n'est pas lui. Fiou !

— Tu connais cet homme ?

— Non, non, dis-je le plus nonchalamment possible.

C'est la vérité, après tout, puisque ce n'est pas Adam.

Je me sens bizarrement déchirée. Aurais-je aimé que ce soit lui ? On dirait que de le voir m'aurait fait du bien. C'est peut-être Odile qui a raison, une fois de plus. Je ne réussis pas à détester Adam. Il reste mon frère. Un lien comme le nôtre ne se détruit pas facilement. Il a quand même été une ordure, s'il a réellement fait ce dont je le soupçonne... mais je ne cesserai jamais de l'aimer. Toujours est-il que ça pourrait arriver, nous pourrions nous croiser ici. Je propose de tourner dans une rue adjacente. Elle est moins fréquentée, moins touristique que celle que nous quittons, mais non moins charmante. Manuel se doute bien que j'ai fui une personne, mais ça ne me tente pas d'en parler.

Nous nous lançons dans un échange sans queue ni tête.

– On tourne ici ou là ?

– Là, je voudrais être… répond mon musicien.

Oh, il se fait théâtral. Que dire ?

– Être ou ne pas être… Telle est la question !

– La question ? J'en ai une autre : mais où est donc *Charlie* ?

Ha ! Ha ! Quelle répartie !

J'y vais aussi d'une phrase apprise en primaire, un peu transformée en question pour l'occasion.

– Ou… Mon vieux, tu m'as jetée sur une nouvelle planète ?

Oui, quelques vagues notions scolaires nous reviennent, parfois sans crier « gare ».

La balade est magique. Nous débouchons sur un jardin magnifique où de nombreux promeneurs sont assis dans l'herbe. On dirait un rêve. Manuel porte son attention sur l'artiste qui joue de la harpe. Il a l'air d'un ange… à l'aspect… irrégulier. Quant à moi, mon regard est émerveillé par le plan d'eau bordé d'arbres. L'homme à mes côtés est aussi charmé par cet endroit. Il arrête mon mouvement. En confiance, je ferme les yeux. Je m'immobilise, et il m'embrasse tendrement. Je lui dévoile mon trouble.

– Comment fais-tu pour me chambouler autant chaque fois que tes lèvres se posent sur moi ? J'en perds le contrôle de ma circulation sanguine.

— Peut-être que c'est parce que... parce que c'est exactement l'effet que je veux produire...

— Hi! Hi! Tu ne voudrais quand même pas que je te déshabille ici? Ou que je m'évanouisse, encore...

— Non. Juste te chambouler. Te ramollir.

Je le regarde à nouveau, et son visage parfait m'apparaît comme dans un kaléidoscope, entouré de formes changeantes et multicolores. Je dois me pincer et secouer la tête pour revenir à la réalité. Réalité qui n'a pour seule différence que le décor réapparaît autour de lui. Nous marchons un peu parmi l'aménagement fleuri et parfumé. Je suis émue, sans mots. Je retrouve l'usage de la parole seulement lorsque nous sommes de retour dans la rue.

Des jeunes sont concentrés sur une tablette électronique. L'un d'eux nous interpelle.

— Bonjour. Nous faisons un rallye. Savez-vous qui est Louis Pasteur?

Je réponds en riant.

— Un prêtre!

— Je pense que tu vas trouver la réponse à ça place Philippe-Le-Bon, ajoute Manuel avec plus de pertinence.

— Cool! Merci, *man*!

Ils se connaissent? Ah, bien sûr que non. «*Man*», dans le sens de... «mec». Les jeunes s'apprêtent à remonter la rue quand le même garçon revient vers nous.

— On en a plein d'autres à trouver. On doit aussi localiser un monument commémorant l'héroïsme des Lillois durant le siège de 1792 et recopier son inscription…
— Ah, lui, je sais où il est ! Hi ! Hi ! Je suis aussi excitée que si je faisais le rallye avec vous !

Les adolescents se regardent, comme pour se rassurer. Non, ils n'ont pas l'air « excités » comme moi.
— C'est près de la Vieille Bourse. Sur la place du Général-de-Gaulle, il me semble.

Ils hochent la tête et repartent, me lançant un remerciement au passage. Moi, c'est comme si je venais de gagner des points dans un quizz… imaginaire.

De délicieux arômes commencent à nous enivrer les narines, à nous charmer jusqu'à exciter nos papilles. Nous devons penser à ce que nous mangerons pour dîner.

Notre attention est attirée par un homme qui semble chercher de l'air. Il est rouge et s'appuie à un mur de pierres en tentant de déboutonner le col de sa chemise.
— Monsieur ? Avez-vous besoin d'aide ? demande Manuel.

L'homme l'a bien entendu, mais garde son énergie pour lui.
— Parlez-vous français ?

Difficilement, en mettant une main tremblante sur sa gorge, l'homme fait un signe affirmatif, mais il va visiblement de plus en plus mal.
— Voulez-vous un verre d'eau ?
— Je vais entrer ici en demander un ! dis-je.

C'est tout ce que je peux faire. Très sérieusement, Manuel me somme de composer le 112.

– Pour leur dire quoi ?

Aller chercher à boire ou appeler ? Qu'est-ce qui urge le plus ? Se rafraîchir fera peut-être déjà assez de bien… comme quand je me suis évanouie. Il est possible que les secours ne soient pas nécessaires. Je fais les deux en même temps. Je suis une fille, après tout. Je reviens rapidement avec un verre d'eau dans une main et mon téléphone dans l'autre. Manuel, lui, assaille l'homme de questions.

– Avez-vous un problème de santé, une allergie ? Prenez-vous des médicaments ? Quelle est la dernière chose que vous ayez mangée ? Quand ?

Lorsque le téléphoniste a demandé l'âge de « la victime », Manuel y est d'abord allé de sa supposition. « Un âge moyen, disons… la quarantaine ? » Puis, la réponse nous est parvenue de la personne concernée. « Trente-cinq. » Eh bien, j'aurais cru, moi aussi, qu'il avait au moins quarante ans. Quand les secours sont arrivés, Super Man leur a transmis toutes les informations obtenues, et les ambulanciers ont semblé apprécier sa vivacité d'esprit.

Maintenant que c'est terminé, nous pouvons reprendre une conversation normale, et sa réplique au sujet de l'âge de l'homme me revient.

– Manuel, pour toi, un âge moyen, c'est quarante ans ?

— Euh, j'ai dit ça sans réfléchir… Alors je suppose que ma réponse spontanée reflète ma pensée, oui. Mais ça dépend de qui on parle. Un étudiant d'âge moyen, ou un adulte…

J'aime bien cette discussion. Je serai peut-être jeune plus longtemps, finalement.

— Alors on est vieux à quel moment ? Quarante et un ?

— Ha ! Ha ! fait-il en entourant mes épaules de son bras, me collant à lui. Ben non ! Je n'adhère pas à ta façon de voir les choses. Selon moi, c'est clair que nous sommes jeunes. L'âge moyen, c'est long. Il s'agit d'une période, disons la quarantaine, peut-être ? Ou même de trente-cinq à cinquante ans… Et la jeunesse, c'est relatif ! Quant à la vieillesse, j'imagine qu'elle nous attrape quand on lui permet de le faire…

Par moments, notre promenade est silencieuse, mais ce n'est pas du tout dérangeant. Surtout que nous remontons une pente depuis un moment, et ça me demande un effort cardiovasculaire supplémentaire. Le soleil n'est plus visible, mais il ne se couchera pas avant une trentaine de minutes. Il doit faire sa toilette derrière les vieux bâtiments, son brossage de dents avant le dodo.

— Tu as faim ? On pourrait regarder autour et jeter notre dévolu sur un restaurant pour le dîner ?

Hummm, je le jetterais bien sur autre chose… Je sais qu'il devine ma pensée et je rigole. Avant de répondre, je zieute les commerces environnants. Nous avons l'embarras du choix. Des restaurants gastronomiques, des bars, des brasseries, des bistros, il y en a pour tous les goûts. J'ai en effet un petit creux.

Les terrasses sont très fréquentées, et il flotte toujours autour de nous des effluves alléchants, efficaces pour mettre les gens en appétit.
— J'adore les pâtes… Il y a probablement ce qu'il faut à l'hôtel ?
Justement, nous l'apercevons à quelques immeubles de l'endroit où nous sommes. Sans plus tarder, nous nous dirigeons vers ce bâtiment.
Nous revoici au frais dans notre palace. En riant, nous courons vers notre chambre, mais nous sprintons comme des débutants arrivés à la toute fin d'un long parcours : au ralenti et à bout de souffle. Ce qui provoque encore plus d'hilarité. Nous entrons dans notre chambre et, tout doucement, Manuel m'appuie le dos contre la porte que je viens de fermer. Ses yeux sont libidineux, ses gestes traînants. Il se penche et m'embrasse, m'embrase. Cette onde qui remonte de mes entrailles ! Une vague immense déferle en moi et me soulève le haut du corps, accélérant ma respiration.
— Hum, Doris !
Je pose mes mains à plat sur sa large et ferme poitrine.
— J'ai besoin d'une douche.
— Tu la prendras après… Tu as un goût salé, tu es belle et délicieuse !

Hum, il a grogné ces mots dans mon cou. Je raffole de ça !

Profitant de ma petite taille, je me faufile sous son bras et file à la salle de bain que je ferme « à clé ».

J'adore avoir le souffle coupé par le refroidissement éclair de mon corps sous l'eau fraîche ! Quand je sors enroulée dans une serviette, il me fixe avec appétit et file sous la douche à son tour, sans un mot ni même un baiser. Je m'allonge dans les draps soyeux et constate que le ciel est maintenant d'un bleu plus foncé. Un bleu annonçant la tombée de la nuit… Seule sous la couette, je me fige en entendant quelques coups frappés à la porte.

— *Room service.*

Manuel avait déjà commandé ?

J'enfile un peignoir pour aller ouvrir et prends avec ravissement la bouteille de blanc et le plateau couvert. L'eau a cessé de couler, alors je laisse tout ça sur le bureau et saute dans le lit. Je voudrais faire semblant que je ne suis aucunement essoufflée. Comme si je ne venais pas de m'étendre précipitamment. À quoi bon ? Le voilà !

— C'est arrivé ! constate-t-il avec son sourire à un million d'euros. Tu n'as pas ouvert la bouteille ?

Il est aussi drapé d'une serviette à la taille. Ce n'est pas la peine de répondre à sa question rhétorique, nous boirons tout à l'heure. Je m'assois, puis m'agenouille sur le lit, laissant la couette glisser et me dévoiler. Il redépose le vin sans nous servir et s'approche.

— Hum, tu m'allumes, ma Fée.

Ce jeune homme envoûtant prend le temps de me regarder. Tendrement, il dit apprécier ce qu'il voit. En un instant, le sang dans mes veines est remplacé par de la lave, et je le désire ardemment. Mes yeux dans les siens, j'enlève doucement le tissu éponge dont je jalouse la fonction et l'observe brièvement. Je suis séduite par son pénis et lui par mon corps nu, ça se voit...

* * *

Il fait maintenant nuit et j'ai drôlement faim. Attaquant l'assiette de fromages et de charcuteries fines, nous faisons honneur au vin encore frais grâce au seau à glace et commandons une autre bouteille. C'est tout à fait délicieux.

— T'es particulièrement belle quand tu te régales, tu sais ?

Je souris et me délecte encore plus. Ensuite, je le questionne sur son travail, et lui me demande quels sports je préfère. Je m'informe sur ses relations passées ; il me raconte une blessure laissée par l'infidélité d'une ex-copine en affichant un détachement rassurant. Il m'interroge sur ma fratrie, et je lui décris ma famille, sans y inclure mon frère, considérant ma famille non conventionnelle, et j'exprime mon admiration pour ma grand-mère qui a élevé deux familles avec tant d'amour.

La deuxième bouteille de vin s'avère bien froide et délicieuse. Ça se boit tout seul. Nous tenons donc une petite discussion sur la limite permise en termes d'alcoolémie, que nous dépassons déjà sans aucun doute.

— Permise, permise… Il ne s'agit que d'une règle pour prendre la route, ça, ça ne concerne pas nos chemins privés…

— De quels chemins parles-tu ?

Nous voilà repartis sur les sentiers intimes, et nous découvrons nos corps avec douceur. Nous parlons aussi de notre envie de voyager. Nous aimerions visiter des endroits historiques. Nous nous entendons pour dire que nous voulons voir du pays avant d'être vieux. Il ne faudrait donc pas trop traîner !

J'observe ses doigts de près et je les bécote. Le bout de ceux-ci est durci.

— Ça fait mal ?

— Au contraire. Pour un guitariste débutant, le bout des doigts de la main gauche est très souffrant, car les cordes coupent presque comme des couteaux… Avec le temps, on devient un peu insensible. Par contre, avec les années, les articulations deviennent un peu raides, voire douloureuses, et on peut avoir des problèmes de tunnel carpien.

Je continuais d'embrasser ses doigts pendant son explication. Je crois que ça l'inspire. Il me pousse délicatement pour m'étendre. Je ne me fais pas prier. Lorsqu'il effleure ma partie la plus sensible, je suis déjà tout émoustillée. Tourmentée par ses mains agiles, je me tortille de bien-être. Je ne sais plus s'il appuie frénétiquement ou fait des cercles, mais mon clitoris pulse sous la chaleur de sa main. Manuel manie le mot doigté avec beaucoup de fiiinesse et de… oooh… compétence ! Les yeux révulsés sous l'effet d'un plaisir intense, je ne sais plus rien, ni même comment je m'appelle. Je ne prends pas le temps de m'en remettre et lui rends la pareille. Quand je le prends dans ma bouche, il se tend, s'arque et frémit. Puis, il me ramène sur lui pour que nous jouissions ensemble dans une position qui permet plus de profondeur.

Nous sommes humides de sueur. Ma tête est posée sur son torse, et je sens les coups de tambour dans sa poitrine. Nous retrouvons un souffle normal, tranquillement.

Enivrés de bon vin et de bonne chair, nous nous douchons une deuxième fois. Et vraiment, le moment de s'allonger dans ce lit pour se détendre est si exquis.

— Ahhhh. Tu sais, quand tu veux te coucher et que tu te couches… t'es vraiment bien, soupire Manuel.

Je vois qu'il savoure son confort, mais je l'interromps tout de même.

— En quoi consiste le bonheur, pour toi, Manuel ?

— Hein ?

S'il pensait dormir, il vient de comprendre qu'il devra encore attendre… Il se tourne vers moi, un bras sous sa tête et l'autre sur mes hanches, par-dessus la couette.

— Maintenant, le bonheur, c'est d'être ici avec toi.

Mon petit sourire s'évanouit. Pas que je ne me sente pas bien ou que je ne trouve pas ça beau, mais ça me semble un peu trop profond. Je tente de préciser ma pensée.

— Sérieusement. Qu'est-ce qu'il te faut pour te considérer heureux ? Je sais que ça dépend des gens…

— J'ai bien compris ta question. C'est comme ça que j'y réponds. Actuellement, mon plaisir, mon bonheur, c'est d'être avec toi, ici. Au matin, ce sera également de te voir. Peut-être aussi qu'un de mes bonheurs, le jour d'après, sera de me faire un toast avec Phil. Le bonheur, Doris, c'est d'être content, non ? Ce n'est pas seulement d'être bien, mais d'en être conscient.

Ah, vue de cette façon, sa première réplique n'était pas trop profonde, au contraire. Je crois que c'est la plus légère que j'ai entendue. Littéralement celle qui pèse le moins lourd. Ce point de vue m'apparaît empreint de sagesse et de vérité. Je prends le verre que j'ai déposé à côté du lit avant la douche. Manuel en veut visiblement une rasade.

— Ben non, je ne peux pas te donner mon eau, ça ne se fait pas…

— Euh… Après ce qu'on a fait, tu ne peux pas dire que mes lèvres te dégoûtent ?

Sa bouche… Oh, s'il savait combien elle m'enivre et à quel point j'en ai rêvé…

— Allez, juste une gorgée, s'il te plaît.

— C'est parce qu'on ne pourra pas trinquer !

— Ah, on a assez trinqué pour aujourd'hui, non ? On a cogné nos verres presque dix fois.

C'est que chacun de nos mots méritait un toast. La plupart du temps, nous restions muets, notre souhait restant secret. Le plus important était de bien nous regarder dans les yeux en frappant nos coupes… OK. Je le laisse boire mon eau, puis je me love dans ses bras. Ce qu'il sent bon, cet homme! Ses doigts se promènent dans mes cheveux blonds ébouriffés, et ça me fait frissonner. Nos corps chauds constituent le meilleur nid imaginable. Il y avait si longtemps que ça ne m'était pas arrivé… En fait, je donne à ce moment le titre de première fois. C'est la toute première fois que j'éprouve ce sentiment et que je suis si bien, enveloppée dans les bras d'un homme. Je veux élire domicile ici. Hum, je me fais la réflexion que ma vie est encore plus belle qu'elle l'était déjà. Le silence démontre le bien-être que nous éprouvons. Je n'entends que les battements de son cœur qui se confondent avec les miens. C'est lui qui brise cet instant zen.

— Ha! Ha!

— Quoi?

— Je souris une fois de plus comme un idiot, je ne peux pas faire autrement, même que ça m'empêche de dormir!

Mon sac à dos gît sur le sol, et je me dis que je pourrai cocher un autre point sur ma liste de choses que je dois faire avant d'être vieille. Ce n'est pas tout à fait LE voyage d'aventure symbolisé par le fameux sac, mais c'est un excellent début. Considérant le temps dont je dispose avant mon anniversaire, je dirais que c'est chose faite. Je mettrai mon papier à jour dès que je pourrai. Ça progresse, cette histoire! Quant au sixième objectif, je sais enfin par quelle folie je vais le remplacer.

Je ne peux presque pas croire ce que je m'apprête à écrire…

7 choses à faire avant d'être vieille

? 1. ~~Aider Cindy à trouver l'amour~~ ← Mauvaise idée
Voyage « sac à dos »

✓ 2. Une « première fois », hors de ma zone de confort… ← J'ai chanté en public ! ♥

✓ 3. Une folie devant l'appareil photo ← ~~À venir~~ J'ai osé !

✓ 4. Admirer les étoiles

✓ 5. Sauter en parachute !!! ← OMG, je l'ai fait !

6. ~~Participer à une bataille de nourriture !~~
Me faire tatouer !

✓ 7. ~~Folie sexuelle ?~~
~~Lieu inusité ?~~ Ha, ha ! Non
Cybersexe ? ← Considéré fait. Je ne tiens pas à recommencer.

Chapitre 14

C'est ça, le bonheur ?

Manuel me réveille de délicieuse façon. Je jurerais qu'il injecte du feu dans mes veines. J'ondule de plaisir sous lui. Il me surplombe et grogne dans mon cou, embrasse ma poitrine, chatouille mon nombril avec son nez, et nous refaisons l'amour avant même que mes yeux soient ouverts.

Il reste en moi, j'adore ça. Je contracte mes muscles autour de son membre et ressens pleinement l'allégresse de ne faire qu'un avec lui. C'est un sentiment puissant, un pur délice.

Puis, le voilà sérieux comme un notaire.

— Où se trouve ton sourire ?

Je n'obtiens pour toute réponse que son regard profond qui me fouille l'âme. Je répète.

— Tu sais, ce sourire que tu qualifies d'idiot… Il est où ?

C'est alors qu'il se retire, jette le préservatif et appuie la tête sur son coude.

– Es-tu ma copine, Doris ?

À mon tour de ne pas réagir spontanément. Je réfléchis. N'est-ce pas là une question qu'on pose quand on a douze ans ? Je croyais qu'adulte, on n'avait qu'à laisser les choses évoluer jusqu'à ce que notre statut soit évident… Le simple fait d'avoir couché ensemble ne fait pas de nous un couple. La preuve, notre première fois qui s'est soldée par une dispute au petit matin… Alors, maintenant ? Et lui, qu'est-ce qu'il veut ?

– Je crois que… ça pourrait dépendre de la conclusion de ce matin ? De cette journée ?

Il se rembrunit encore plus. Ma réponse n'était pas la bonne. Il est vrai que s'il ne désirait pas le moindre engagement, il aurait évité la question, tout simplement.

– OK. Donc, euh… Je ne devrais pas tourner autour du pot dans ce cas.

Oh bon sang ! Il ne va pas déjà me déclarer son amour ? Je ne pense pas être prête à me ranger. On peut parfois constituer un couple sans être tout à fait casé, selon moi. Mais certains mots déposent un petit cadenas sur une relation.

– Je n'ai pas voulu en parler hier, pour ne rien gâcher…

Oh, oh ! J'ai peur. Ce sera pire que ce que je croyais. On dirait qu'il s'apprête à lancer une bombe… Je n'aime pas ça du tout. Je me décolle pour me soulever sur un coude.

– Phil a obtenu un contrat de trois soirs pour un festival. Lui et moi devrons rester dormir sur place. Ce n'est pas à Paris.

Oh ! Épuisée d'avoir tant spéculé, je m'effondre sur le dos. C'était seulement ça ?

– Quand?
– Le week-end prochain.
– Qu'est-ce que ça implique?
– Ben, qu'on sera trois jours sans se voir!

C'est là que je manque d'oxygène. Je viens d'emménager dans ses bras et je devrai revenir seule à mon appart? Sans blague, c'est normal de ne pas être toujours collés. Trois jours, ce n'est pas si long que ça… même si j'ai envie de ne plus me séparer de lui.

– Tu ne réagis pas? Tu veux me faire part de tes réflexions, s'il te plaît, Fée Clochette de mes rêves?

Il semble inquiet, je dois lui répondre. Je connais de plus en plus de moyens de lui changer les idées, depuis hier… OK, je vais lui offrir quelques mots avant de le «consoler».

– Ça va. Trois jours, ce n'est pas dramatique. Tu ne pars pas pour des mois ni pour la guerre…
– Je suis content que tu le prennes comme ça.
– Tu es content? Alors, ça y est? Je t'ai rendu heureux. C'est ça, le bonheur? dis-je en baladant mes mains vigoureusement sur son corps.
– Hum, à bien y penser, je te sais capable de m'offrir encore plus d'extase…

* * *

Nous nous préparons à repartir avec indolence, sans vraiment avoir envie de quitter ce nid de conte de fées. Je prends d'ailleurs quelques photos supplémentaires de la chambre et de tout ce que je peux.

— Ai-je ri cette nuit en dormant ? me demande-t-il.

— Je ne sais pas, je dormais trop bien.

— J'ai bien vu ça ! D'ailleurs, tu as ronflé à quelques reprises.

— Pff ! Impossible !

Une courte promenade matinale nous permet de trouver rapidement l'endroit idéal pour un petit déjeuner digne de ce nom. J'ai une faim d'ogre. Je veux une omelette avec du bacon et des saucisses arrosés de ketchup et un jus d'orange.

Nous mangeons notre petit déjeuner de compétition et Manuel, qui semble avoir aperçu quelque chose ou quelqu'un, se lève et va parler à un homme. Le patron, peut-être ? Ce dernier lui donne un petit objet. Manuel revient déjà vers moi, ses lèvres magnifiquement charnues tirées jusqu'à ses oreilles, tellement il sourit.

— Cadeau, dit-il en approchant son poing fermé de moi.

Je place ma main ouverte en dessous, et il y laisse tomber quelque chose de léger.

— Super ! Des allumettes ! Il s'agit exactement du super souvenir que je veux rapporter de ce super séjour !

Je ne feins pas mon plaisir, je suis très contente de ce petit cadeau, souvenir de Lille. Une petite chose qui me rappelle aussi la première fois où je l'ai entendu chanter.

— Super, hein ? Ça a l'air vraiment super...

C'est vrai que je dis « super » souvent.

* * *

Il ne reste qu'environ une heure de trajet, mais je n'en peux plus. Nous devons nous arrêter pour que j'aille aux toilettes. J'ai repéré une halte, et Manuel s'y gare, à l'écart des autres voitures.

Oh, comme la chair est faible ! Il suffit d'un baiser pour me faire fondre. Il m'embrasse et glisse sa main sur mes cuisses. Je pourrais très facilement perdre complètement la tête. Ses doigts me tourmentent… C'est du supplice. Une super douce torture…

— J'ai envie, j'ai envie !

— Hum, moi aussi !

— Non ! J'ai trop envie de pour vrai, laisse-moi sortir ! Ha ! Ha !

C'est en riant que je me rends aux toilettes et que j'en reviens. Je le rejoins, puis il rive intensément son regard au mien.

— J'ai envie de toi, moi. Ici. Je veux juste une petite gâterie, une collation, quoi !

Sa demande me saisit. Un coup d'œil autour me permet de constater que personne n'est assez près pour nous voir. Je zieute son entrejambe et souris, mais il rectifie :

— Non, non. Toi.

Sans avertissement, il actionne le levier qui abaisse mon dossier. La surprise me fait oublier de respirer. Je me retrouve allongée, et il me rejoint. Je dois penser à recouvrer mon souffle, mourir maintenant serait vraiment trop dommage. Tout en m'embrassant comme lui seul sait le faire, il ondule sur moi et m'invite à reculer jusqu'à ce que je dépasse légèrement l'appui-tête. Ses caresses sont un délice paradisiaque ! Je frissonne, j'ai la chair de poule ! Je suis détendue et j'oublie où nous sommes. Lui, il descend. Et il remonte ma robe, fais glisser ma culotte sur le côté, enlevant du chemin le tissu gênant et humide.

Oh bon sang ! Non, ce n'est pas possible !
Pas dans sa voiture, c'est trop fou !

Oui ! Oui, oui, ça a plein de sens, en fin de compte. Oh ! Mes mains cherchent quelque chose à accrocher et ne trouvent que l'oreiller de fortune. Je ne me contrôle plus et lui laisse les commandes avec plaisiiiir. Une chaleur divine monte rapidement en moi, c'est une explosion de bonheur.

Puis, je sens qu'il rit sur mon sexe. Je lève la tête, et il devine que je l'interroge du regard.

— C'est parce que tu es belle quand tu jouis.

Jamais je n'aurais cru vivre une pareille scène d'érotisme. Nous reprenons la route, mine de rien. Et Manuel, souriant cette fois d'une façon inhabituelle, me demande :

— Et ton frère, tu le vois souvent ? Où habite-t-il ?

Je me fige. Encore alanguie, je redescends en catastrophe de mon nuage. Ce passage du coq à l'âne est trop brusque pour mon cœur et mon corps en fête.

Mon frère? D'où tient-il que j'ai un frère? Donc, Manuel savait que je ne dévoilais pas tout au sujet de ma famille et il n'en parlait pas? J'espère ne pas l'avoir froissé.

– Ta sœur en a fait mention l'autre soir, au bar. J'attendais que tu veuilles m'en parler, mais je crois qu'il est temps. Quelle place occupe-t-il dans ta vie? poursuit-il gentiment pour m'encourager.

OK. Voilà. Ma vision s'embrouille et ma voix tremble, mais je me lance. Je lui parle d'abord de ses yeux rieurs, de son sourire qui me manque. De sa fossette au menton semblable à la mienne. De nos jeux d'enfants.

– Il n'a qu'un an de plus que moi. Quand nous étions adolescents, il a été mon meilleur ami en même temps que mon frère et mon garde du corps. Enfin, cette dernière fonction a tardé, car ma silhouette juvénile m'a gardée loin des garçons pendant un bon moment. À dix-huit ans, il a quitté l'école secondaire pour aller faire ses études universitaires. Il m'a beaucoup manqué. Je lui racontais tout en détail, et il m'écoutait, me conseillait. Ma sœur, alors âgée de douze ans, était trop petite pour que je me confie à elle. Ce n'est que quelques années plus tard qu'elle s'est intéressée aux relations intimes et qu'elle a commencé à me questionner discrètement. J'avais peu d'expérience, mais j'ai joué auprès d'elle le rôle de confidente, puisqu'Adam fréquentait l'université et qu'il travaillait en même temps. Malgré tout, il trouvait toujours le moyen de nous réserver du temps dans son horaire chargé.

Je me tais, revivant des moments lointains. Manuel saisit bien que tout ceci appartient au passé et que ma relation avec mon frère a changé au fil du temps.

— Et aujourd'hui ?

Ma gorge se serre et j'ai mal au ventre. Je ne pleure pas, par contre. Au contraire, je suis fâchée, je me sens trahie et mes yeux sont secs.

— Ma grand-mère, celle-là même qui nous a permis de grandir entourés d'amour et en toute sécurité, celle qui nous a tout donné, a hérité d'un bon montant. C'était après le décès de son mari, mon grand-père, l'homme grâce à qui elle a pu nous donner un exemple de couple dévoué et attentionné. Elle avait vraiment besoin de cet argent pour s'équiper en matériel adapté à sa condition physique, qui se dégradait. Elle méritait de n'avoir plus jamais à s'inquiéter pour ses finances. Mais il lui a tout pris. Officiellement, elle a été victime d'escroquerie, et le coupable n'a jamais été découvert. Mais au même moment, Adam, comme par hasard, a obtenu un nouvel emploi dont il ne pouvait pas parler et il a déménagé à Lille. Il devenait très mal à l'aise quand nous abordions le sujet de la fraude. Il évitait le sujet. Je l'aurais décapité !

Mais je l'aurais regretté, car c'est mon frère pour toujours, me dis-je, poursuivant le discours dans ma tête.

Nous ne devions jamais nous éloigner, je lui en veux terriblement. Manuel prend ma main.

Nous longeons plusieurs champs cultivés en roulant.

– Je me demande ce qui pousse ici.

– Je crois que ce sont des champs de coquillages, dit-il très sérieusement.

Ha ! Ha ! Ce qu'il peut en dire, des conneries !

* * *

Déjà le retour à la réalité. Affirmer que le bistro représente le train-train est peu dire, c'est la routine personnifiée. J'aime bien mon job, mais ce séjour magique à Lille… était trop court. En me rendant au travail, je sème sur mon passage deux romans que j'ai lus.

C'est un jeudi chaud au bistro. En fait, la température a été élevée toute la semaine. Mais on dirait que ça ne me dérangeait pas autant, à Lille. La chaleur me semblait moins incommodante.

Nos rafraîchissements sont doublement populaires sur la terrasse, où il n'y a pas de climatisation. De plus, c'est bondé de gens en vacances. La période d'affluence est plus longue, moins concentrée sur l'heure du déjeuner. L'autre serveur est à l'intérieur, et j'ai un peu de temps. Je ramasse la vaisselle à une table d'où les clients sont partis. J'empile les assiettes sans vider les restes et en laissant les ustensiles dans chacune. Ça me fait une belle tour de Pise instable. J'appuie mon pouce sur la fourchette du dessus pour qu'elle ne foute pas le camp par terre et… sploouushh ! Les pâtes qu'il y avait sur l'ustensile font un magnifique vol plané derrière moi. Elles sont catapultées, mais je ne me retourne surtout pas pour constater où elles atterrissent. J'ai plutôt le réflexe d'ignorer ce qui est arrivé. Avec de la chance, personne ne s'en sera rendu compte. Mais une voix masculine s'élève et vient frapper mon tympan.

— Vous travaillez ici ?

Cette question qu'on me pose parfois provoque toujours un peu d'hilarité chez moi.

— Bof, à peine !

Puis, je me tourne pour faire face à l'homme et aperçois la dégoulinante sauce tomate ainsi que les quelques fusillis qui ornent sa chemise.

— Oh.

Il demande à voir le menu et le gérant. Oups. Il est gentil, devrais-je me méfier ?

— Je vous « apporte ça » tout de suite.

Ha ! Ha ! Je me trouve drôle, malgré la situation. Je m'assure de transmettre le message à mon patron avant d'oublier.

Tiens, voilà mon ex. Cet homme m'en a fait vivre, des montagnes russes d'émotions. Je ne suis pas tout à fait à l'aise. Nous ne nous sommes pas reparlé depuis dimanche dernier, quand il m'a textée alors que j'étais avec Manuel.

Olivier s'est-il réellement rendu chez moi ce soir-là ?

Il sait que le noir est la couleur qui lui va le mieux. À mon avis, du moins. Cette chemise anthracite lui sied à merveille aujourd'hui encore. Il semble décontracté, jusqu'à ce qu'il me voie. À ce moment-là, il se redresse et a l'air songeur. Presque triste.

— Salut, Olivier. Comment vas-tu ?

— Ça va dépendre de toi.

— Présente pour vous servir, mon cher.

— J'ai su par ton amie Élodie que tu étais partie en voyage ?

Il la connaît depuis longtemps, mais je crois qu'avant, elle n'était pour lui que « mon amie »... Aujourd'hui, on pourrait supposer qu'ils sont davantage que de simples connaissances. Ce détail a tendance à me titiller. Je lui confirme brièvement avoir fait un aller-retour dans la capitale des Flandres. Je reste évasive.

Il commande seulement une bière. Dès que je la lui apporte, il me déclare de but en blanc :

— J'ai largué Valérie. Voilà, je voulais que tu le saches. Je passais à côté de l'essentiel. De toute façon, elle était très prise par son ambition de donner des leçons d'autodéfense...

Je réfléchis à cette annonce un instant et réponds en hochant la tête. Moi, je trouve qu'elle a un beau projet, je serais même intéressée de m'y inscrire. Je reviens à ce qui semble le préoccuper.

— Je crois que c'est bien. Prends le temps de savoir ce que tu veux.
— Je sais ce que je veux.

Son regard perçant m'atteint immédiatement. Pourquoi a-t-il senti le besoin de m'informer de sa rupture ? C'est quoi, cette chose qui manque, pour lui ? Moi ? Je ne peux pas le concevoir. Je devrais le fuir, mais je suis perturbée. Qu'aurait été ma vie avec lui ? Je dois me ressaisir avant qu'il perçoive mon trouble. Il en ajoute.
— Je réalise aujourd'hui que j'aurais dû faire plus attention à toi. À la perle que tu es.

Je regarde ailleurs, ses yeux sont trop insistants. Ses prunelles soudain grivoises me déstabilisent encore davantage.
— Au fait, quelqu'un s'occupe de ta perle, beauté ?

Surprise par son langage, j'affiche un air outré, mais il rit, alors moi aussi. Je me sens stupide de m'être presque fâchée pour une blague. Je n'ai pas quatre ans et, de plus, nous avons déjà été intimes, tous les deux.
— J'y pense, j'ai un petit voyage d'affaires à Lyon bientôt. Ça te tente de m'accompagner ?

Il est vrai qu'il m'est arrivé plusieurs fois d'y aller avec lui, quand nous formions un couple. Surtout au début de notre relation. Ensuite, il me l'a proposé moins souvent. Mes horaires me le permettaient moins. Ce qui me fait penser, pourquoi Manuel ne m'a-t-il pas invitée à le suivre le week-end prochain, s'il trouvait dommage de me laisser ici ? Cette question m'angoisse un peu, je n'aime pas y penser.

— Euh, non. Bien sûr que non, Olivier. De toute façon, je travaille en semaine maintenant.

Son regard qui balaie mon corps me donne des chaleurs. Je ne veux pas y être aussi sensible, mais c'est plus fort que moi, son désir me fait de l'effet. Il m'annonce nonchalamment qu'il admirera mes fesses quand j'irai vers d'autres tables. Venant d'un quelconque client, ce serait extrêmement déplacé, mais de sa part, je trouve ça flatteur. Et comme il les a déjà vues et que je dois me retourner de toute façon, je n'y peux rien. Ses yeux sur moi ne me dérangent donc pas.

Finalement, je ne lui ai pas raconté le saut en plein ciel que j'ai exécuté. À quoi bon ? Je ne l'ai pas fait pour lui, mais pour moi. Je me disais alors que ça me ferait un sujet de grand intérêt à placer dans les conversations, mais je me trompais. Certes, ce fut un grand moment plaisant à raconter à mon entourage, mais ça ne se place pas n'importe où, au cœur d'une discussion de retrouvailles, par exemple.

Je spécule trop sur la raison pour laquelle Manuel ne m'a pas invitée à ce spectacle. Est-ce qu'il s'est déjà lassé de ma présence ? A-t-il honte de me présenter à ses amis ? Je pense à d'autres histoires saugrenues. L'une d'entre elles est qu'il pourra flirter sans encombre. Non pas qu'il me semble le genre d'homme à courir après tout ce qui bouge, mais je sais que la scène apporte un sentiment euphorique qui peut lui faire perdre son jugement. Il paraît que c'est plus fort que l'alcool…

Libre et autonome, je me laisse bercer par les généreux compliments de mon ex et j'apprécie que le client à la chemise tachée de sauce tomate m'accorde un pourboire même si son repas lui a été offert par la maison. Je vénère ceux qui soulignent la qualité du service en offrant un pourboire même quand le repas ne leur est pas facturé. Connaissant la valeur de son repas, il m'offre un pourcentage de celle-ci, même s'il n'a pas d'addition. Quand c'est gratuit, des clients oublient le pourboire, mais pas lui.

* * *

Un petit jour de travail et, déjà, je reçois une exquise invitation pour un dîner en amoureux. Je lui ai demandé à quel restaurant il pensait ; Manuel m'a plutôt conviée chez lui. Son coloc sera absent. Je me fais la réflexion que ça fait vraiment étudiant comme mode de vie…

Je devrais me réjouir de cette occasion de le voir avant son séjour à Calais, mais je n'y arrive pas. Il y a quelque chose qui cloche, un nœud dans mes tuyaux… Je me prépare tout de même avec attention, je me dis que tout va pour le mieux. C'est ce que je trouve de plus approprié comme attitude, étant donné que je n'arrive pas à mettre le doigt sur l'objet de mon mal-être. Je frappe à sa porte, et il vient m'ouvrir rapidement.

— Bonsoir, ma Fée.

Sans s'attarder, Manuel m'embrasse tendrement sur la bouche.

— J'ai prévu des pâtes, veux-tu un verre de blanc ?

— S'il te plaît.

Ce qu'il est chou. Il sait que j'adore les plats de pâtes. C'est vraiment un garçon attentionné. Tiens, j'utilise à son propos le mot « garçon ». Ça ne fait pas sérieux… Manuel est peut-être la dernière fréquentation que j'aurai avant de me caser réellement… Quand je serai vieille, à trente et un ans…

Un air jazzy retentit de son portable.

— Oh, un appel de ma mère. Permets-moi de le prendre, je devais lui téléphoner tout à l'heure, en revenant de faire les courses.

Je lui signale silencieusement mon accord. Le silence a beau valoir de l'or, parfois, il faudrait bien que je sois un peu plus bavarde.

Qu'est-ce qui m'arrive ?

L'appartement est propre. Quelques affaires traînent, mais un nettoyage a vraisemblablement été effectué. Ça se voit quand un ménage éclair vient d'être fait. Je vois aujourd'hui la déco un peu étudiée. Des imprimés sur une étoffe pouvant servir de nappe ou de couverture sont épinglés aux murs. J'aime bien. Ensuite, je regarde les livres dans l'étagère en prenant le temps de lire les titres et d'observer les couvertures.

Puis, je sursaute lorsque j'entends une voix et perçois un mouvement. C'est Philippe.

— Attention, je suis là, tenez-vous le temps que je me sauve ! dit-il en sortant de sa chambre, au cas où nous n'aurions pas été décents… ou probablement juste pour nous faire rire.

Manuel termine son appel et salue de la main son coloc qui part.

— OK, maman. Bye.

Ah ! Le sourire lumineux que m'offre ce jeune homme me fait fondre. Nous nous embrassons quelques instants avant qu'il s'affaire à apporter la touche finale au repas. Je suis d'accord pour le fréquenter et pourtant, cette voix lointaine qui parle une langue étrangère m'incite à reculer. Il le sent et je le sais, il s'efforce visiblement d'être parfait. Et il réussit à l'être, mais je n'arrive pas à le suivre dans cette direction. Malgré moi. Je fais pourtant un « effort ».

— Tu sens bon, lui dis-je.

— Évidemment. Puisque tu aimes mon odeur corporelle, j'évite de mettre du parfum !

— Ha ! Ha ! Tu as raison.

Je me sens incroyablement bien dans ses bras, mais cette contradiction dans ma tête ne cesse de réapparaître… Je ne me comprends pas. Ma météo interne est toute chamboulée. Une brise me souffle quelques papillons, puis un vent orageux les chasse. Mon mercure grimpe un peu, mais redescend encore plus chaque fois. Une petite présentatrice météo intérieure me prévient de prendre un parapluie (nous ne manquons jamais de préservatifs) et de bien fermer mes fenêtres, car le temps est plus qu'incertain. C'est pour protéger mon cœur. J'écoute toujours les conseils des présentatrices météo.

Une musique contribue à créer une ambiance parfaite. Manuel s'excuse à nouveau, car son portable annonce un appel de sa sœur. J'admets que ce n'est pas poli, tout le monde sait qu'on ne doit pas s'occuper de son téléphone quand on se trouve avec quelqu'un, mais ça va. La famille, c'est important. Et ça me rassure qu'il le croie aussi. Je ne peux faire autrement que d'entendre et de deviner ce qui se dit. Hors de tout doute, elle est enceinte. Je ne me souviens plus de combien d'années elle le précède. Quand la courte conversation est terminée, il me fait l'annonce officielle qui confirme ma pensée. Je peux alors lui poser la question qui me taraude.

— Quel âge a-t-elle?

— Vingt-six ans.

— Oh, mais c'est une enfant!

— Ha! Ha! Mais non. Ça fait déjà plusieurs mois qu'elle veut devenir maman, elle est très heureuse. Je le suis pour elle aussi.

Je dois sembler très préoccupée.

— Ne t'inquiète pas, voyons. Elle et son conjoint sont prêts, il s'agit d'un événement joyeux.

— Ça me fait tout drôle, parce que moi, je me sens encore trop jeune pour la maternité.

— Et... il est difficile pour toi de concevoir que sa situation soit différente de la tienne? C'est vrai que tu es jeune. Comme je disais l'autre jour, la jeunesse, c'est relatif. Veux-tu des enfants un jour, toi, Doris ?

— Tu me demandes ça ce soir ? Tu me questionnes au sujet des petits… euh… de mes intentions de fonder ou non une famille ?

Moi qui croyais que c'était le dernier sujet à aborder !

— Ha ! Ha ! Pour ce soir, on pourrait se contenter de s'exercer. Je ne te propose pas d'en faire immédiatement, là. Mais, à notre âge, on a eu le temps d'y penser, non ?

— On arrête de parler d'âge, ça m'énerve. Oui, je veux des enfants, un jour lointain…

Bon, cette réponse devrait suffire.

Il sert les portions au comptoir et dépose nos plats de pâtes sur la table.

— Voilà, mini fée, vous êtes servie.

Mini fée ? Ce sobriquet me laisse plutôt indifférente. Je n'apprécie pas particulièrement les termes réducteurs. Je ne suis pas grande, alors porter un surnom tel que Mini, ça n'aide pas, disons.

En mangeant, il me parle vaguement d'une composition qu'il est en train d'écrire. Ça pique ma curiosité. Plouf est assis sur une autre chaise, comme s'il s'attendait à ce qu'on lui serve une assiette. Quand, après le repas, Manuel me demande si je reste pour la nuit, j'envisage de refuser. Mais j'acquiesce, parce que je n'aurais pas pu expliquer mon départ.

Nous faisons l'amour, mais ma froideur gâche tout. La passion a déserté, par ma faute. Est-ce un acte manqué ? Le genre qui est inconsciemment volontaire et qui sert à provoquer une conséquence ? J'ai peur de m'être trompée avec lui.

Et si je faisais erreur ?

Manuel sent la tension, mais il ne sait peut-être pas comment s'y prendre pour aborder la question. Je ne l'aide pas. Est-ce que sa demande sur mes projets de famille a eu un impact négatif ? Est-ce plutôt ce séjour d'un week-end auquel je ne suis pas invitée ? Voyons, je suis plus indépendante que ça ! Alors, qu'est-ce qui me prend ?

Quand il pose un bras sur moi en dormant, je me sens un peu coincée. Je reste jusqu'au matin, mais je dois repasser chez moi avant le boulot.

* * *

Il est déjà seize heures quand, frappée de mélancolie, je pense à ma journée. Ça y est, mon musicien est parti pour trois jours et j'ai le blues. Je suis ridicule. En même temps, je me sens stressée et mal dans ma peau. J'y ai vu ce matin l'occasion de faire un grand ménage dans mon appart. Odile dirait qu'il y a ça de bon. Un efficace nettoyage éclair de l'appartement de même qu'un tri des choses et des vêtements dont je ne veux plus m'ont occupé l'esprit. Une énergie inhabituelle m'a prise par surprise. Je suis une hyperactive d'un jour… mais j'agis comme une vraie girouette et je déteste ça ! De plus, je me suis comportée en imbécile avec Olivier, il y a quelques heures à peine.

Plus tôt ce matin :

D'abord, je crois que mes tâches d'entretien m'ont permis de m'éclaircir l'esprit et je décide enfin d'organiser un *baby shower* à Mathilde. Il était temps. Heureusement qu'elle n'a pas donné naissance à son poupon avant la date prévue !

Le ménage a toujours un effet stimulant sur mon cerveau. Charles, le conjoint de mon amie, m'a donné le numéro de la mère de cette dernière, et je l'ai contactée pour qu'elle invite des gens de sa famille. Elle s'est dite contente que je m'en occupe, en précisant qu'elle n'était pas habituée à préparer ce genre d'événement, vu que notre Mathilde est la première de sa fratrie à avoir un bébé.

J'ai cherché sur Internet comment organiser un *baby shower* et j'ai demandé des idées à Élodie. Ah oui, j'ai aussi profité de l'occasion pour l'inviter. Pendant que je travaillais, elle était censée acheter des cadeaux de notre part à toutes les deux.

Au sujet de cette journée au bar… Était-ce la faute de mon cycle hormonal ou du cycle de la lune… ou simplement la mienne ? J'étais fatiguée, mélancolique, stressée… à fleur de peau.

Olivier est venu sans rien commander et a demandé à me parler en privé. Ça m'a semblé louche, j'ai hésité, mais comment refuser ? Il est arrivé vers la fin de ma journée, se doutant bien que je ne serais pas surchargée de clients à cette heure. Je peux au moins lui donner ça, il s'est montré franc. À l'écart, dans le corridor, il m'a déballé qu'il ne faisait que penser à moi et a agi précisément de la façon qui m'a toujours fait fondre. Les mains sur mes hanches, il a appuyé son bassin sur mon ventre et a embrassé mon cou. Quand sa bouche a touché la mienne, quelque chose clochait. Les lèvres, ce n'était pas les bonnes. J'ai mis mes paumes sur sa poitrine pour le faire reculer un peu et j'ai dit : « Je ne peux pas. » Il a répondu : « Mais oui, tu peux, j'entends ton cœur et ton corps affirmer qu'il s'agit exactement de ce dont tu as besoin, toi aussi... Je te texte tout à l'heure pour te voir ce soir. »

La gorge nouée, je n'ai pas pu ajouter quoi que ce soit. Je me trouve lamentable et me donne envie de vomir.

Je reviens à moi : tout le monde sera là d'ici quelques minutes. Je n'ai pas fait dans l'originalité : j'ai appelé Mathilde en finissant de travailler et lui ai fixé un rendez-vous à mon appart pour son *baby shower*. Tant pis pour l'effet de surprise. Je n'avais pas le temps d'établir un scénario. Heureusement qu'Élodie est arrivée en premier ! Elle a commencé à installer les quelques décorations de son cru et a pu me montrer en toute discrétion ce qu'elle a acheté pour notre amie.

Chapitre 15

Dans une brasserie près de chez moi…

Les décorations sont installées dans mon appartement pour le *baby shower* enfin organisé pour notre amie Mathilde. Quand Élodie me montre ce que nous offrons en cadeau, je n'en reviens pas.

— Élo, tu es incorrigible ! On ne peut pas lui donner ça !

— Ben si, c'est connu, dans ce genre de fête, les cadeaux sont autant humoristiques que pratiques ! Elle aura besoin de remettre du croustillant dans sa vie de couple.

— Ils en ont déjà, d'après moi…

— C'est comme les papillons, tu sais que ça ne dure pas.

Quand même, je trouverai ça super gênant de lui offrir ces articles de sex-shop. Moi, je pense que ces objets doivent être achetés directement par la personne qui veut les utiliser, et en privé. Mais bon, c'est vrai, c'est une plaisanterie et…

peut-être que malgré son embarras, Mathilde sera contente. Élodie devait avoir besoin de quelques accessoires et en a profité pour prendre ces cadeaux en même temps. Nous ne sommes pas obligées de les lui donner devant tout le monde non plus. Et voici la maman de Mathilde, probablement.

– Madame Simard !

– Appelle-moi Manon, Doris ! Tu es tellement attentionnée d'organiser ça pour ma fille !

Je ne connaissais pas du tout la mère de Mathilde. Elle est très gentille, elle n'arrête pas de me remercier, moi qui me sentais super nulle d'avoir tant tardé. Elle est venue avec la sœur de Mathilde et une de ses amies. J'ai choisi de conserver le côté traditionnel en n'invitant que des femmes.

Manon a apporté un plateau de crudités, et une autre personne, des chips. Elles me sauvent la vie. Dans mon improvisation de l'événement, je m'étais imaginé qu'à l'heure du repas, nous n'aurions qu'à nous faire livrer à manger. Elles ont tout de même eu une bonne idée, des snacks seront appréciés. La fête est bien partie et j'ai fait circuler des couches pour que chacune écrive un message dessus. Je les remettrai ensuite à Mathilde, qui aura tout le loisir de lire les mots et les souhaits quand elle changera son poupon. Je fais passer aussi une tasse de café pour recueillir les sous à offrir en cadeau collectif, puisque je sais qu'elle s'est déjà procuré pas mal de ce dont ils auront besoin pour le bébé.

– AAHHH !

Voilà ma belle amie toute en rondeurs.

— Hé, tu aurais dû frapper, on t'aurait crié « Surprise ! »

— Euh, j'ai frappé, mais personne n'est venu, et je vous entendais à travers la porte ! Et vous êtes là ! Je n'en reviens pas ! Tu me l'as dit, mais je pensais que tu faisais une blague !

Elle devait bien y croire un tout petit peu, car elle est toute belle dans cette robe et s'est légèrement maquillée. Elle pleure. De joie, je présume, donc on dirait qu'aujourd'hui, je me rattrape de ne pas avoir été l'amie que j'aurais dû être ces dernières semaines.

Comme l'événement est un peu improvisé, il n'y a pas les jeux habituels ayant la maternité pour thème. J'en ai cherché, mais ça demandait toujours beaucoup de matériel à préparer et, comme je travaillais, je n'ai pas eu le temps. Il s'agit seulement d'un moment entre femmes, et c'est cool comme ça. Je m'amuse, même si ça parle de bébé plus que d'autre chose… Il y a bien Olivier qui me texte à quelques reprises. Je devrai lui parler, mais ce n'est pas le moment. Oh ! Notre ballon sur deux jambes s'est soudainement immobilisé.

— Eeeuuhh !

— Quoi, ma cocotte, ça va ? Tu es émue ?

— Je… je… je m'excuse. D'habitude, ça m'arrive seulement au lit ! déclare-t-elle, les deux pieds dans une flaque de liquide.

La future maman, qui semblait au bord des larmes, se met à rire. Heureusement qu'elle est capable d'autodérision ! Je pars en courant à la recherche de ce qu'il faut pour nettoyer la flaque tout en lui disant que ce n'est pas grave, qu'elle ne doit pas s'en faire. Sa mère s'approche, tout énervée.

– Tu n'as pas fait pipi par terre, ma p'tite fille ! Tes eaux ont crevé !

– AAHH !!!

Tout le monde est rassemblé autour de la flaque. Pour ma part, ça ne me tentait pas trop de me montrer écologique et de « ramasser » ça avec des torchons... Alors, je déchire les feuilles d'un rouleau complet d'essuie-tout et je les jette dessus, en espérant que ça absorbe le fluide. Je n'aurai ensuite qu'à mettre tout ça dans un sac plastique.

– Il ne répond pas ! J'appelle Charles pour qu'il vienne me chercher et il ne répond pas !

Mathilde commence à paniquer un peu.

– Viens t'asseoir et essaie encore, suggère sa mère.

– Je ne veux pas m'asseoir !

Sa voix est pleurnicharde. Ma Mathilde tourne en rond, se répand en larmes et en traînées de liquide qu'elle étend avec ses pieds mouillés. Sa mère marche avec elle, mais ne trouve pas les mots pour l'apaiser.

– C'est grave que ton Charles n'arrive pas immédiatement, on doit se dépêcher d'aller à l'hôpital... Tout de suite.

Je suis émue de voir mon amie qui décide de se montrer plus forte que sa maman. Elle prend une bonne inspiration pour se calmer tout en recomposant sans cesse le numéro de son compagnon.

– Je vais m'y rendre toute seule, alors, j'ai ma voiture stationnée dans la rue, déclare-t-elle avec une main sur le ventre.

– Ben non, ma p'tite fille, avec des contractions, tu ne pourras pas conduire. Ça va te faire plus mal que ce que tu peux imaginer. Je ne t'abandonnerai pas au moment où tu t'apprêtes à vivre le pire moment de ta vie! lui dit encore Manon.

Je ne sais pas comment m'en mêler, mais je vois Mathilde ramollir de frayeur en recevant les «encouragements» de sa mère. Elle n'entend même pas la voix qui sort de son portable.

– Allo… Allo… Chérie?

– C'est Charles, reprends ton téléphone, ma belle! lui dis-je en désignant l'appareil.

Enfin, j'ai trouvé une chose utile à articuler!

* * *

Charles est rapidement venu chercher sa douce, enjoué comme un pinson. Les cadeaux sont restés ici, mais les crudités ont disparu. «C'est parce que je veux ravoir mon assiette et mon bol de sauce», s'est excusée Manon.

J'ai lavé le sol, et tout le monde est parti, sauf Élodie. J'ai dit : «Bon, un *baby shower* sans madame enceinte, c'est plus un *baby shower*…» Ce à quoi ma dynamite d'amie a répondu : «Non, mais c'est un vendredi soir, et fiston est avec papa!»

Alors nous voilà dans une brasserie près de chez moi. Un bar accessible à pied. Et nous nous désaltérons à même nos bouteilles brunes, appuyées sur la table pour diminuer la distance entre nous et mieux nous entendre parler. La musique, ici, est en sourdine, tellement les gens parlent fort. Quand je pense que dans moins d'un mois mes tympans seront vieux et ne pourront plus supporter ce genre d'endroit, je n'ai aucun mal à le croire. En manipulant mon téléphone portable, je partage avec mon amie ma déception de n'avoir reçu aucun appel ni texto de Manuel.

— Ne le contacte surtout pas la première ! Laisse-le venir… me conseille-t-elle. Oh, en passant, je dois t'avertir que j'ai dit à Jean que je passais la soirée chez toi, même si Mathilde était déjà partie pour l'hôpital.

Comme chaque fois que nous sommes seules, Élodie m'avoue un petit mensonge par-ci par-là. De petites inventions personnelles lorsqu'elle parle avec ses collègues, ou des ruses superflues qui lui permettent de dissimuler ses secrets. Elle glisse de petites contrevérités dans ses conversations de temps à autre, sans vraiment le faire exprès, je crois. Elle peut aussi raconter une anecdote qui est arrivée à quelqu'un d'autre, pour épater la galerie. Et puisque ce ne sont pour elle que des détails, elle croit que c'est sans importance. Elle a peut-être raison. Elle est comme ça, il n'y a personne de parfait.

— Alors quoi, qu'en est-il de ta fameuse liste ? L'as-tu oubliée ? Tu n'en parles pas. Après le parachutisme, tu n'as pas le choix de viser encore plus haut. Piloter un avion, un hélicoptère? propose-t-elle.

Son commentaire me dérange. Je décide moi-même de mes objectifs, et ils sont à la hauteur. Je n'ai pas besoin de viser toujours le ciel, les petits moments heureux comptent aussi pour beaucoup.

Égale à son attitude des derniers temps, elle propose ensuite de tenter de deviner si les couples qui nous entourent sont établis depuis belle lurette ou s'ils en sont à leurs débuts. Alors, tout en discutant, nous y allons de nos suppositions.

— As-tu remarqué, Doris, que quand un homme se vante de ses infidélités, il paraît viril aux yeux des autres et que lorsqu'une femme le fait, c'est une vraie salope?

— Euh, j'ai l'impression du contraire. Je ne connais personne qui se vante de ça. Mais ne t'inquiète pas, l'homme passe pour une ordure lui aussi quand ça se sait.

— Aux yeux de son entourage à elle, pas aux yeux de ses potes à lui! Tandis qu'entre femmes, on se condamne.

— Parles-tu de toi, Élo?

— Ben non.

Je ne suis pas d'avis que les hommes sont en majorité si machos. Je pense à Manuel qui a déjà souffert de la trahison de son ex. Je ne crois pas qu'il glorifierait un homme qui ferait ça. Je tente une théorie.

— Je ne suis pas à cent pour cent d'accord. L'homme peut sembler plus vil qu'une femme quand il pose cet acte. Il peut se faire blâmer davantage, car il n'est faible que physiquement,

il n'a pas su « retenir ses bas instincts », simplement et lâchement. Assouvir ainsi un besoin physique n'a rien de glorieux. Tandis que la femme qui le fait vit habituellement une crise sentimentale… Elle a mal à son cœur et va voir ailleurs si c'est mieux. N'est-ce pas moins déplorable ? Plus pardonnable ?
— Voyons donc. Je ne te pensais pas si sexiste ! On peut le faire par simple envie biologique aussi ! Ah, regarde, eux sont en couple depuis peu. Regarde le feu dans leurs yeux.
— Toi, tu es rabat-joie. Mes grands-parents s'aimaient encore, jusqu'à la fin. Moi, j'y crois, à l'amour qui dure.
— Ils étaient une exception. Tu sais, le principe d'une union qui dure toute la vie, ça a été inventé quand les gens mouraient jeunes. En plus, avec le travail quotidien et la grosse marmaille, les deux parents n'avaient pas le temps de se croiser, ni de se disputer, ni de s'ennuyer. Le mariage à vie… L'humoriste ajoute avec raison que même une sentence de prison à vie, c'est moins long que ça ! Le système juge qu'une sentence de plus de vingt-cinq ans, ce n'est pas humain…
— Ça ne va pas mieux chez toi, à ce que je vois.
— Si tu crois qu'il y a des problèmes au sein de mon couple, dis-toi que tu aperçois seulement ce qui dépasse… C'est comme la théorie de l'iceberg. Je crois que Mathilde, elle, semble avoir gagné le gros lot. Mais je ne veux pas t'ennuyer avec ça. Hé, toi et ton Trilby, comment ça roule ?
— Mon quoi ?

Élodie appelle Manuel comme ça en raison de son chapeau. Je lui raconte notre journée à Lille, sans les lumières de

Noël que je devrais selon moi avoir dans les yeux. Et j'ajoute qu'il est allé jouer avec Philippe dans un festival à Calais. J'ai mal au ventre, mais je cache cette information.

– Alors, la « soligamie », c'est fini ?

– La « soligamie » ?

– Tu sais, être monogame, polygame... Toi, depuis un bout, tu étais « soligame », non ?

– Ha ! Ha ! Ha ! Toi...

– Regarde au bar, y a de beaux matous... On va danser et les rendre fous ?

Elle est unique, et je l'aime telle qu'elle est.

Je la suis sans me faire prier, car cette chanson me donne de l'énergie. Les *hits* s'enchaînent jusqu'à ce qu'un remixage de cet air d'une autre époque me perturbe. *Hit the Road Jack...* Je n'ai plus envie de me trémousser.

* * *

J'ai les pieds en bas et la tête en haut sur mon divan, pour changer. Mon amie est endormie sur l'autre sofa. Je me promène un peu dans la vie de mes contacts par l'entremise de Facebook et je vois un mème qui m'attire. « On n'est jamais perdu si on se souvient d'où on vient. » Et quelqu'un a ajouté en commentaire : « Voilà la raison pour laquelle il est important d'apprendre leur adresse aux enfants. »

Moi, mes racines, c'est ma famille, et ma famille, ça commence par Odile.

Je dois mettre mon invitée à la porte.

— Réveille-toi, vieille branche. Élo…

Rien à faire. Elle semble tranquille dans son sommeil. On ne pourrait pas se douter de toute la fougue qu'il y a dans cette femme que j'aime. Je vais essayer une autre tactique.

— MAMAN !!!

— Hein ?

— Je m'excuse, mais il faut que j'aille tout de suite voir ma grand-mère.

Elle semble découragée à l'idée de se lever déjà.

— Écoute, ce n'est pas grave. Je pars, et tu fermes la porte en sortant, OK ?

Mon amie acquiesce et se rendort, si on peut considérer qu'elle était réveillée… Je renfile short, chemise, sandales et, malgré la chaleur, je prends une veste. On ne sait jamais.

Je dois afficher l'énergie et l'attitude d'une désespérée quand j'arrive chez ma grand-mère.

— Hé, bonjour, ma belle Doris, mon p'tit soleil du matin !

J'éclate en sanglots et me jette dans ses bras. Elle est assise dans son fauteuil, tournée dans ma direction. Je pleure sur son épaule et elle me flatte le dos, attendant que je me calme. J'aime l'odeur réconfortante de cette maison. Ça sent la famille. Je lui raconte le froid que j'ai causé entre Manuel et moi, ainsi que le comportement de mon ex à mon égard.

– J'ai d'abord cru que les sextos n'étaient qu'un jeu pour Olivier. J'ai joué le jeu la première fois, je l'avoue. J'ai trouvé ça drôle et excitant sur le coup. Mais je pense que je lui ai laissé croire à un intérêt que je n'ai pas. Que je n'ai plus. C'est vrai que je suis peut-être restée accrochée à lui, je n'en suis plus certaine. Je ne comprends pas non plus tout à fait pourquoi...

– Oh, tu sais, parfois, les faits sont comme ils sont, que tu les comprennes ou non. Tu as conscience que les regrets sont tous pareils, ma puce ?

– Que veux-tu dire, mamie ?

– Ils concernent tous des choses qu'on n'a pas faites.

– Ils peuvent aussi porter sur ce qu'on a dit, un geste posé qui a nui à quelqu'un ou qui l'a blessé...

Je pense à mon frère. S'il a fait cette chose horrible à notre Odile, il doit mourir de remords depuis ce jour. Je frotte l'abdomen de Sucre. Sous ma légère caresse, le petit toutou s'étire de tout son long. Ses miniorteils en tremblent.

– Je ne te contredirai pas, mais je crois sincèrement que les pires, les plus gros regrets d'une existence...

Sa phrase demeure en suspens.

– Qu'aurais-tu fait, toi ? Qu'as-tu omis de faire ? dis-je.

– Me laisser porter par la vie...

– Fonceuse comme je te connais ? Tu n'aurais pas été capable de te laisser porter n'importe où par la vie, sans rien faire !

— Ce n'est pas ce que je dis. Simplement, je regrette d'avoir trop souvent freiné Pascal. Il voulait voyager dès sa retraite et n'en a pas eu l'occasion. Aujourd'hui, je donnerais tout ce que j'ai pour voir le monde avec mon mari à mes côtés.

— Les événements se sont présentés autrement, mamie.

Je lui touche la main tendrement. Et elle reprend :

— Donc, tu me dis que ce n'est plus le bel Olivier qui te préoccupe tant. Ou pas seulement lui... Alors, parle-moi de ce Manuel.

Je m'exécute avec facilité. Je lui raconte tout, de son sourire jusqu'à la façon dont il prend soin des gens, en passant par ce que je ressens dans mon ventre et dans ma tête.

— Et il est musicien, dis-je sans que ma grand-mère réagisse. Ses mains s'animent sur sa guitare tandis que ses yeux dansent dans les miens. Je le trouve très talentueux.

— Jouer sans regarder ? Ma p'tite chérie, ils le peuvent à peu près tous...

Elle a ce petit rire si doux qui indique qu'elle se paie ma tête. Je sais, ce qui me fait vibrer n'est pas qu'il sache jouer sans poser les yeux sur ses doigts, mais ce que son regard sur moi porte comme message. Et si je pense à ces mains sur les cordes, à ces doigts sur moi...

— Mais il ne m'a pas textée ni appelée une fois depuis hier matin.

— Chérie, tes prunelles brillent comme les flots d'un lac sous le soleil. Dans ton film à toi, comment ça finit ? Je ne parle pas de la véritable fin, mais que fera Doris en sortant d'ici ?

Dans une brasserie près de chez moi…

J'inspire et prends le temps d'y songer. Pensive d'abord, puis de plus en plus enthousiaste, je m'emballe.

— Dans mon film… je… Doris va parler à Manuel. Elle se rend au festival qui l'a engagé et le trouve ! dis-je en conquérante. Elle va d'abord presser ses lèvres sur les siennes devant tout le monde, et ensuite, les mots viendront. Ha ! Ha ! C'est vrai, ça !

Ça y est, je me crois.

J'ajoute en perdant un peu de mon enthousiasme :

— Mais au cinéma, la fille n'a au maximum que cinq centimètres de moins que le garçon… On voit bien qu'on n'est pas sur un plateau de tournage, mais seulement dans ma vie.

Devant l'œil réprobateur de ma grand-mère, je me botte le derrière.

— L'essentiel, c'est de le voir et de l'embrasser, mais je ne sais pas encore ce que je lui dirai.

— Alors, commence par le plus important, car l'important, c'est ce qui compte, dit-elle avec un clin d'œil.

Puis, elle prend ma main entre les siennes et me regarde avec tendresse.

— Tu sais, constater que l'amour est à ta porte, c'est bien beau, mais tout n'est pas gagné, il te faut aussi l'ouvrir.

Voilà que ma détermination est revenue ! Je me mets en mouvement pour rejoindre Manuel le plus rapidement possible.

* * *

Eh bien, si je m'attendais à ça !

De la maison d'Odile, j'ai réservé mon billet d'autobus : un aller simple pour Calais. J'y serai pour quatorze heures ! Lorsque j'arrive à mon lieu d'embarquement, le bus est plein ! PLEIN. C'est vraiment injuste. Je ne pensais pas que c'était possible. À quoi ça sert de réserver si je n'ai pas de siège ? Je l'ai payée, ma place. Je me fais expliquer qu'il s'agit d'une pratique courante, que je n'ai qu'à attendre le bus suivant. Ben oui, je n'ai que ça à faire, moi, d'abord ! Il se trouve que le prochain trajet direct est à dix-sept heures seulement. C'est trop long. Je monterai donc dans celui de quatorze heures qui m'oblige à prendre une correspondance à Arras. Un beau détour, mais je devrais arriver plus tôt de cette façon.

J'ai donc deux heures à attendre, et il n'est pas question que je laisse une file s'accumuler devant moi. Je reste ici, sur ce banc. J'ai faim, par contre. Je n'ai pas vraiment mangé après ma courte nuit, et mon ventre crie famine. J'ai grignoté un peu chez Odile, mais je serais mûre pour avaler quelque chose de plus substantiel. Je regarde autour de moi, mais il n'y a qu'une supérette. Il se trouve sur le site du terminal d'autobus, je ne risque donc pas de perdre ma place.

Rien de bon. Il y a juste des cochonneries et des articles inutiles dans ce petit commerce. Cigarettes, revues, journaux, préservatifs, articles pour cheveux, chewing-gums et chips. Je n'ai pas envie de grignoter des chips. Je ne peux presque pas croire que ces produits se vendent mieux qu'un muffin ou un sandwich. J'ai faim, je veux plus que ça. Je repère une autre supérette au coin de la rue. Je vais faire vite pour revenir surveiller ma place ici, sur ce banc.

Zut!

Une lanière de ma sandale droite s'est détachée. Heureusement, ça tient encore, mais je dois forcer mes orteils d'une étrange façon pour la retenir. Est-ce qu'on m'observe comme si j'étais bizarre? Je m'en fous. J'ai vraiment un pied tout tordu, et c'est difficile d'avoir une démarche naturelle ainsi. Ben oui, je déambule de travers, mes pas sont mal alignés. Qu'est-ce qu'ils ont tous à me regarder de la sorte? Soit on m'ignore, soit on me dévisage. Ceux qui boitent continuellement font-ils face à ce genre de réactions au quotidien?

Alléluia! Il y a des muffins. J'en prends deux, un premier pour maintenant et un second pour la route. Je n'ai pas longtemps à marcher pour revenir jusqu'à l'arrêt de bus. Il n'y a toujours personne. C'est vrai que ce serait fou d'arriver avec deux heures d'avance.

Zut de zut!

Une deuxième lanière s'est détachée. Alors là, ça ne tiendra plus du tout! Je sautille sur un pied tandis que je tente de les remettre en place toutes les deux, mais il n'y a rien à faire.

Tant pis. Je ne me laisserai pas démonter par ça. À la poubelle, vieille sandale. Celle qui est encore bonne, je la garde.

Je sens des yeux sur moi et j'en aperçois d'autres qui détournent le regard. Voyons, nous sommes à Paris, il y a pire que moi à regarder de cette manière ! Certains se retournent pour me fixer effrontément. Je jette l'emballage de ma première collation. Mon appétit n'est pas vraiment calmé. Ouille ! Ça n'a pas de sens, non plus, de se balader avec un pied nu. C'est douloureux. Heureusement que dans le bus, je n'aurai pas à marcher et je pourrai me reposer.

Ouille ! Ça fait trop mal. Je fais demi-tour et récupère ma sandale en deux parties dans la poubelle. Beurk, il y a déjà quelques trucs qui ont été jetés par-dessus. Elle est sale, mais je n'ai pas le choix, ça fait trop mal. J'ai l'impression d'avoir le dessous du pied en sang ! Je dois trouver un moyen de la réparer.

OK, à ce moment-ci, je me sens un peu découragée. Et fatiguée… Je fouille dans mon sac à main à la recherche d'une solution pour faire tenir la lanière… J'avais un grand lacet… Ah non, je l'ai jeté l'autre soir, quand je mangeais au restaurant avec les filles. Odile ne se serait jamais débarrassée de ça. J'aurais bien eu besoin de ses colsons en ce moment… J'ai un canif et un minitournevis, mais ce n'est pas ce dont j'ai besoin aujourd'hui. Les allumettes du bar où Manuel jouait l'autre fois…

Je vois une fille défaire sa queue de cheval, se repeigner les cheveux avec ses mains et les rattacher. Et si… Oui ! Enfin, peut-être…

– Excuse-moi, aurais-tu d'autres élastiques ?

Elle me jette un regard dédaigneux et se retourne. Euh, on ne t'a pas appris que ce n'était pas poli de ne rien répondre à ceux qui t'adressent la parole ??? Mais non, on préfère enseigner aux enfants à ne pas parler aux étrangers. Pourtant, quand on atteint l'âge de cette jeune fille, on devrait avoir assez de jugement pour déceler les personnes dangereuses…

J'insiste. Gentiment, avec un sourire, malgré mon impatience.

– Hé ! J'ai besoin d'élastiques, regarde, c'est pour réparer ma sandale… S'il te plaît.

Elle semble effrayée et s'éloigne. Franchement ! Je ne vais quand même pas courir derrière elle. Tous les petits cailloux pénètrent dans mon pied, que j'imagine être une plaie géante. Oh ! La première supérette ! Il y avait là des articles pour les cheveux…

Je suis chanceuse, la place est encore libre sur mon banc. Je pourrai monter la première dans le bus et j'ai tout mon temps pour jouer au cordonnier. Je stoppe net devant « mon ancienne place sur mon banc » quand je vois ce qui semble être un… caca d'oiseau à moitié nettoyé ? Non, ceux-ci sont blancs, la plupart du temps, ou parfois mauves. Ou… un reste de crème glacée au chocolat ? Je préfère cette option, surtout que j'aperçois une tache sur mon vêtement dans la vitrine et je conclus que la saleté sur mes fesses semble de la même couleur que celle qui est sur le banc. BEURK!!! Les gens qui me dévisageaient devaient penser que... que... BEURK! Heureusement que j'ai une veste! Je la noue autour de ma taille, et le problème est réglé.

Ma première intention était de faire des nœuds avec un élastique afin de retenir ma lanière d'origine, mais je crois plus simple de complètement la remplacer par quatre de ces articles que j'ai coupés et attachés ensemble. Ainsi, c'est extensible. Certes, il y a d'inévitables bosses en dessous de la semelle à cause des nœuds, mais ça fera l'affaire.

Dans l'autobus, je navigue un peu sur Facebook sans pouvoir m'empêcher de visiter la page du festival où joue Manuel. Il y a une photo de lui avec Philippe. Son torse, ses épaules, ses avant-bras, ses mains sur les courbes de sa guitare... Je ne vois pas sa bouche sublime, mais je peux en sentir la douceur si je ferme les yeux. Je peux même l'entendre grogner de plaisir tout près de mon oreille. Je remets mon téléphone dans mon sac et m'amuse à visualiser ces lèvres que j'embrasserai ce soir.

Hein? Quoi? Qu'est-ce qui se passe?

Il y a de l'agitation dans l'autobus... Oh, j'ai dû m'assoupir, je constate que nous sommes à Arras. ET ON REPART!!!

— Non!!! Je dois descendre ici! Je prends un transfert ici, moi!

Je me suis levée si rapidement que j'en suis étourdie. Le conducteur m'entend et me laisse descendre à temps.

— Vous avez tardé, madame. Le bus que vous voulez probablement prendre se trouve juste à côté, dépêchez-vous.

— Oh ! Merci, monsieur !

Depuis quand m'appelle-t-on madame ? Il semble que ma petite taille et mon look jeune ne l'ont pas convaincu, lui. Il m'indique un véhicule, là où sont tous les autobus en attente. Je l'aperçois et je sors en courant. Il a même la gentillesse d'alerter son confrère, à qui il demande de m'attendre. J'ai de la chance, demeurons positive. Dans cet autobus-ci, il y a des places et j'en trouve une belle près de la fenêtre, mais il n'est pas question que je dorme, je rêve plutôt d'attaquer mon deuxième muffin.

*OOHH ZUT DE F *#% !*

Mon sac est resté dans le premier bus ! Ma collation était dedans, mon argent, mes cartes d'identité, de crédit… MON PORTABLE !!! C'est la catastrophe. Je ne sais pas comment il peut me rester un brin d'humour, mais j'entends dans ma tête une chanson de Michel Delpech :

Il y a des jours où tout va mal
Des jours où rien ne réussit
Il y a des jours où l'on ferait mieux de rester au lit.

Un jeune monte, il a un look d'étudiant. Voilà que je m'exprime comme une vieille ! J'appelle ceux qui ont quelques années de moins que moi «les jeunes»... Il s'installe à côté de moi.

Si une personne honnête a trouvé mon sac, il sera possible de le récupérer en contactant la compagnie d'autobus... Mais ça ne m'est d'aucune utilité dans l'immédiat. Oh, le mec du siège voisin s'endort et appuie sa tête sur mon épaule. Mon épaule! Dans ma bulle! Je ne le connais pas, et il me touche sans mon accord. Bon, au moins, il ne ronfle pas et ne bouge pas non plus. Je le laisse faire et m'efforce même de ne pas gigoter pour ne pas le réveiller. Je n'apprécie pas son odeur corporelle, par contre. Je suis épuisée et vraiment affamée, maintenant. Et je n'ai plus de muffin. J'ai seulement envie de pleurer. J'aurais dû emprunter un t-shirt à Manuel. C'est ce que les amoureuses font, d'habitude, et ça pourrait me réconforter.

Je vois des affiches annonçant la ville de Lille! Je ne veux pas aller là aujourd'hui! Non, non, non, non, non, non...! Non, ce n'est pas vrai, ce n'est pas vrai, ce n'est pas vrai! Je ne suis pas montée dans le bon bus!!! Le sort s'acharne contre moi, ma parole!

Instantanément, j'entends mentalement Odile me répondre : «Laisse tomber l'apitoiement et trouve une solution.» C'est certain que ça ne sert à rien de paniquer ou de m'imaginer victime d'une machination de l'univers, mais là, j'ai juste envie de me lamenter. Respire, respire, respire...

Une fois arrivée à Lille, j'appellerai quelqu'un, car sans argent, je ne pourrai plus compter sur le système de transport.

Les billets de banque et les cartes en plastique mènent vraiment le monde. L'argent est le moteur de presque tout... Qu'est-ce que je vais bien pouvoir faire ?

Bon, me voici dans la ville où j'ai fait une balade magique la semaine dernière... Tiens, je vais lui emprunter son téléphone, à elle...

– Madame, avez-vous un portable, s'il vous plaît ? J'en ai vraiment besoin, j'ai tout perdu !

La femme m'ignore complètement. C'est un recommencement... Je me dirige vers l'hôtel où nous avons dormi, ce sont des gens civilisés. Dire que ma belle Mathilde est en train d'accoucher ! En fait, je souhaite pour elle que ce soit fini, ça fait près de vingt-quatre heures qu'elle a perdu ses eaux.

Je ne sais pas l'heure qu'il est actuellement, mais ça sent tellement bon. Tous les restaurants environnants, et il y en a des centaines, préparent leurs repas du soir. Dois-je appeler Manuel ? Je crois qu'il voudrait bien m'aider, mais il a un contrat, il travaille ce soir. Élodie ? Au comptoir d'accueil de l'hôtel, je m'adresse le plus calmement du monde à la dame.

– Bonjour, puis-je utiliser votre téléphone, je vous prie ?

On me répond de façon polie, mais froide, après m'avoir balayée d'un regard réprobateur. Je sais, j'ai l'air amochée... Face à l'appareil, je me fige. Je ne connais le numéro de personne. Horreur ! Mes contacts étant tous répertoriés dans mon portable, je ne les ai jamais appris par cœur. Celui de Manuel, je l'ai enregistré sans même y jeter un œil. Ceux de mes amies me sont étrangers aussi. Ça n'a pas de sens d'être aussi dépendante de ce petit appareil électronique !

— Madame, voulez-vous toujours téléphoner ?

— Oui, oui !

« Hé, là ! La patience est une vertu qui s'use ! Et en ce moment, je n'en ai plus une goutte ! Alors, laissez-moi tranquille ! » C'est ce que je lui crie dans ma tête.

Tout en haut de ma liste de choses à faire avant d'être vieille, je devrais indiquer, comme un mantra, une règle : toujours écouter Odile et garder avec moi tout plein de trucs qui pourraient un jour être utiles… Il n'y a que son numéro à elle que je sache par cœur. Elle pourrait me conseiller ou m'envoyer de l'aide, mais je ne veux pas l'inquiéter. Je n'ai même pas celui de ma sœur en tête. Il me vient à l'idée de le demander à ma grand-mère, qui l'a assurément. J'en connais bien un, numéro. Adam en avait choisi un qui ressemble beaucoup à celui que nous avions quand nous étions enfants. Mais je ne vais tout de même pas appeler mon frère !

Chapitre 16

L'émotion est à son comble

Eh si. Je l'ai fait.

Je ne peux pas croire que la lumière au bout de ce tunnel infernal sera incarnée par Adam.

Je lui ai dit où je me trouve, et il m'a donné rendez-vous dans un restaurant où le proprio est un ami à lui. Selon la réceptionniste de l'hôtel, ça se situe à environ trente minutes de marche. Je n'ai pas le choix, je suis à pied. Semble-t-il que c'est dans les instants les plus difficiles qu'on puise dans nos réserves de force, celles qu'on ignore avoir en temps normal. Ce serait donc le moment pour qu'elles pointent le bout du nez, ces énergies mystiques.

Un petit arrogant crie après sa mère au téléphone. Le jeune doit avoir une douzaine d'années. Il a un portable ET un vélo. Tout ce dont je rêve… Trente minutes à la marche, mais beaucoup moins en vélo... Je pourrais vite aller me réchauffer, m'asseoir, me reposer, manger !

Sale petit égoïste, ta maman ferait tout pour toi ! me dis-je.

Il est inconscient de la chance qu'il a, et ça me fait fulminer. Pendant ce temps, sa mère est victime de toute son ingratitude. Le boulot de mère est vraiment dur ! Mon menton se fripe, je sens ma gorge se nouer et j'ai les yeux qui menacent de déborder. Je m'enrage soudainement contre ce minivoyou. Je rattache fermement ma veste autour de ma taille.

— Tu ne le mérites pas, ton vélo ! C'est pour ça que tu vas me le prêter quelques minutes ! Je vais rouler tout droit dans cette rue.

Je suis un monstre ! J'ai enfourché sa bicyclette dans le but de me sauver avec elle. Et j'ai désigné la Rue Nationale pour lui indiquer où je m'en allais. Il viendra la chercher, sa bicyclette ! Je peux invoquer des circonstances atténuantes : la rage et la folie du désespoir. Je me pardonne facilement mon péché. En roulant, je suis congelée. C'est vrai qu'il fait plus froid ici qu'à Paris, mais c'est probablement aussi à cause de la fatigue que je suis si frigorifiée. Je ne peux pas aller aussi vite que je le voudrais, car il y a beaucoup de monde sur le trottoir. C'est tout de même plus expéditif et plus aisé qu'à pied, surtout avec ma sandale en caoutchouc à demi réparée. Je circule peut-être un peu trop rapidement pour tous ces piétons qui marchent dans tous les sens.

Hiii !

Un petit chien tout blanc qui ressemble à Sucre apparaît devant moi. Je tente de dévier de ma trajectoire tout en freinant pour l'éviter, et je dérape. Ma roue arrière glisse, et je me retrouve par terre.

Les manœuvres de pro, ce n'est pas pour moi. Il y a quelqu'un, probablement le maître du chien, qui rattrape l'humble fugueur poilu tandis que moi, je reste couchée en boule sur le trottoir. Je suis frigorifiée et j'ai la cuisse et les paumes en sang… Il se peut également que mon état émotionnel me fasse exagérer la blessure à ma jambe et à mes mains. Je laisse le vélo sur place ; l'enfant à qui je l'ai ~~volé~~ emprunté arrivera sans doute sous peu. Je pleure et je retire ma veste pour l'utiliser afin de m'essuyer le visage. Beurk, elle est maculée de poussière.

J'aperçois enfin le nom du restaurant où je dois rencontrer mon frère. Le commerce, qui a toutes les allures d'une brasserie, est demeuré tout ce temps planté là, sans penser un instant à lever le petit doigt pour m'aider ou venir me rejoindre, faire son bout de chemin… Je divague. J'entre et me dirige vers le bar de bois, prenant mes toutes dernières forces pour grimper sur le seul banc en bois qui est libre et m'appuyer contre le mur, qui est aussi en bois.

— Doris ?

Le barman semble me connaître.

— Tu es Doris, la sœur d'Adam ? Vous avez un air de famille…

Ma fossette au menton, je sais. J'opine en silence, je me sens misérable et j'ai encore froid. Puisque je suis assise, la disgracieuse tache brune sur mon short n'est pas visible, alors j'enfile ma veste sale.

— Ton frère devrait arriver bientôt, il m'a dit de t'offrir ce que tu voulais. Tu prends quoi ?

Mes yeux s'agrandissent et mes poumons se remplissent d'espoir. En fait, c'est seulement de l'air, mais ça fait du bien. Les yeux arrondis, je dois ressembler à un enfant qui peut demander au père Noël tout ce dont il rêve.

— Un café… un shot… une bière ? Une soupe !

Il sourit gentiment et m'apporte d'abord une lampée d'alcool fort, puis une soupe suivie d'un café. Je le gratifie d'une moue reconnaissante et m'essuie encore les joues avec ma manche.

— Tiens.

— Une serviette ? Pourquoi ?

— Parce que chaque fois que tu passes ta veste sur ton visage, tu te barbouilles un peu plus.

La honte ! Je dois être laide à faire peur ! Je le remercie dans ma tête et me nettoie rapidement.

Voilà Adam. Je me jette instantanément dans ses bras, et il me serre fort. Nos rencontres sont très occasionnelles, et je reste habituellement très distante. L'émotion est à son comble en ce moment.

— Deux autres shots, s'il te plaît, dis-je à celui qui m'a accueillie.

Mon frère n'en veut pas, alors je me sacrifie en buvant les deux verres d'un alcool hautement efficace. Aussitôt, je me lance dans une description très peu romancée de ma journée insensée. Je parle aussi de Manuel en engloutissant deux rasades supplémentaires de ce cocktail. Adam écoute mon monologue avec sérieux. Je me demande à quel point il me trouve folle. Finalement, il me sourit.

– Je n'avais pas trop compris si tu me téléphonais parce que tu avais besoin d'un moyen de transport ou d'argent, et je ne savais pas à quel point tu avais des soucis, mais ton appel m'a fait plaisir. Je suis là pour toi, p'tite sœur.

Mon menton tremble encore. Je réalise que je suis aussi heureuse que lui d'être en sa compagnie et de constater que ça se passe bien. Ce n'est pas compliqué, contrairement à ce que j'ai souvent imaginé. La simplicité de cette rencontre me soulage, j'ai un gros poids en moins sur les épaules.

– Je te raccompagne ?

– Où ? Jusque chez moi ? C'est loin !

Il est vrai que je suis sous l'effet de l'alcool… Je crois que la moitié de mon visage s'est affaissée de surprise, mes yeux sont ronds et ma mâchoire est lourde. Il a un petit rire résigné.

– Oui, chez toi. Veux-tu manger autre chose ?

– Non, merci. J'ai un peu mal au cœur, là.

Quand il entame un mouvement pour partir, je me lève et le précède. C'est seulement au moment où je sens son regard sur moi que je me souviens de la fâcheuse tache sur mes fesses.

* * *

J'ai envie de contacter Manuel, mais je me retiens. Je ne sais même pas pourquoi. Ah, bien sûr, c'est impossible de le faire, je ne connais pas son numéro. Je ne peux donc pas le texter avec le téléphone de mon frère. À moins que je lui emprunte son appareil pour aller sur Messenger ?

Durant tout le parcours Lille-Paris, nous avons ingurgité de fortes doses de café, avec un wrap au poulet assaisonné de propos banals et de silences fraternels. Une fois à la maison, j'ai invité Adam à dormir chez moi et sorti tout ce que j'avais d'alcool. Nous sommes installés dans la cuisine, de plus en plus affalés sur la table. Il a abordé le sujet du début de sa carrière.

Le patron qu'il avait avant de déménager à Lille était plutôt prompt à lever le ton. Mon frère admet avoir toujours eu en horreur qu'on crie après lui. Ça nous fait un autre point en commun. C'est ainsi qu'il est devenu travailleur autonome, croyant que de ne pas avoir de patron lui éviterait de subir la colère des gens. Journaliste, il a infiltré certains groupes suspectés d'actes criminels, notamment du milieu de la contrefaçon, et des bandes d'autres malfaiteurs, pour en apprendre davantage sur leurs pratiques. Il a simplement remplacé son anxiété par une autre... car s'il se faisait moins engueuler, son travail comportait assurément une grande part de risque. Finalement, au lieu de reculer devant sa phobie, il a couru après le danger pour y faire face. Je l'admire pour ça.

Une journée de plus est passée sans texto de la part de Manuel. Ni de ma part, d'ailleurs. En réalité, s'il m'a textée depuis que j'ai laissé mon sac dans l'autobus, je ne peux pas le savoir. Je dois l'informer de la perte de mon portable. La douceur ses poils de torse me manque. Et de ceux de ses avant-bras.

Je n'en peux plus, je veux de ses nouvelles, alors j'utilise Messenger sur ma tablette.

Doris

Coucou ? Tout va bien là-bas ?

Tss, je suis d'une telle banalité !

* * *

La matinée tire déjà à sa fin quand l'odeur du café préparé par mon frère me fait sortir des limbes. C'est frisquet, ce dimanche matin, dans mon appartement. Nous avons tous les deux dormi dans mon salon pour pouvoir discuter plus longuement. J'ai eu une pensée pour une célébrité dont le père a été accusé de choses atroces. Elle avait avoué publiquement qu'il continuait d'occuper une grande place dans son cœur. Cette célébrité réclamait le droit d'aimer son père de façon inconditionnelle, envers et contre tout. Je l'ai beaucoup admirée pour avoir assumé ses sentiments à l'égard de son papa. Respect. Je fais une comparaison avec ce que je vis, même si je n'irais pas crier mon amour fraternel aux oreilles de Mathilde et d'Élodie, qui connaissent les détails de ce qui s'est passé. Avant de partir, Adam m'aide à bloquer mes cartes importantes qui se trouvaient dans mon sac à main abandonné et ensuite à contacter la compagnie d'autobus pour vérifier si on a trouvé mes effets. Je me sens moins seule.

Toujours pas de signe de vie de Manuel. Ça m'inquiète. Ne pas donner de nouvelles est une chose, mais ne pas répondre quand je le contacte, ce n'est pas normal ! Je récidive.

Doris

Super Man ? Comment vas-tu ce matin ? J'ai froid sans toi.

Est-ce que j'en fais trop ? Non, les petits papillons réveillés par ces mots me signifient que c'est parfait ainsi. J'espère une réponse, et l'application se manifeste déjà. Yé !

Manuel

Ah bon. Et si tu trouves d'autres bras chauds, tu me le dis ?

Doris

Hein ? Ce n'est pas le cas, voyons !

Il ne répond plus. Je fixe ma tablette. Pendant une éternité.

Doris

Manuel ! ?

Est-ce qu'il boude ? Mais pourquoi ?

Ça me choque d'être si loin et d'avoir tant à lui dire. Lui dire que je l'attends… Je tente la fonction d'appel, mais je n'obtiens pas de réponse.

Adam, mon grand frère et éternel protecteur, mon premier prince charmant, a des affaires à régler à Paris, alors il vaque à ses occupations et dormira à nouveau chez moi ce soir. Quant à Manuel, il revient demain. Philippe et lui feront leur dernière prestation ce soir. Étant donné qu'il refuse de me répondre, je ne l'inonderai pas de messages successifs et harcelants. Je vais sagement attendre son retour pour lui parler. Enfin… « sagement », c'est un terme bien relatif… J'angoisse. Puisqu'Élodie et moi laissons la famille de Mathilde lui rendre visite en premier à la suite de son accouchement et n'irons la voir que demain ou mardi, nous sortons encore un dimanche ! De vraies dépravées.

Ce soir, je m'engourdis l'esprit volontairement et m'abandonne. Je danse et suis de plus en plus perplexe quant à mon amie à mes côtés. Tout bonnement, elle vient de m'annoncer qu'elle s'est un peu amusée avec mon ex cet été. Or, lorsqu'elle a appris que Valérie l'a su et qu'elle l'a plaqué, Élodie n'a plus voulu de lui.

Olivier m'avait dit avoir lui-même rompu. Élodie et lui ont donc batifolé tous les deux ? La tequila m'appelle. J'ai besoin d'un verre de n'importe quoi. C'est trop d'informations.

Mon ami le barman m'a laissé emprunter son petit couteau pour préparer mes citrons. Élodie est restée sur la piste de danse, et Olivier s'est approché de moi pour discuter. Le comportement de ce dernier m'embarrasse légèrement, ce soir. Il me complimente sans arrêt. Il me dévore des yeux, mais je ne veux pas flancher. C'est maintenant clair pour moi.

— Écoute, Oli…

— Je suis content que tu utilises ce diminutif. Comme avant.

Euh, l'effet sympathique que j'ai créé est une erreur. Je dois me montrer plus ferme. Je réduis l'espace entre nous pour démontrer le sérieux de mon propos, mais demeure à une distance de sécurité, ne souhaitant pas créer encore plus d'ambiguïté.

— Écoute, ça n'ira pas plus loin, nous deux. Je veux dire que nous n'allons pas redevenir un couple.

C'est clair, ça. Limpide. Bravo à moi.

— Embrasse-moi, tu changeras d'avis, dit-il en se penchant vers moi de façon provocatrice. Rappelle-toi tout ce que je peux te faire vivre… Le contact était bon entre nous deux, beauté.

Je ne rate pas l'allusion au sexe divin, mais ça ne fonctionnera pas, cette fois. Il me fait presque peur. Je lâche le citron…

Croit-il que son haleine dans mon cou me fera faiblir ?

Je suis un peu soûle, mais il l'est plus que moi. Je plaque une main sur sa poitrine, tentant de rétablir une certaine distance.

– Oli. Olivier, écoute-moi, il y a quelqu'un d'autre, maintenant. Ça change tout pour moi. Je suis sérieuse. Arrête !

J'ai beau élever le ton, personne ne le remarque dans ce brouhaha. Voilà qu'il pose fermement sa paume sur ma main, celle qui coupait les agrumes, et dirige le couteau vers son cœur. Il ne jette plus de coups d'œil n'importe où comme il le fait si souvent. Son regard est rivé au mien. Je ne peux m'en libérer. Je tremble et suis incapable de forcer le bras en sens inverse.

– Embrasse-moi, j'ai dit.

Il insiste, mais ressemble plus à un animal blessé qu'à un prédateur, en cet instant. C'est de la souffrance que je vois dans ses yeux. Je le connais assez pour savoir qu'il se sent mal en ce moment, malgré l'assurance qu'il tente de dégager. Ce qui me fait perdre toute crainte, toute prudence. On pourrait presque croire que c'est moi qui le menace, étant donné que le couteau est toujours pointé sur lui. Et puisque je ne veux pas lui faire de mal, je relâche la tension de ma main armée sur son cœur. J'aperçois Adam non loin. Il est seul et me cherche. Mon ex suit mon regard des yeux.

– Bon, voilà le traître !

Puis, il crie à l'intention de mon frère sans que celui-ci puisse percevoir ce qu'il dit.

– Hé ! Le voleur !

Comment mon ex ose-t-il lancer cette insulte ?

En repérant notre position, Adam s'avance, et Olivier me relâche. Je m'empresse de laisser tomber le couteau sur le sol derrière le comptoir pour éviter tout accident et me lance entre les deux hommes. Il n'est pas question pour mon frère de rester à ne rien faire. Adam me pousse hors du champ d'attaque de mon ex. Édouard, mon collègue au bar, nous remarque, et je lui fais le signe officiel signifiant que j'ai besoin d'assistance. « Sécurité ! »

Mon ébriété disparaît soudainement, si c'est possible, au moment où j'aperçois Olivier qui empoigne Adam par le col. Tous les deux échangent rapidement quelques coups. Je me rappelle alors mes compétences à viser juste. J'attrape une bouteille de verre et la lance sans tarder sur la tête d'Olivier pour délivrer mon frère, tandis qu'Édouard interpelle un autre homme assez massif pour qu'il vienne en renfort avant de sauter par-dessus le bar.

Le projectile a atteint sa cible, Olivier est surpris et lève les yeux vers moi.

Adam le frappe, et c'est lui qui se fait immobiliser en premier. Il a un colosse sur le dos en un rien de temps. Soudain, il y a de la place autour de nous, car les gens se sont dispersés. J'ai même l'impression que la musique s'est arrêtée. Olivier est debout, libre, mais surveillé, et il crie encore. Pour ne pas dire qu'il crache !

– C'est un voleur ! Mettez-moi ça dehors, il a escroqué sa grand-mère !

Ces mots me glacent le sang, sans compter que les sourcils froncés et le regard blessé d'Adam me vrillent le cœur. Mais je n'ai pas le temps de me demander comment Olivier a su, je dois sortir mon frère de là.

— Non, les gars ! Lâchez-le, c'est lui qui a attaqué le premier !

J'ai crié cet ordre en pointant mon ex du doigt.

* * *

Mathilde m'a écrit que tout s'était bien passé pour la naissance de son garçon. Un garçon ! C'est Élodie qui sera fière de l'avoir prédit. Il y a ça de bien.

Cette soirée et son dénouement inattendu m'ont épuisée. Avant de m'endormir, dans ma chambre cette fois, je prends le temps de bien me masser les pieds avec de la crème hydratante. Il y avait longtemps que je ne m'y étais pas attardée.

Je suis consciente de la confiance que j'accorde de plus en plus à Adam. Et si je peux recouvrer foi en mon frère, c'est que les bases sont bonnes. Les fondations, celles de la famille, sont fortes, et ce fait accroît ma propre force. Je sens que ma confiance en moi grandit. Puis, je reprends la feuille sur laquelle est inscrite ma fameuse liste. Puisque ce bout de papier désormais tout usé m'appartient, puisqu'il est mon secret, j'y dessine des petits cœurs. Le mien est un peu lourd quand je pense à mon musicien préféré.

7 choses à faire avant d'être vieille

? 1. ~~Aider Cindy à trouver l'amour~~ ← Mauvaise idée

✓ Voyage « sac à dos » ♥

✓ 2. Une « première fois », hors de ma zone de confort… ← J'ai chanté en public ! ♥

✓ 3. Une folie devant l'appareil photo ← ~~À venir~~ J'ai osé !

✓ 4. Admirer les étoiles ♥

✓ 5. Sauter en parachute !!! 😮 ← OMG, je l'ai fait !

6. ~~Participer à une bataille de nourriture !~~ 😀
Me faire tatouer ! 😮

✓ 7. ~~Folie sexuelle ?~~
~~Lieu inusité ?~~ Ha, ha ! Non
Cybersexe ? ← Considéré fait. Je ne tiens pas à recommencer.

Chapitre 17

C'est ma famille, quand même !

Quand je pense à ce que j'ai appris par Mathilde... Je suis sous le choc !
J'ai décidé d'aller la voir chez elle après m'être procuré un nouveau téléphone. Ça m'a permis de me sauver rapidement de mon appart, avant d'avoir à parler avec mon frère. Je me sens terriblement mal de la façon dont Olivier a traité Adam.

Je suis arrivée sans cadeau. La coutume est d'en apporter un, mais ce n'est pas une obligation. Par contre, je serai là pour garder ou pour aider Mathilde. J'y suis allée toute seule, c'est-à-dire sans Élodie. Nous sommes des adultes autonomes... C'est une grande fille, elle ira quand ça lui tentera, ou nous reviendrons ensemble comme nous l'avions prévu.

Eh bien, j'ai tout de suite aperçu le sac cadeau et la carte signée par la grande rouquine. Devant mon air interrogateur, la nouvelle maman m'a tout bonnement dit qu'Élodie était passée la veille. Ça m'a étonnée qu'elle ne m'en ait pas parlé au bar...

Bébé dormait, immobile. Je l'ai regardé sommeiller quelques instants, puis il s'est mis à gigoter. Juste un peu. Ses minuscules poings se sont fermés, sa bouche en cœur s'est étirée et transformée en mignonne grimace. Comme un petit ver qui se tortille. Est-ce qu'on a le droit de dire ça d'un enfant ? Mieux vaut pas, ça pourrait être mal interprété. Mon amie me l'a mis dans les bras, je ne respirais presque plus. Sa peau est fripée comme celle d'une vieille personne ! Je suppose que c'est normal et qu'elle sera lisse bientôt. Il a beaucoup de cheveux sur sa petite tête, et ses yeux sont d'un bleu foncé magnifique. Surtout, il sent diablement bon !

Je sens et j'embrasse son front sans arrêt. J'ai demandé à Mathilde de me raconter comment la naissance s'était déroulée. Pauvre chouette, ses contractions n'ont débuté que tard en soirée, et elle a souffert toute la nuit pour mettre son fils au monde seulement vers midi le lendemain. Je ne suis pas pressée de vivre un accouchement. Elle, elle ne s'en plaint pas, au contraire. Elle semble très heureuse et quand même énergique. Cette femme est une force de la nature. Puis, elle a repris son poupon pour le nourrir.

– Je n'ai pas commencé à tirer du lait de surplus pour en faire don, comme je le voulais. Je n'en ai peut-être pas assez ? Difficile à dire. Ce n'est pas facile de savoir s'il a bu à sa faim et si j'ai suffisamment de lait à lui offrir.

Je l'écoute et n'ai bien sûr rien à répondre. Je lui raconte ensuite l'événement de la veille, soit le comportement d'Olivier et l'intervention d'Adam, puis celle d'Édouard.

— Ton frère était là ? Avec toi ?

— En fait, il arrivait à ce moment-là.

Évidemment que ça semble louche. Presque impossible. Mathilde le sait. Je dois donc brosser le portrait de ma journée du samedi, avec tous les détails des mésaventures de ce jour rempli de complications. Je conclus en expliquant comment Adam a fini chez moi le soir venu. Elle n'en revient pas que je pardonne à mon frère.

— C'est ma famille, quand même. Il a été là pour moi.

Je demeure songeuse un instant.

Ça ne me gêne pas le moins du monde qu'elle allaite devant moi, mais je ne m'attendais pas à ce que ce soit drôle. Mathilde pleure de rire en m'avouant qu'elle a toujours du mal à savoir à quel sein elle doit donner, car elle doit alterner pour nourrir le bébé. Elle oublie de noter ce détail. Et puis, elle me relate tous les conseils contradictoires distribués par les infirmières de l'hôpital. L'une disait une chose, puis sa collègue affirmait le contraire, avant que celle de nuit émette une troisième opinion.

Je reçois un texto de ma sœur.

Cindy

Tu peux aller chercher Sucre
chez le vétérinaire demain matin ?

Doris

Tu es chez toi ? J'arrive bientôt.
xx

Je me demande bien ce qu'a le petit chien, mais j'ai d'autres préoccupations pour le moment. Toujours pas de nouvelles de celui à qui je pense sans cesse. Quant aux paroles qu'Olivier a crachées avant de partir du bar, j'ai su comment il avait appris la fraude de mon frère. Si je m'attendais à ça... Je n'en reviens pas. Mathilde m'a raconté.
— Élodie m'a confessé ça hier, quand elle est venue. Elle a affirmé que ce n'était pas volontaire, qu'elle a dit accidentellement à Olivier ce qu'avait fait ton frère à ta grand-mère, me souffle mon amie assise dans son salon.

La traîtresse !
Pourquoi Élodie m'a-t-elle fait ça ?

Je commence à penser que cette fille vient du pays des bas-fonds, finalement... Mathilde poursuit.
— Écoute, Doris, ça n'excuse pas Élo d'avoir trahi ton secret, mais ce qu'a fait ton frère est vraiment dégueulasse, et tu n'as pas non plus à porter ça dans ton cœur, toute seule... Enfin, nous ne savions pas que tu l'avais revu...

Je ne suis pas du tout à l'aise de parler de ça. Elle poursuit les aveux…

– Je ne sais pas pourquoi j'essaie de la défendre, je devrais être fâchée aussi. Charles m'a raconté qu'elle l'a abordé par texto et qu'elle s'est montrée plutôt entreprenante. Elle n'aurait rien tenté concrètement, mais elle lui a dit qu'elle avait envie d'outrepasser les règles…

– C'est ignoble ! Si elle veut tromper son conjoint, qu'elle aille donc draguer un célibataire !

– C'est plus sûr avec quelqu'un d'engagé, semble-t-il.

– Ben un autre homme que celui de sa copine ! Elle me met hors de moi, ces temps-ci, j'en ai mal au cœur.

Mieux vaut ne pas en parler plus longtemps, je pourrais dire des bêtises à son sujet. J'offre mon aide à Mathilde pour prendre soin d'elle ou du bébé, mais Charles s'occupe de tout. Manon, la mère de Mathilde, passera chez moi pour récupérer tous les articles laissés à mon appartement après le *baby shower* avorté.

* * *

Je suis maintenant chez Cindy, et nous prenons un café dans sa cuisine. Sa coloc est au travail. J'avais besoin d'affection et savais qu'auprès de ma sœur adorée, je me sentirais bien au chaud. Une seule semaine du mois d'août s'est écoulée. On dirait qu'il fait une trentaine de degrés, mais le thermomètre en indique seulement dix-huit aujourd'hui. La chaleur du lien qui nous unit n'a pas d'égal.

Elle signe des pétitions en ligne pour défendre les droits des animaux. Dire qu'elle aime les bêtes est peu dire. Je ne lui parle même pas de ses amours, ou de l'absence de… J'ai promis à Mathilde de la laisser tranquille à ce propos. Je me rends compte que, sans réfléchir, j'ai mis mon pied sur sa cuisse et qu'elle a commencé à le masser. C'est devenu une habitude entre nous, et ses pouces qui s'enfoncent dans la plante de mes pieds me procurent un véritable plaisir. Je lui raconte ma visite à la nouvelle maman.

– J'ai pris le petit Lou avant de partir. Le fils de Mathilde s'appelle Lou. C'est mignon, je trouve.

– Absolument.

Sans aborder sa situation, je peux parler de la mienne.

– Je… Je pense que je suis en couple, là.

Un minisourire d'abord, un plus franc ensuite. Elle se réjouit.

– Tu penses ? Tu n'es pas certaine ? Il s'agit du fameux guitariste ?

– Euh, comment le sais-tu ? Oui, c'est lui. Oui, je suis certaine, mais… Oui, oui… je me considère en couple, mais il y a déjà un de ces froids entre nous ! C'est insupportable.

Je retire mes pieds des mains de ma sœur qui leur prodiguait un traitement divin et j'admets alors comment j'ai gâché notre dernier dîner, sans raconter la journée où j'ai voulu le rejoindre. Il faudrait pour ce faire que je parle encore d'Adam et… c'est compliqué. Ça pourrait être simple, en fait, puisque je n'ai jamais franchement avoué être en froid avec lui, mais… Une petite bulle s'est formée samedi, nous englobant, lui et moi, que je ne veux pas partager pour l'instant. Sauf avec Mathilde qui sait tout, déjà. Je lui raconte aussi la froideur qui s'est installée durant le week-end entre Manuel et moi, mais je veux croire que tout rentrera dans l'ordre bientôt.

— J'ai également quelqu'un dans ma vie, Doris.

— Ah oui ? Enfin un jeune homme dans ta vie ! Parle-moi de lui, ça presse !

Je ne voulais pas lui donner un ordre, mais mon enthousiasme déborde, et je désire avoir des détails.

— Euh, je te présenterai cette personne officiellement bientôt. À l'anniversaire d'Odile, tiens. Adam sera là, et je lui ai promis de la lui faire connaître à lui aussi. D'ailleurs, il faut qu'on parle de cet événement. Où en es-tu avec la salle, tu as trouvé ?

— Je ne pensais pas tomber constamment sur des locaux déjà réservés ou sur des endroits sans accès pour fauteuil roulant.

J'ai peut-être découvert pour cette occasion une superbe salle dans le quatrième arrondissement ; j'ai laissé un message à la personne responsable. En expliquant à Cindy où j'en suis et combien c'est compliqué de dénicher ce qu'il faut, je me lève, vais derrière elle et lui joue dans les cheveux. Je sais qu'elle aime ça et j'ai envie de les entrelacer, ces fils de soie. J'étire le moment et caresse sa tignasse platine et lisse. Quand je veux réellement en faire une tresse, ses mèches glissent de mes mains. Elle est si belle, je lui enlace le cou. J'aimerais tant entrer dans son esprit, dans ses pensées. Pour savoir tout ce qu'elle ne dit pas… Puis, sa demande reçue plus tôt par texto me revient.

— Et c'est quoi, cette histoire de vétérinaire ?

— Toute une affaire. Je suis allée chez Odile ce matin, et le chien s'est mis à vomir, puis nous avons remarqué du sang. Mamie paniquait, elle était très, très inquiète. En tremblant, elle a composé le 112, mais j'ai proposé de reconduire Sucre à l'hôpital vétérinaire où pratique un ami d'Adam. Le toutou y a son dossier. J'ai dû le laisser là-bas, puis je suis retournée chez Odile lui faire un compte rendu. Elle était si malheureuse de n'avoir pas pu m'accompagner. Mais pour faire plus vite, tu comprends… Emmener Odile, c'est tout de même considérablement plus long…

— Bien sûr.

— L'état de Sucre a d'abord paru très critique, mais la réceptionniste a rappelé pour donner de bonnes nouvelles. Trop gourmand, le petit coquin aurait englouti quelque chose qui lui a blessé la gorge. Heureusement, il est sauvé, mais il pourrait y laisser sa peau un jour, à vouloir tout gober.

— Pauvre toutou. Odile devait être folle d'inquiétude et aussi de culpabilité en raison de ce qu'il a avalé ! Et qu'est-ce que je viens faire dans l'histoire, moi ?

— Il faut aller le chercher demain. Le vétérinaire a insisté pour qu'on soit là avant midi.

— Sinon quoi ? Sucre va se changer en citrouille ?
— La clinique ferme exceptionnellement à cette heure-là demain.
— OK, j'irai avant, promis. Justement, je travaille seulement à seize heures demain. J'aurais pu dormir, mais je vais faire une croix sur la grasse matinée.
— Merci.

Cindy fixe mes mains. Je crois savoir à quoi elle pense…
— Tu devrais appliquer du vernis. Tes mains sont belles, mais tes ongles sont négligés, me dit-elle.
— Cindy, tu sais c'est quoi, le problème avec les sœurs ?
— Elles ne se regardent pas assez le nombril ! disons-nous en chœur.

Nous planifions ensemble une journée où nous irons nous procurer nos nouvelles lectures croustillantes. C'est devenu une tradition pour nous d'aller à la librairie avant mon anniversaire.

Je l'aime tant, ma sœur. Notre famille n'est pas comme les autres, mais elle est forte.

Je sens la vibration de mon téléphone sur ma fesse droite.

Manuel

Je peux te rejoindre au bar à la fin de ton quart ?

* * *

C'est bien d'avoir patienté jusqu'à aujourd'hui pour le voir. J'ai eu le temps de prendre plus de recul, et lui... Lui, je ne sais pas où il en est dans ses réflexions, puisqu'il n'a rien texté de plus. Pour ma part, je me suis contentée de répondre « Oui ». Je suis consciente qu'il doit reconstruire sa confiance, sa « foi en la fidélité », mais je croyais que nous avions réglé ça l'autre jour. Ça m'a choquée qu'il ne réagisse pas davantage par messagerie, et surtout, qu'il ne réponde pas au téléphone hier. Je ne suis pas toujours championne de la communication, mais il bat des records... Ce n'est certainement pas en gardant le silence que nous allons progresser ! En tout cas, son texto de tout à l'heure me laisse envisager que ça se passera bien. C'est vrai que nous vivons une pause après un mois seulement, mais rien n'indique que ce soit fini. Il veut me rejoindre, me parler, me voir. Tout va très bien.

Cette courte phrase ramène chaque fois une chanson dans ma tête.

Tout va très bien, Madame la marquise ♫.

Cependant, je frissonne en prenant conscience de la signification des paroles de cette chanson, qui évoque une attitude d'aveuglement face à une situation désespérée. Est-ce mon cas ?

Aujourd'hui, il fait beau, le soleil brille, les oiseaux chantent, et même la lune a été visible tout l'après-midi pour me souhaiter bonne chance. Euh, plutôt pour me souhaiter une bonne journée. Parce qu'entendre « bonne chance », on dirait que ça porte malheur.

On voit bien que je saisis n'importe quel prétexte pour me montrer optimiste ou pessimiste.

Dans le même ordre d'idées, j'ai aperçu une pièce de dix cents sur le trottoir, ce matin, en me rendant au bistro. Et j'y ai vu un bon présage. Cela me faisait penser aux pièces que les touristes jettent dans les fontaines ou dans la Seine pour se porter chance. Et finalement, le comble, j'ai trouvé plus loin un billet de vingt euros ! Une feuille bleutée toute brillante, même pas usée par le temps. Ce beau billet m'attendait près de la porte du bistro-bar. Personne ne l'a pris avant moi ! Je pense qu'avant que j'arrive, il ne devait pas briller autant... Je me suis sentie spéciale.

Ouh ! Il est temps !

Juste comme je termine mon travail, je vois Manuel qui franchit le seuil du bistro. Rien qu'à le regarder, je ressens en moi un courant électrique. Il me cherche du regard, et je file en douce aux toilettes. Je me suis apporté des vêtements de rechange et j'ai envie de rectifier un peu mon apparence avant de le rejoindre. Ah, ses lèvres me manquent tellement, et je souhaite tant qu'il soit dans un état d'esprit semblable au mien!

Bon, voilà. Dans ma tenue «de civile», je me sens parfaitement moi-même. Ma tête, ça va, je me secoue un peu les cheveux pour qu'ils reprennent du volume et je suis prête. Je suis réellement tout excitée, j'ai si hâte de lui sauter au cou, de fondre dans ses bras. Nous discuterons plus tard. J'ai envie de vraies retrouvailles, comme si... comme si je n'avais pas créé de froid par mon attitude lors de notre dîner d'avant son départ. Et aussi, comme s'il ne s'était pas mis de mauvaises idées dans la tête... Je suis contente qu'il se soit installé à l'intérieur plutôt que sur la terrasse, ça va me faire changement.

Zut, interceptée par un client, je m'arrête quelques instants pour lui répondre. Serveuse un jour, serveuse toujours! Je me dirige à nouveau vers l'homme à la bouche de rêve, mais mon patron m'apostrophe au passage.

— Doris, je veux te parler des horaires de septembre. L'extérieur sera moins fréquenté...

— OK, mais rien de presse, non?

— Ça arrive vite, et je dois déjà tout aménager. Vous n'aimez pas apprendre à la dernière minute ce qui vous attend...

C'est vrai que nous aimons connaître nos horaires à l'avance. Je lui accorde péniblement un instant. Élodie arrive et se joint à Manuel comme si c'était prévu. Mon cœur se serre à sa vue. J'exagère, c'est mon amie. Je crois. Je ne sais plus.

Blablabla clients, blablabla salle à manger,
blabla déjeuner-dîner, blabla bar...

— M'écoutes-tu, Doris ?
— Oui, oui ! Euh, j'en ai manqué un bout, je pense. Je suis désolée.

Ce dont je suis témoin me déconcentre royalement, à vrai dire. Avec sa moue d'enfant gâtée, Élodie s'approche dangereusement de Manuel. Je reconnais l'expression de celle qui se plaint de quelque chose et qui cherche à attirer la sympathie. Ils ne m'ont pas vue ni l'un ni l'autre. Je veux qu'elle et ses gros seins dégagent de là immédiatement ! Je veux lui arracher la tête ! Je porte plutôt mon attention sur lui. C'est sa réaction à lui qui est importante, dans tout ça. Je dirais qu'il ne semble pas à l'aise, mais il ne la repousse pas non plus quand elle se colle exagérément à lui pour lui parler. A-t-il peur que je les aperçoive ?
— Alors je te propose d'en rediscuter demain, ça te va ? me demande finalement mon employeur.
— Oui, demain, c'est parfait. OK. Merci. Bye.

Je le laisse en plan sans plus de considération et m'approche de l'homme que j'aime et d'une de mes meilleures amies qui s'accroche presque à son cou. Je suis maintenant assez près pour l'entendre. Je ne peux masquer mon inquiétude.
— On doit presque prendre rendez-vous, mon mec et moi, pour faire l'amour. J'ai besoin de plus… lui miaule-t-elle à l'oreille.

Avant de lui répondre, il me voit et se redresse. Il sourit. Son sourire est-il un peu embarrassé ?
— Doris ! Je fais plus ample connaissance avec ton… amie.

Il semble incertain. Comment je dirais bien ça… Je vais lui expliquer avec ses propres mots…

– Mon amie, oui, tout à fait. Tu sais, le type d'amie à garder très, très près de soi…

Il hoche légèrement la tête. Je suis persuadée qu'il a saisi. Sans décrocher son regard du mien, il se lève lentement. La distance entre nous rétrécit, et son sourire, lui, grandit et se raccroche à ses oreilles. Je le fixe aussi, et mon cœur est déjà rassuré.

Ah ! Ce courant électrique qui me parcourt à nouveau !
C'est si bon.

Je réalise que mon souffle est hachuré, tellement je le veux. Il est tout près de moi, si près que je perçois sa respiration qui est aussi troublée que la mienne. Il met ses mains chaudes sur ma nuque, ses paumes encerclant mon visage, me caressant avec ses pouces. Sa chaude voix me transporte jusque par-delà les nuages.

– Doris, je t'aime. Je refuse de voir tes yeux s'inquiéter quand ils se posent sur moi comme il y a quelques secondes. Je tiens absolument à raviver constamment notre flamme et à faire en sorte que jamais elle ne s'éteigne. Je vais croire ce que tu me dis, et non ce que j'entends des autres. Je m'en fais la promesse autant qu'à toi. J'ai quelque chose pour toi.

Il devient un peu ringard, mais ce n'est pas grave. Je suis profondément touchée par la confiance qu'il veut m'accorder. Mais… mais il s'éloigne. Je n'ai même pas encore pu poser mes lèvres sur les siennes! Qu'est-ce qu'il fait là? À genoux devant moi, il fouille dans la poche de son jean... Non, non, qu'a-t-il en tête? Manuel, lève-toi, allez, debout... Il semble tenir un petit objet au creux de sa main. Les deux miennes s'avancent sans réfléchir, en tremblant, pour accueillir ce qu'il veut y déposer.

— Pour que jamais ne meure le feu.

Il écarte les doigts et laisse tomber dans mes paumes jointes... un carton d'allumettes!

J'éclate de rire. Je ramollis instantanément, soulagée et heureuse. Ma tête bascule à la renverse, et Manuel se relève et m'embrasse enfin. Hum! Toutes les idées que me donne cette bouche! Ça ne se dit pas... Un seul baiser me propulse d'un seul coup dans les nuages!

Élodie a perdu de sa superbe. Elle tente de rester digne et passe près de nous.

— Chanceuse, me murmure-t-elle.

Je lui en veux encore, mais je suis ambivalente. J'ai envie de pardonner, ces temps-ci. Elle ne m'insulte pas, mais me dit qu'elle m'envie, en quelque sorte. Elle semble sincère et perdue à la fois. Je la regarde partir, et Manuel tourne littéralement mon visage vers le sien pour que je voie ses yeux qui pétillent. « Laisse-la faire. » C'est ce que j'y ai lu. Puis, je lis de l'amour dans les points lumineux et brillants de ses iris obscurs.

— J'aime cette femme! crie-t-il autour de nous comme si un public allait applaudir, mais personne ne s'en préoccupe.

J'aime sa nuque angélique et ses prunelles espiègles de fée, proclame-t-il encore.

– Ha ! Ha ! J'aime cet homme ! Sa bouche de rêve et ses bras...

Les mots me manquent. Ma phrase reste incomplète. Suis-je nulle ou n'ai-je tout simplement pas l'âme d'une poète ? Nous nous prenons par la main et sortons. Personne ne nous acclame. Tout le monde s'en fout. Nous sommes seuls dans cette bulle. Il sent bon... C'est son odeur de bonheur qui m'envahit ! Allons... allons être heureux ailleurs. Je pense que je vole au lieu de marcher, et nous nous baladons en discutant de tout et de rien. Les rues sont familières, les commerces, bondés, les terrasses, vivantes... Cette ville se couche tard et se lève tôt. Tout ça me semble aussi magique que lors de notre escapade de la semaine dernière.

* * *

Nous avons marché jusqu'à mon appart hier, mon Super Man et moi. Les cœurs et les pas à l'unisson, vivant au rythme de nos enjambées et de notre respiration par moments accélérée par l'émoi.

Bien sûr, nous avons fait l'amour, mais aussi, nous avons plus parlé en une nuit que jamais auparavant. Cette nuit, c'était encore plus sincère, plus profond, plus intime. Je lui ai même raconté ma folle journée de samedi. Je lui ai tout dit, sans orgueil. Avec le recul, je suis capable d'autodérision, mais lui ne riait pas du tout. Il semblait extrêmement mal à l'aise. Puis, j'ai su pourquoi.

— Tout ça parce que je ne te donnais pas de nouvelles, a-t-il dit d'un ton repentant.

— Ouais ! Pourquoi tu ne m'as pas envoyé un petit mot ?

Il a cherché sa réponse un instant.

— Je rongeais mon frein, moi aussi, Doris. Ton amie, là, la grande carotte, elle m'avait écrit que tu te remettais avec ton ex.

— Hein ?! Il n'en a jamais été question ! Elle t'a dit ça ? La salope !

Ce que j'ai entendu de sa bouche me déchire profondément et ce qui est sorti de la mienne tout autant. Je ne comprends pas, j'ai trop de questions.

— Quand ? Pourquoi ?

Questions rhétoriques. Le « quand » est sans importance, et l'explication du « pourquoi » ne peut pas venir de lui. Puis, il s'est excusé d'avoir cru Élodie sans vérifier auprès de moi, mais de vieilles blessures avaient refait surface. Celles-ci s'ajoutaient à mon mutisme et à mon attitude distante, la veille de son départ. J'ai vu dans ses yeux sombres qu'il avait eu mal et qu'il s'en voulait. Nous en avons discuté. Ce n'était qu'un malentendu, pour ne pas dire un coup monté. C'était la première fois qu'il mettait les pieds chez moi. Ça lui a fait plaisir. Il a dit : « Tu me laisses enfin entrer dans ta vie. » Nous avons continué de parler toute la nuit.

Avant de m'endormir, juste avant que le soleil se pointe, j'ai texté mon patron pour lui annoncer que j'avais besoin d'un congé maladie. J'aime me faire croire que je dispose d'une telle banque de congés à prendre à ma guise. Bon, en fait, je lui ai simplement dit que j'étais malade et que j'avais besoin de me reposer aujourd'hui. À mes frais, bien entendu. Je sais qu'il peut me remplacer sans trop de difficulté.

***

Il y a encore une araignée au plafond, mais dans un autre coin de ma chambre. Ça ne me dérange pas aujourd'hui. Je lui donne un nom : Astride. Je ne la trouve pas laide. J'ignore s'il s'agit de la même bête que l'autre jour, mais je me sais amoureuse, et ça rend tout plus beau… Hi ! Hi ! Je suis trop ringarde.

À présent, nous gardons le silence, et c'est confortable. Manuel est tout chaud à mes côtés. Ses bras et son torse forment le nid le plus douillet du monde. Enrubannée dans ses jambes qui m'enlacent, je suis bien.

La sonnerie de son téléphone retentit, et je reconnais tout de suite l'air de *Hit the Road Jack*, bien que la version soit différente. Ça le réveille, et il choisit d'ignorer l'appel. Puis, il me pose une question sortie de nulle part.

— As-tu une copine ? me demande-t-il.

— Hein ?

Qu'est-ce que c'est que cette... demande saugrenue, encore ? Il s'explique.

— C'est la question qu'on me pose à tout bout de champ. Par un vieux pote rencontré par hasard ou un nouveau avec qui il fait bon prendre un verre et se confier en toute impunité. Ou encore par une minette qui me trouve à son goût...

Je me lève soudainement sur un coude et fronce les sourcils. Il a la générosité de tout de suite me rassurer.

— Ha ! Ha ! Ne t'inquiète pas, à elle, je réponds que j'en ai une. Mais sincèrement, j'en peux plus de répliquer en hésitant : « Ouais, je vois quelqu'un... » quand on me demande si je suis en couple. C'est la question qui tue. Je veux répondre par l'affirmative, mais j'ai comme l'impression qu'il me faut ta permission... Et compte tenu des derniers jours, tu comprends que je ne pouvais pas en être certain.

Je le trouve tellement chou ! Son adorable sonnerie retentit encore. Il regarde qui c'est et redépose son téléphone en fermant le son. Je retombe sur mon lit, complètement enivrée par son souffle qui monte lentement sur mon bras. Je sens qu'il sourit d'une bouche gourmande en me respirant. Et quand il embrasse mon cou, un frisson me parcourt doucement. Ses lèvres de rêve s'approchent de mon oreille et, au lieu de s'y déposer, elles murmurent une mélodie exquise.

— Je t'aime, Doris.

Le petit frisson devient immense. Ce chuchotis, ce tressaillement fonce sur mon cerveau, qui le fait rebondir immédiatement vers le reste de mon corps qui, lui, accueille cette vague délectable. Oui. C'est «juste» ça, l'amour. Je le sais.

La sonnerie ayant été réduite au silence, j'entends son portable qui vibre. Ça me fait penser que je dois texter Élodie. Il faut absolument que nous nous parlions, son comportement est incompréhensible.

— C'est Phil. On devait se retrouver vers midi. Je vais lui dire que je serai en retard, rien ne presse.

Vers midi... Avant midi... Il faut que j'aille chercher Sucre avant midi! Je me redresse d'un bond.

Chapitre 18

20 minutes !

Ayant discuté toute la nuit et fait l'amour à quelques reprises, Manuel et moi avons sommeillé ce matin. Je viens de me rappeler soudainement que je dois me rendre chez le vétérinaire avant midi et j'ai peur qu'il soit trop tard.

— Quelle heure est-il ?

— Onze heures quarante.

— Quoi ? Je dois être chez le vétérinaire dans vingt minutes !

— Comment ça ?

— Ce serait trop long à te raconter. C'est une véritable urgence !

J'enfile n'importe quels vêtements.

— Je hélerai un taxi une fois dehors, attendre le bus me mettrait en retard.

Je ne prends pas le temps de me brosser les dents ni même de boire un verre d'eau. J'offre à Manuel de ne pas se presser et de partir quand il sera prêt, et lui explique la situation en quelques mots. Après quoi, il cherche à m'aider.

— T'as qu'à venir avec moi chercher mon auto au bar, je t'accompagnerai.

— Pas le temps ! Ça ferme à midi !

J'attrape mon sac et ouvre la porte en trombe. Je lui dis bye, mais il sort en même temps que moi, ayant enfilé seulement son veston et son jeans. Sans t-shirt. Il est vraiment beau.

— Je peux au moins aller prendre ma voiture et te rejoindre là-bas ? On ira le reconduire chez ta grand-mère ensemble...

— Si tu veux.

Une fois sur le trottoir, je vole une demi-seconde pour l'embrasser et cours dans la bonne direction en levant le bras à la recherche d'un chevalier servant au volant d'un taxi. Heureusement que j'ai des yeux tout autour de la tête et que je suis habile pour galoper à reculons en jetant des coups d'œil aux alentours simultanément.

— Hé !

Le conducteur me fait signe qu'il renonce à me prendre. Il se rend déjà chercher un client, probablement. Ah, merde, je me suis concentrée sur lui et j'ai raté la rue que je devais emprunter. Je dois traverser, je ne me donne pas la peine de regarder l'heure qu'il est, je sais que les minutes filent trop vite et qu'elles jouent contre moi. Pas le temps d'attendre le signal pour piétons non plus, l'espace me semble suffisant pour franchir les quatre voies malgré le passage des voitures.

Ce ne sera pas la première fois, les Parisiens sont experts à cet exercice-là.

J'ai dû laisser mon bon sens sur le trottoir : des bruits de klaxons et de freins me disent que j'aurais pu finir à l'hôpital des humains plutôt qu'à celui des animaux.

Je n'arriverai jamais à temps si je dois courir jusque-là. Il me faut un taxi. Maintenant ! Ah, j'en vois un.

Je lève la main pour lui faire signe. J'aperçois un couple sur le siège arrière, la voiture n'arrêtera donc pas. Je me retourne à moitié pour vérifier que le chemin est libre. Trop tard.

Je me retrouve sur les fesses, ayant trébuché sur je ne sais quoi. Peut-être sur le minuscule relief de la grille d'égout. Pas le temps de m'apitoyer, il y a un autre taxi juste derrière. Je me relève et agite les bras comme une folle désespérée.

Il ralentit et s'arrêêête !

– L'hôpital vétérinaire, droit devant, s'il vous plaît ! dis-je au chauffeur en m'installant n'importe comment.

Je vois sur son tableau de bord qu'il est onze heures cinquante-quatre.

– Vous prenez un taxi pour trois ou quatre coins de rue ?

Je confirme. Il me juge ou c'est moi qui suis susceptible ? J'ai été bête. C'est fou comme je m'en veux d'être partie aussi tard ! Vingt minutes ! Vingt minutes, ce n'est pas suffisant ! Les vingt fameuses minutes d'Odile… J'ai toujours dit que ce n'était pas assez et que je paniquerais si je devais m'en contenter ! Je baisse les yeux pour prendre de l'argent dans mon sac et vois que le t-shirt que j'ai mis à la hâte est celui de

Manuel. Ça me fait sourire. Ça me fait du bien et me réchauffe le cœur un instant. Le feu est rouge. Est-ce que ça aurait été plus rapide de rester à pied ? Non, je n'aurais pas pu courir toute cette distance et tenir le rythme.

Manuel s'est bien sûr aperçu que je portais son t-shirt et a enfilé son veston sans en parler pour ne pas me ralentir. Je me rends compte que ça me touche vraiment. J'ai une boule dans le ventre qui prend toute la place maintenant. C'est le stress du retard, celui de décevoir ma sœur et Odile. Et l'amour que j'éprouve par-dessus tout ça qui réussit à mettre un baume sur ma frustration. Un soulagement que je ne mériterai pas si je n'arrive pas à temps pour rendre ce petit service de rien du tout qu'on m'a demandé.

Le chauffeur se montre fâché de s'être arrêté pour une course aussi courte. Nous y sommes presque. Il sera récompensé, car je n'aurai pas le temps de calculer la monnaie. Je lui jette un billet de vingt euros et sors de là comme si le taxi était en feu.

Quelqu'un ferme la porte de la clinique vétérinaire et s'attarde au verrou.

— NON ! S'il vous plaît !

* * *

Manuel est venu me chercher comme prévu, et je suis assise à ses côtés, abasourdie. Il a même dû m'attendre assez longtemps pendant que je recevais des informations cruciales. Déterminantes. Explosives. Sucre est dans mes bras, et mes joues sont trempées de larmes. Je dois des explications à celui qui patiente à mes côtés, dans la voiture.

— Les soins vétérinaires ne sont pas gratuits, dis-je simplement.

— Évidemment. As-tu besoin d'argent?

Sa réaction est logique. Depuis quand ne doit-on pas débourser pour ces soins d'ailleurs assez dispendieux?

— Nous avons toujours pensé, Odile, Cindy et moi, que ce service et tout le reste étaient offerts par une généreuse fondation pour soutenir ma grand-mère et d'autres bénéficiaires. Cette fausse information venait d'Adam. Adam qui voulait demeurer dans l'anonymat. Il se trouve que le vétérinaire est un ami de longue date de mon frère. Sans en avoir l'autorisation, il m'a révélé des choses...

Manuel est patient et m'écoute. Je poursuis, et le fait de verbaliser tout ça à mon tour m'aide à y croire.

— Adam connaissait celui qui a extorqué l'héritage de ma grand-mère après le décès de son mari. C'était même un de ses amis. Un homme qu'il aurait peut-être dû surveiller de plus près. Quand mon frère a su que l'autre type s'était fait passer pour lui afin «d'emprunter» l'importante somme à notre grand-mère, il a tenté d'obtenir une entente de remboursement avec lui en échange de son silence. Ça n'a pas fonctionné, et il a regretté de ne pas l'avoir dénoncé immédiatement. Il était trop tard. La crapule a été accusée, mais les procédures judiciaires étant ce qu'elles sont, l'affaire n'est pas encore réglée à ce jour. J'ignore s'il a tenu Odile au courant de tout ça, car nous n'abordons jamais ce sujet. René, son ami vétérinaire, serait le seul à connaître toute l'histoire, vu qu'Adam lui révélait tout au fur et à mesure. Il libérait sa conscience devant lui, en quelque sorte. Se sentant atrocement coupable d'avoir conduit l'escroc jusqu'à Odile, Adam aurait voulu rendre l'argent de ses propres poches, mais ne le pouvait pas. Il a donc payé les installations adaptées dans la maison de ma grand-mère et même les soins de santé de son petit animal adoré. Il a inventé de toutes pièces cette histoire de fondation dont nous n'avons jamais su le nom, pour pourvoir lui-même aux besoins d'Odile de façon anonyme.

Je m'arrête.

— Ton frère n'est donc pas responsable des ennuis financiers de ta grand-mère ?

— Non. Il avait tout simplement parlé avec cette ordure de la mort de mon grand-père, qui nous avait élevés, et de l'héritage qu'Odile allait recevoir. Rongé par les remords, il a lui-même payé pour les rénovations chez elle, en lui disant simplement qu'il s'occupait de la paperasse auprès de l'organisme charitable. Chaque fois que je me suis sentie tellement reconnaissante pour l'aide dont elle bénéficiait, c'est lui qui était derrière ça. Et au lieu de l'en remercier, je lui ai servi mon amertume. Il aurait dû nous dire la vérité !

Là, je respire fort. J'ai fait une erreur. Une grosse erreur. Dans ma difficulté à faire confiance, j'ai complètement occulté la loyauté de mon frère. Qu'est-ce qui m'a pris ? J'ai été incapable de croire en sa bonne foi. Je lui ai fermé mon cœur et refusé mon écoute. Je m'en veux à l'infini. Sans y penser vraiment, je le texte, après avoir déposé Sucre sur mes cuisses.

Doris

Adam, mon frère.

Il me répond tout de suite.

Adam

Oui, Doris, ma sœur ?

Doris

Je t'aime, mon frère.

Je me remets à pleurer en silence. Ces derniers mots me libèrent. Ils me font un bien immense. Après une longue minute, mon aîné écrit :

Adam

XOXO

Gêné de ne porter qu'un veston sans rien dessous, Manuel reste dans la voiture quand je laisse rapidement le tas de poils à sa maîtresse qui s'ennuyait de lui. Elle me semble bien fatiguée, elle a besoin de repos. Tandis qu'elle le bécote, je l'embrasse et lui dis que je suis pressée avant de filer.

Me voici devant chez Cindy.

— Merci pour tout, Manuel. Je t'aime.

Waouh ! Ces mots sont magiques !

Comme c'est bon de leur permettre de sortir ! Ses yeux brillent en les entendant pour la première fois. Contorsionnés dans l'habitacle, nous nous serrons fort en nous embrassant trop brièvement. Des baisers qui parlent, qui disent combien ces mots sont délicieux.

— Tu m'aimes ? Je t'aime !

Je répète avec bonheur :

— Je t'aime.

— OK, on se texte plus tard, conclut-il.

J'acquiesce du regard. Nous avons convenu qu'il me laissait chez ma sœur. J'ai besoin de la voir. Elle devait travailler aujourd'hui, mais comble du hasard, qui est de mon côté aujourd'hui, elle a demandé un congé maladie ce matin même. C'est ma grand-mère qui me l'a dit. Avec la profession de Cindy, il est nécessaire d'avoir des congés de ce genre. Son métier n'est pas bien payant, mais au moins, elle a des conditions de travail respectables à certains égards.

J'ai l'impression de voler, l'envie de danser, et je monte les quelques marches en riant mon bonheur. Je frappe sans me donner la peine de l'avertir que j'arrive et, puisque sa porte n'est généralement pas fermée à clé, j'entre sans attendre.

Ah ben, si je m'attendais à ça !

Je suis happée par la surprise, le choc, l'inattendu... Je demeure immobile. Je vois ma sœur, voluptueusement étendue sur sa coloc et qui l'embrasse.

Cindy se relève maladroitement, et Caroline replace son t-shirt qui s'apprêtait à disparaître... Cindy est finalement debout, mal à l'aise, et cherche les mots qui expliqueraient ce qu'elle faisait là. Ma bouche veut rester fermée, mais quelque chose demande à en sortir... Mes lèvres et mon menton tremblent.

— Ha ! Ha ! Ha ! Ha ! Ha !

Mon rire en est un d'étonnement et de bonheur. De soulagement, peut-être. Le sien semble nerveux, mais heureux tout de même. Elle s'adresse à celle qui est encore assise sur le divan et qui ne sait pas comment réagir.

— Caro, je pense que Doris et moi avons besoin d'un après-midi entre sœurs.

Cette dernière hoche la tête. Elles s'embrassent très brièvement. Cindy prend un sac à dos et se dirige vers moi. Il est clair que nous ressortons tout de suite. Là, dos à sa porte, nous nous faisons un puissant câlin fraternel.

— Doris, je te dois des explications...

— Pas vraiment, Cindy. Peut-être seulement me dire si… si c'était un test, si elle est… une *sexfriend* ou… si c'est ma belle-sœur… ?

Les yeux mouillés, ma petite sœur, qui est un peu plus grande que moi, hausse les épaules dans un geste qui peut signifier « je ne sais pas » ou qui peut au contraire souligner l'évidence. Son sourire semble gêné.

— Euh, c'est ta belle-sœur…

— Waouh ! Tu es donc amoureuse ?

— Oui ! Je suis raide dingue de Caro ! Oh ! Oh ! Ça fait un bien fou de te le dire enfin ! Je t'aime, Doris !

— Moi aussi, ma belle Cindy ! Je t'aime.

Ces mots-là font ma journée, ils goûtent le caramel.

Cindy crie à travers la porte :

— Caro, j't'aime !

Puis, ma sœur ricane et m'entraîne par le bras pour une promenade de sœurettes.

— Tu n'attends pas sa réponse ?

Elle hausse encore les épaules et secoue la tête en signe de négation.

— On se le dit souvent. Je devine qu'en ce moment, elle sourit de savoir que cette fois, j'ai prononcé la phrase devant toi. Ça nous a fait un grand bien à toutes les deux, j'en suis certaine, et je n'ai pas besoin de voir son expression pour le savoir.

Nous marchons dans son quartier, et je l'écoute me parler de sa copine avec admiration. Elle se reprend pour tout ce qu'elle a retenu, ce qu'elle ne se permettait pas de partager avec moi. Lorsque nous arrivons à un parc, elle déploie son sac qui devient une couverture légèrement matelassée, utile pour les pique-niques.

— Excellente idée! dis-je en m'y allongeant sans hésitation.

Nos bras sont collés, nos cœurs sont connectés l'un à l'autre. Elle se lance et raconte son histoire depuis le début. Puis, je fais de même. C'est bon. Le confortable silence qui suit me permet de réfléchir. Je me sens un peu ridicule en repensant à toutes ces fois où j'ai voulu lui présenter des garçons. J'ai aussi quelques doutes en revoyant en esprit toutes les relations amicales qu'elle a entretenues au fil des ans. Caroline est-elle sa première amoureuse? Je revois mentalement son enthousiasme exagéré au bar, le soir où j'ai chanté avec Manuel. Caroline disait : «Ben oui, Cin! Pourquoi pas un site de rencontres? C'est une bonne idée, ça, non? Y a plein de beaux mecs là-dessus!» Elle était donc ironique alors que je pensais qu'elle m'appuyait. Ces cachotteries devaient la contrarier énormément.

— C'est super bon d'être ensemble, Cindy.

— Oui. Et c'est bon d'être soi-même, si tu savais.

— Je m'en doute.

Je pense à Élodie, qui ne daigne toujours pas me répondre quand je tente de la contacter. Alors, je choisis plutôt d'apprécier pleinement ce moment avec ma sœur. Je m'occuperai d'elle une autre fois.

Nous prévoyons nos achats littéraires du 12 août et nous déclarons la date d'aujourd'hui, le 8 août, la journée officielle du Je t'aime, ces mots magiques libérateurs et semeurs d'étincelles. Puis, un projet tout en beauté naît. Nous nous rendons d'abord chez elle pour prendre sa voiture et des accessoires que je ne possède pas, puis nous allons au marché chercher ce qu'il faut comme ingrédients, et enfin dans mon appart pour exécuter la première phase du plan.

Ma table et mon comptoir sont envahis par des ingrédients, des plaques de cuisson et des emporte-pièce en forme d'étoiles et de cœurs. Cindy et moi partageons une foule de souvenirs d'enfance en faisant des biscuits, des petits sablés que nous découperons et décorerons avec des mini bonbons multicolores. Ensuite, ce sera « Mission Je t'aime, mamie Odile » et livraison de ces précieuses gourmandises qui nous rappellent une époque pas si lointaine où nous faisions cette même recette pour la famille et les amis de la famille. Il ne manque que notre frère, qui est reparti à Lille pour son travail. Il sera bien sûr de retour parmi nous dans dix jours, pour la fête de notre grand-mère adorée. Adam me manque plus que jamais, même si je l'ai vu plus longtemps en un week-end que durant les deux années précédentes. Les yeux de ma sœur s'arrondissent en fixant un biscuit.

— Oh, regarde, ce cœur-là a comme de petites oreilles ! C'est un ourson ! Je le mange ! Hi ! Hi ! Hi !

Chère Cindy, que j'aime son cœur d'enfant !

Ça me fait plaisir de texter Manuel simplement pour l'informer de ce que je fais. Il passera la soirée avec Phil. De mon côté, il est possible que je mange seulement des biscuits pour dîner... Ça, c'est profiter des ultimes jours de jeunesse qu'il me reste avant mon trente et unième anniversaire!

Cindy donne également des nouvelles de notre projet à sa petite amie, et nous prenons des photos pour les partager avec Adam dans une nouvelle discussion de groupe sur Messenger, intitulée «Chère fratrie».

Phase deux : emballage. Odile étant la reine du *scrapbooking*, du bricolage en tout genre et de l'emballage de cadeaux spectaculaires, nous nous appliquons. Durant tout ce temps, nous parlons principalement de notre grand-mère et préparons un hommage commun que nous pourrons lui dire à l'occasion de son anniversaire. À ce sujet, j'ai reçu une réponse au message que j'avais laissé qui a fait éclater en mille morceaux mon projet de trouver l'endroit idéal. La salle avec vue sur le fleuve et tous les accès nécessaires pour son fauteuil que j'avais espoir d'obtenir a été réservée et payée par quelqu'un d'autre. Je m'en veux d'avoir autant procrastiné!

Phase trois : livraison d'amour! Excitée comme le serait Cupidon assistant à un rendez-vous galant, notre sac joliment décoré bien niché dans mes bras, je cours vers l'auto de ma sœur. Elle prend le volant, tout aussi énervée que moi.

C'est dément, on dirait que j'ai le trac. Plus nous approchons, plus je ressens une nervosité incontrôlable. La joie nous donne aussi un fou rire qui s'amplifie quand nous tournons enfin sur la rue d'Odile. Le parcours se fait très bien à pied, je me rends chez elle de cette façon, habituellement. Mais notre mission pressait.

Soudain, ça clignote rouge. Ça clignote jaune. Notre teint devient jaune et nos yeux rouges. Nous ne rions plus. Il y a ici une activité anormale. Sans prononcer un mot, nous sortons voir ce qui se passe, à la recherche d'une explication qui pourrait nous rassurer, espérant, sans méchanceté, apercevoir un voisin dans l'ambulance stationnée devant la maison de notre grand-mère.

* * *

Ça arrive comme ça. Ça nous brusque de façon définitive et ça n'avertit pas toujours à l'avance. Au moment où on s'y attend le moins, où c'est bien la dernière chose qui pouvait être envisagée.

Odile n'est pas là pour accueillir notre amour et nos biscuits. Ce n'est presque pas croyable. Je l'ai pourtant vue ce midi même… Nous sommes deux petites filles qui pleurons, debout, nous offrant un câlin sans fin. J'en veux à ma mère de ne pas être présente. C'est extrêmement rare que j'aie ce genre de pensées; c'est seulement lors des coups les plus durs. Je n'en parle pas, évoquer notre mère semblerait sortir de nulle part, puisque nous ne le faisons jamais. D'ailleurs, sorties d'autre part, d'un endroit qui n'existe plus, des milliers d'images s'imposent à mon esprit. L'odeur et la chaleur des câlins de notre mamie, de sa soupe. J'entends son rire, sa douce voix quand elle posait sa main sur la mienne pour me rassurer. J'ai envie de...

– J'ai envie d'un bon bol de soupe, Cindy.

Le coin de ses lèvres s'étire un peu. Je repense inévitablement à Odile qui voulait que les vingt dernières minutes de sa vie soient satisfaisantes. Je dois vite demander une information aux ambulanciers avant qu'ils l'emmènent.

– Monsieur, s'il vous plaît. Où était-elle exactement ? Comment était-elle ?

L'ambulancier s'arrête un instant. Il sait qui nous sommes, ma sœur et moi. Nous le lui avons dit dès notre arrivée, juste avant qu'il nous révèle que c'est une amie d'Odile qui l'a trouvée inanimée en venant lui rendre visite. Le visage du professionnel n'affiche ni l'horreur ni la tristesse, mais il n'est pas insensible pour autant.

– Votre grand-mère était allongée sur son lit, elle paraissait paisible. Elle semblait faire une sieste. La personne qui a appelé les services d'urgence a rapporté que son petit chien n'a jamais voulu se laisser prendre. Il demeurait obstinément sur sa maîtresse.

– Sucre ! Oh, Sucre ! Merci, monsieur.

En entendant l'ambulancier parler de l'animal, Cindy se rue vers l'entrée de la maison et repère rapidement la boule de poils. Elle la prend tout contre elle.

— Il était recroquevillé en minitas sur le pas de la porte restée ouverte. Il avait les yeux ronds, ronds, ronds... et était tout tremblant, explique-t-elle.

Pauvre petit Sucre. Il tremble encore, même s'il se tient tout serré en forme de crevette contre la poitrine de ma sœur. Ses minuscules billes noires semblent vouloir sortir de leurs orbites.

Nous regardons l'ambulance partir et retournons chez Cindy. Sa petite amie nous sert un assortiment de légumes dans un bouillon tout chaud. Ma sœurette l'avait textée pour le lui demander. Je la vois différemment, à présent, ma nouvelle belle-sœur. Je l'ai bien sûr rencontrée à quelques reprises, mais en fin de compte, je la connais bien peu. Maintenant que j'ai eu le temps d'assimiler la situation entre ma sœur et elle, je lui fais un câlin.

— Merci. Et... bienvenue dans ma famille.

Elle me serre encore plus fort. Si sa relation avec Cindy n'avait pas été secrète, elle aurait pu connaître Odile. Et Adam... Adam ! Je mets fin à cette étreinte subitement.

— J'appelle Adam !

Cindy tient toujours dans ses bras le petit chien qui a fini par arrêter de trembler. Il ferme même ses yeux de temps en temps. Adam décroche à la première sonnerie. Je ne lui téléphone jamais aussi souvent. Il a déjà une inquiétude dans la voix quand il répond.

— Adam ? C'est Odile... Non, ce n'est pas Odile qui parle, c'est Doris... Odile...

Il ne prend pas tout de suite la parole. Évidemment, il doit attendre la suite, je n'ai encore rien dévoilé. Je ne peux pas prononcer ces mots-là. Les termes qui annoncent l'arrêt définitif de la vie ne franchissent pas mes lèvres. Mon frère devine, je le perçois.

— Tu veux dire que… Est-ce que je peux aller la voir ?

— Personne n'a pu, c'était trop tard.

— Non. C'est impossible, je lui ai parlé au téléphone ce matin… Je suis ridicule, désolé. Je sais bien que ça n'a pas de sens, ce que je dis. Mais…

— J'ai eu le même genre de pensées, Adam.

Sa respiration est saccadée. Sa voix reste tout de même forte.

— Et Cindy ?

— Je suis chez elle. Elle garde Sucre bien au chaud sur elle.

— Sucre… ajoute mon frère dans un soupir. OK, j'arrive.

— Si tu peux. Mais ce n'est pas comme si tu allais avoir la chance de lui parler une dernière fois… Je sais que tu as du travail important cette semaine…

— Rien n'est plus important que de vous prendre dans mes bras, mes deux petites sœurs.

Des larmes coulent instantanément et trempent mes joues. Je ne voulais pas pleurer maintenant. Je sais qu'il est normal de réagir ainsi, mais j'ai peur de ne plus pouvoir m'arrêter si je commence. De sa voix douce et calme, mon frère m'informe qu'il me tiendra au courant du moment de son arrivée. Je me lève pour me coller sur ma cadette. Celle-ci regarde son amoureuse en affirmant à mon intention qu'elle gardera le chien. Indéfiniment. C'est bon. Bien qu'elle soit la plus jeune, je crois que c'est elle qui a la vie la plus stable. Le petit toutou sera bien.

Chapitre 19

Une petite rechute

Aïe ! Je pense que je fais de la fièvre. Je me réveille avec un mal de ventre géant, la tête comme prise dans un étau et une envie de pleurer ma vie. J'aurais dû rester dormir chez ma sœur hier. Je n'ai pas envie d'être toute seule, isolée, encore. En fait, j'ai cette manie de me sentir seule même si je suis bien entourée. Le fait que mes proches soient ou non à mes côtés n'y change rien. Cette sensation de solitude est en moi. J'ai écrit à Manuel, mais il ne m'a pas répondu depuis hier. Je ne veux pas être celle qui semble avoir besoin d'être au centre de l'attention, mais cette peur enfouie, celle de l'abandon, a tendance à remonter, parfois.

Recroquevillée, je tourne les yeux vers le plafond et cherche Astride. Je ne vois aucune bestiole. Bizarrement, ça me fait peur.

Est-ce que je trouve sa présence rassurante ?

C'est insensé. Elle est simplement partie. En avait-elle marre de moi ? Je ne me sens vraiment pas bien.

J'ai parlé avec Mathilde hier soir. Mais Élodie ne répond pas à mes appels ni à mes textos. Nous ne pouvons pas seulement arrêter de nous parler si abruptement et… définitivement !

Mon ami barman me texte.

Édouard

Je dois avoir une discussion sérieuse avec toi.

Ça ne me tente pas, pas tout de suite.

Des images de mon cauchemar me reviennent en tête, et mon mal de ventre s'intensifie, si c'est possible. J'ai envie de vomir la boule que j'ai dans la gorge.

« Manuel ! Si t'es mon mec, pourquoi tu n'es pas là quand j'ai besoin de toi ? » C'est ce que j'aurais envie de crier. Cette question est vraiment très égocentrique, mais c'est comme ça que je me sens, à cet instant. J'ai rêvé à lui qui marchait en s'éloignant. Je l'appelais, et il ne se retournait même pas.

La matinée est bien avancée et mes textos demeurent sans réponse. J'essaie donc de rejoindre Phil.

Doris

Bonjour Phil. Est-ce que Manuel dort ?

Philippe

Non. En regardant son portable ce matin, il a dit «Je suis tout chamboulé» et il est parti.

Il a vu mon message, et ça l'a chamboulé ? Je suis consciente que je dramatise quand je me sens ainsi. Comme si Phil lisait dans mon esprit, il ajoute pour me rassurer :

Philippe

Il était en retard au magasin, je pense. T'inquiète pas.

C'est censé m'apaiser, ça ? Un autre texto entre. Je ne connais pas ce numéro.

Numéro inconnu

SI TU NE RENTRES PAS BOSSER UNE JOURNÉE DE PLUS, NE REVIENS PLUS. M.

Manon. La compagne de mon patron. Ben tant pis. Je n'ai pas envie de travailler sous la menace, de toute façon. Au lieu de me convaincre d'amener mes fesses au bistro, son message a sur moi l'effet contraire. Je trouverai autre chose.

J'ai vraiment envie de me plaindre avec une voix braillarde et nasillarde. Je n'ai plus d'Odile, plus d'Élodie non plus.

(Plus de maman, mais ça, je l'enfouis, car c'est de la vieille histoire. J'en suis revenue depuis longtemps.) Plus d'emploi. Et Manuel… n'est pas là. Je ne suis pas désespérée au point d'imaginer que je n'ai plus mon Super Man simplement parce qu'il ne réagit pas immédiatement quand je le texte, MAIS ÇA NE LUI PRENDRAIT QU'UN PETIT INSTANT POUR ME RÉPONDRE !

Mon bonheur est toujours présent, mais il est triste et se cache en ce moment.

Fffffff… Respire, Doris. C'est juste une petite rechute…

Un moment de panique, ma peur de l'abandon qui remonte. Odile me l'a déjà expliqué. Je fais de la visualisation, comme ma mamie me l'a montré. Je vois un tas d'émotions sortir de moi, cet amas contenant mon sentiment de solitude et de rejet. J'inspire ensuite une bonne bouffée d'air qui symbolise l'amour de ma sœur. Celui d'Odile pénètre aussi chacune de mes cellules et sera toujours présent en moi. J'inspire de l'amour pour moi et de moi, de la chaleur, de la reconnaissance et de la confiance.

Puis, je rejoins ma sœur et Adam pour passer avec eux une partie de l'après-midi et parler de la suite des choses concernant notre grand-mère.

* * *

Qu'est-ce que je fiche ici ?

Au moins, il est bon de savoir que je m'inquiétais pour rien. Durant son quart de travail, Manuel m'a textée pour me raconter qu'il a été réveillé par un cauchemar me concernant. Un mauvais rêve qui ne se concrétisera pas tant que je voudrai de lui. Déjà en retard, il a vite dû filer au boulot. Il s'est informé de mon état et m'a suggéré de le laisser me changer les idées. J'ai d'abord cru qu'il envisageait un tête-à-tête, un corps-à-corps. Il a plutôt proposé une sortie en famille.

Manuel

Je vais voir Noémie, ma sœur, après ma journée au magasin. Accompagne-moi. Elle est super gentille.

Cette visite est une bonne idée. Il est vrai que ça fera changement après avoir passé l'après-midi avec mon frère, Cindy et mes oncles à parler de l'organisation des funérailles. En effet, la fête que nous préparions pour l'anniversaire d'Odile se transforme en cérémonie d'adieu. À ce propos, ma sœur me relève de mon devoir de trouver la salle. Elle affirme avoir eu l'aide d'un ange et garde le mystère sur sa trouvaille. Au départ, accusant le coup, je me suis sentie nulle de ne pas avoir assumé cette tâche comme je le devais. Et puis, je me suis dit tant pis. Tant mieux si nous avons une salle. Quant à moi, je n'aurai plus à y penser. Alors, c'est bon.

J'ai donc accepté d'accompagner Manuel, et je rencontre à l'instant sa sœur et ses parents. D'entrée de jeu, Manuel leur dit que je viens de «perdre» ma grand-mère. Je n'aime pas cette expression. Je n'en apprécie aucune à propos de la mort de ma chère Odile. Elle n'est pas perdue, elle est décédée. Mais l'intention de mon petit ami était simplement de prévenir les malaises, d'expliquer mon humeur ambivalente et ma tristesse.

Nous sommes accueillis sur la terrasse du bungalow des futurs parents, d'où on peut apercevoir les balcons voisins si on s'étire un peu le cou. Un beau kit complet : la terrasse est équipée d'un parasol et d'un barbecue... Et en bas, au niveau du sol, il y a un ensemble de causeuses extérieures, une chaise longue et une table basse, puis un cabanon.

Ça me fait du bien de voir des parents, début soixantaine, qui s'aiment comme Odile et Pascal s'aimaient.

Et Noémie qui est si heureuse de porter un bébé... Je la trouve belle. Radieuse. Il semble que ce soit ça, le cycle de la vie... Des décès, des naissances... Son conjoint va arriver et nous mangerons ensemble tous les six. Il me paraît naturel d'être parmi eux.

Manuel s'installe dos au soleil, face à la porte-fenêtre. Ça fait bien mon affaire, je suis déjà assez rouge comme ça ! Et il fait tellement chaud, en plus... Je m'assois à ses côtés. D'une façon toute naturelle, sa paume se pose sur ma cuisse, et ma main, par-dessus la sienne. Ses parents nous font face, et sa sœur est au bout de la table. Ma présence les amène à partager de tendres souvenirs de la grand-mère de Manuel, qui s'appelait aussi Doris. Cette aïeule est décrite avec beaucoup d'amour.

Notre regard, à Manuel et à moi, est attiré vers l'intérieur, où nous voyons quelqu'un entrer par la porte avant. La sœur de mon mec se précipite pour accueillir son conjoint. D'où ils sont placés, ses parents ne voient pas ce qui se passe dans la résidence et abordent le sujet de leur nouvel ordinateur, de son achat à son installation, qui fut toute une histoire, malgré tous les conseils du vendeur.

Alors que le beau-frère s'apprête à sortir nous rejoindre, il se fait accrocher par la chemise et remorquer vers l'arrière. Il recule de quelques pas avant de pivoter vers sa femme. Hum, des mains féminines se baladent sur le haut de son corps. La sœur de Manuel l'agrippe par la taille et le tire vers elle. C'est une belle scène que Manuel voit également. Inspiré, il fait glisser sa main sur ma cuisse. Dans la cuisine, la femme au minibedon est coincée entre son amoureux et le comptoir, visiblement heureuse de sa position. Sa faim pour son homme est évidente et contagieuse. Son conjoint ne résiste pas et l'embrasse passionnément. Les amoureux gardent leurs vêtements, mais leurs coups de bassin montrent à quoi ils pensent. Le même genre d'appétit nous gagne aussi, nous, les observateurs. Je remue même involontairement mes fesses sur ma chaise. Seuls les beaux-parents ne savent pas ce qui se passe derrière eux. J'ai de plus en plus chaud, et ma respiration s'accélère. À l'intérieur, le couple rit et tente de se refroidir un peu. Les deux amants s'éloignent de quelques centimètres, puis récidivent.

À la table de la terrasse où nous sommes, la maman demande des conseils informatiques à son fils. Manuel lui explique sa solution sans même moduler sa voix ni perdre son sérieux, malgré la scène dont nous sommes témoins. Heureusement que personne ne s'adresse à moi en cet instant précis, car sa main sur ma cuisse se fait de plus en plus sensuelle. Ça me déconcentre, et le mot est faible ! Assez, assez ! Je réprime un rire et le supplie silencieusement de stopper ce petit jeu. Je n'en peux plus.

Les amoureux sortent avec un plateau de nachos et de la salsa. Enfin, je rencontre officiellement mon nouveau beau-frère.

* * *

Nous sommes le 12 août, c'est le jour de notre shopping spécial lecture. Ma sœur et moi laissons quelques romans déjà lus ici et là pour donner au suivant, avant notre traditionnelle virée chez notre libraire. Nous achetons chacune deux nouveautés dans le genre « chicklit », et Cindy se procure quelques albums pour enfants. Elle les utilisera au travail. Pour ma part, je choisis aussi un livre de recettes. L'envie de cuisiner me prend, depuis quelque temps. Nous mettons plus d'une heure à choisir nos achats. Il est vrai que le vaste éventail devient un beau problème. Voilà, c'est chose faite.

Il y a Édouard qui m'a textée et qui veut me parler. Il doit avoir su pour ma grand-mère… et pour mon emploi. C'est un mec gentil. Je l'appellerai plus tard. Je suis maintenant chez Mathilde, à qui je fais une petite visite. Je lui raconte ce que Cindy et moi venons de faire.

– Un devoir essentiel pour se cultiver l'esprit, mais plus agréable que de visiter un musée lui dis-je en parlant de mes achats de livres.

– Et si jamais tu n'as pas pris la meilleure décision, tu peux toujours choisir de laisser le livre dans une boîte à lire afin que quelqu'un qui le trouvera à son goût le prenne… répond-elle.

– Ha ! Ha ! Exactement. Vu ainsi, pas de mauvais achat possible.

C'est d'elle que j'aimerais parler. Une semaine après son accouchement, je lui demande comment elle se porte. Elle me raconte que l'allaitement va mieux que durant les premiers jours.

– Sinon, il y a mes seins qui coulent tout seuls quand mon bébé pleure ! Mais ce n'est pas dramatique. Ça doit être plus embarrassant lorsque ça arrive en public ! Ha ! Ha !

Les relevailles n'ont pas été difficiles, tant mieux. À moins qu'elle tombe en post-partum sous peu…

— Il y a aussi le tire-lait électrique qui fait le même son qu'une vache ! Ha ! Ha ! Je l'utilise pour réserver cent millilitres par jour que je donne pour la banque de lait maternel. C'est très gratifiant d'aider de cette façon !

— Ça doit.

Ce qu'elle fait me touche. Je la trouve très généreuse. Avoir un nouveau-né n'est pas de tout repos, elle n'est pas obligée de se donner tout ce mal en plus. J'admire mon amie.

Nous ne parlons pas du comportement et des propos d'Élodie. Son dernier statut sur Facebook me préoccupe. Elle a seulement écrit « Bye ». Sur le coup, je me suis dit « Bon débarras ». Mais ça m'inquiète un peu. Beaucoup, même. Bof… C'est probablement ce qu'elle veut, qu'on s'alarme pour elle. Je n'embarquerai pas là-dedans, je ne la texte plus. Je m'inquiéterai quand je serai vieille.

Sachant ce qui m'occupe depuis quelques jours, Mathilde s'informe.

— Alors, tes préparatifs de fête ont « viré de bord »… Comment vas-tu, toi ?

— Pff ! Je vais pas si mal. Les funérailles seront quand même une célébration. Ça lui ressemble, de célébrer la vie même après sa mort… Mais les préparatifs, ne m'en parle pas. J'ai dû admettre mon échec à trouver l'endroit idéal. Cindy, elle, a miraculeusement trouvé en un rien de temps. Semble-t-il que ce sera plus que parfait… Nous avons convenu de garder la date et la liste d'invités prévus pour l'anniversaire d'Odile, mais disons que… la raison de la célébration a fait un virage à cent quatre-vingts degrés. « La célébration... » J'ai de la difficulté à utiliser ce terme, mais je crois que c'est ce qu'Odile voudrait. Qu'on célèbre la vie, sans s'apitoyer. Donc, tous ces gens invités à lui rendre hommage célébreront... cette nouvelle « étape de sa vie » ? On peut dire ça comme ça ? Manuel a rédigé les avis, je n'ai eu qu'à approuver. Sais-tu qu'il ne fait pas de fautes en écrivant ? Je pense qu'il n'a pas de défauts.

— Ha ! Ha ! Ça fait du bien de rire, merci de ta visite, Doris. Pour ce qui est de ses imperfections, tu as le temps de les découvrir.

— Ça ne me fait pas peur. On dirait que j'ai trente et un ans avant le grand jour ! La sagesse me gagne.

Mathilde s'esclaffe encore. Je poursuis, pour moi-même, peut-être.

— J'admire le lien que Manuel avait avec sa grand-mère, celui qu'il entretient avec le petit William, ses attentions à mon égard, son affection pour son chat... J'apprécie sa jeunesse, j'adore ce qu'il me fait vivre, sa spontanéité. Il est vrai et s'assume. Il est drôle. Je me suis aussi amourachée de son corps... Hum. Et je raffole du fait qu'il est musicien, finalement. Ça fait partie de lui. Et je trouve ça touchant qu'il s'exprime plus difficilement quand il est mal à l'aise. Comme lorsqu'il était à Calais et qu'il n'arrivait pas à me dire ce qui le tracassait, le blessait. Il était ainsi à ce moment-là, et c'est correct. J'aime même le bordel dans son appart.

— OK ! Si tu aimes ses défauts, il n'en a pas, alors.

— Charles, est-ce qu'il en a ?

– Bien sûr. Mais… non, pas vraiment. C'est quoi, un défaut, dans le fond ? Une imperfection, mais je l'aime tel quel… Il est donc parfait, pour moi…

Je me contente de sourire.

* * *

Bon, ça y est, je suis prête. J'ai choisi de porter une robe cintrée sans manches d'un bleu très foncé. Et je jette mon dévolu sur mes ballerines rouges qui scintillent. Elles sont un mélange de folie, de souvenirs d'Odile et d'optimisme de licorne. Le départ de ma grand-mère peut devenir le moment d'espérer autre chose, un nouveau commencement, peut-être, je ne sais pas. Manuel m'accompagnera, et ça me fait chaud au cœur. Cindy ne m'a toujours pas dévoilé où se passera l'événement, elle tenait à me garder la surprise. La voici qui arrive. Je lui ouvre avant qu'elle frappe à ma porte.

– Bon, là, Do, ça ne se passe pas comme prévu, me dit-elle d'entrée de jeu avec le plus grand sérieux.

– …

Que puis-je dire ? J'attends la suite.

– Tu avais un petit ange, une amie anonyme qui a réservé et payé la salle que tu avais toi-même trouvée. Exactement celle-là, elle est parfaite ! Cette personne m'a tenue au courant pour que je m'assure que tu cesses tes recherches…

Sourcils relevés, je ne suis pas certaine d'apprécier ce que ma sœur semble considérer comme le geste d'un ange. Je n'aime pas tellement que quelqu'un se soit assuré que je ne réussirais pas par moi-même, et ce, soi-disant pour me rendre service... Cindy poursuit ses explications.

— Je voulais t'emmener là-bas aujourd'hui, et quand tu aurais constaté qu'il s'agissait de LA salle, je t'aurais avoué avoir eu de l'aide. Et arrivée sur place, je t'aurais présenté cette personne que tu connais déjà et qui est chère à ton cœur... Mais je n'ai pas de nouvelles d'elle depuis quelques jours. Elle s'est volatilisée. En fait, si ça se trouve, peut-être sais-tu mieux que moi où elle est... C'est ton amie Élodiiie!

Là, je suis bouchée. Bouche bée. Cindy m'a presque chanté ça comme si elle criait «Joyeux anniversaire!» Elle et moi sommes encore dans la porte entrouverte, et Manuel grimpe l'escalier. Il y a un début de colère qui monte depuis mon ventre jusqu'à ma gorge. C'est un sentiment qui grandit trop vite pour que je l'identifie avec précision. Je me sens dépassée, c'est le moins que je puisse dire. Je me sens rougir, mais ce détail passe inaperçu puisque ça m'arrive souvent.

— Salut, Manuel! Euh, bon ben alors, maintenant que tu sais où c'est, je vous laisse et on se voit là-bas? lance Cindy.

Déposant une main sur ma taille, le gentleman sur le pas de ma porte m'embrasse sur la joue. Je prends mon sac à main et j'enfile mes ballerines. Élodie est donc derrière cette situation qui me ronge depuis des jours. Je bous, j'ai envie de crier. Sans que je m'en aperçoive vraiment, Cindy est repartie, et nous sommes sur la route. Manuel tient entre ses mains le papier sur lequel j'avais noté l'adresse. Personne ne parle, il a senti mon humeur exécrable. Puis, il brise ce lourd silence.

— Doris, qu'est-ce qui te met dans cet état? Je ne pense pas que ce soit l'événement où nous allons.

Je ne sais pas par où commencer, et aucun mot ne sort. Il insiste.

— Tu ne penses pas qu'il est préférable que ça sorte tout de suite? Dans quelques minutes, tu auras plein de gens à saluer. T'es-tu disputée avec ta sœur?

— Ben non!

Ça y est, je suis désagréable avec lui. Je n'aime pas quand je fais ça. Je me reprends en dirigeant ma colère à la bonne place. Je lui révèle ma recherche de salle, faisant un détour par les humeurs capricieuses d'Élodie ces derniers temps. Je parle de tricherie, de volonté de rabaisser les autres, de jalousie, d'intention de nuire…

— Wô, wô… Doris, pense à ce que tu as appris aujourd'hui précisément et décris-moi ça le plus objectivement possible, je t'en prie. Juste des faits observables, s'il te plaît, pas de procès d'intention…

— On croirait entendre Odile…

Je formule donc dans ma tête avant d'expliquer à voix haute ce qui se passe. Élodie m'a volé la salle… Pas comme ça. Cindy m'avait caché que… Pas comme ça non plus. Je déteste Élo! Je dois me concentrer sur la nouveauté que je viens d'apprendre… C'est en lien avec l'endroit où nous allons.

– La salle où nous allons est celle-là même que je voulais réserver.

– OK ! Ce qui… me semble une bonne nouvelle, non ?

– Et Élodie est derrière tout ça.

– OK. Ça ne semble pas te plaire. Peut-être qu'elle est maladroite ? Peux-tu remettre à plus tard tes questions concernant cette fille ? Je crois que ça te permettrait de mieux vivre le moment présent, durant la soirée.

Je peux faire ça. Il a trop raison. J'AI trouvé une superbe salle, et nous nous y rendons. Manuel n'a pas de chapeau. Ses cheveux mi-longs et mi-ondulés sont un peu fous, et ça fait partie de son charme. Il porte une chemise dont les manches sont roulées, ce qui me permet d'admirer et de toucher ses avant-bras. Il est tellement beau, et je n'appréciais pas suffisamment sa présence, j'étais centrée sur la mauvaise chose. Nous aurons une salle parfaite, une belle célébration. Et Élodie… Je sais qu'elle pense à moi. Elle doit réfléchir à tout ça, et je ferai de même. On ne renie pas autant d'années d'amitié d'un coup. Quel que soit le problème.

La salle pour la fête d'Odile est au dixième étage d'un édifice muni d'un ascenseur qui n'a rien d'un monte-charge pour la marchandise. Oui, oui, c'est souvent l'impression que laissent les installations pour fauteuil roulant. En montant, nous regardons silencieusement les chiffres qui indiquent les étages. En apercevant l'endroit, je suis ravie de la fenestration grandiose qui offre une vue absolument romantique sur la Seine, romantique comme l'était ma belle Odile d'amour. L'éclairage tamisé et multicolore confère à l'endroit un aspect glam, pour que ma grand-mère se sente comme une vedette. Quand la cause de l'événement a été modifiée, certaines personnes ont offert un montant afin d'aider à rendre cette soirée mémorable et à la hauteur de cette femme en or. Elle était grande, même assise.

Nous arrivons les premiers, ma fratrie et moi, pour accueillir les invités, et Adam rencontre enfin sa nouvelle belle-sœur, Caroline. Il l'embrasse sur les joues, lui assurant qu'elle est la bienvenue dans la famille. Je lui présente ensuite Manuel. Il le jauge rapidement, mais pas de la même façon que l'amoureuse de Cindy, avant de lui tendre une main ferme et heureuse.

— Enchanté, beau-frère, déclare-t-il lentement et avec une sincérité palpable.

— C'est réciproque, Adam.

Le regard rivé l'un à l'autre, ils sourient, et c'est de bon augure. Pas que j'en aie douté, mais ce moment est tout de même important pour moi. Ils sont désormais les deux hommes de ma vie.

Plusieurs me souhaitent un bon anniversaire, se souvenant que celui d'Odile et le mien se suivaient de près. Qu'ils le fassent tout de suite avant ou tout de suite après les vœux de condoléances, l'effet est étrange, mais l'intention, gentille. La tension de tout à l'heure s'est dissipée, je me sens à mon aise. Les haut-parleurs diffusent de la musique des dernières décennies, et un micro est également disponible pour nous assister dans nos élans d'orateur quand le courage nous prend.

Une grande version du portrait de ma grand-mère que j'ai réalisé un jour de juin trône sur une table à côté d'un splendide bouquet de fleurs. Nous mangeons des bouchées, avons des montées de perles humides aux yeux et même parfois des rubans de larmes à travers nos éclats de rire. Nous buvons un peu, tentons de remplir ce nouveau vide de diverses manières et réussissons à retrouver le sourire.

L'ambiance est chaleureuse, principalement grâce à toutes ces personnes attentionnées qui se sont déplacées, des gens de cœur qui ont partagé la vie de ma grand-mère adorée à différents moments. La fête est gaie. Oui, c'est une fête. Nous avons réussi, malgré la tristesse, à célébrer la vie, l'amour, la famille, l'amitié. Adam, dans toute son élégance, fait le tour des convives, comme le plus charismatique des politiciens. Il offre des sourires, de discrets touchers affectueux et aussi des égoportraits avec les cousines. Grand séducteur… Homme de cœur. Et même animateur ! Cindy, sans tambour ni trompette (ni cachettes !), se promène au bras de Caroline, la présentant comme son amoureuse. Heureuse comme tout. Heureuse malgré tout…

Je me trouve parfaitement accompagnée. Manuel est ouvert et accueillant. Il est patient avec les gens qui lui racontent leurs histoires impliquant ma grand-mère. Mon frère et lui discutent pas mal, échangent quelques accolades et tapes dans le dos. Ça me fait chaud au cœur. À un moment, mon homme se libère et s'avance lentement vers le micro, comme l'ont fait avant lui ceux qui avaient envie de partager leurs souvenirs d'Odile. Lui qui a l'habitude de la scène et des projecteurs me semble bien timide tout à coup. C'est normal, après tout, car il ne connaissait pas Odile. Je suis bien curieuse d'entendre ce qu'il va dire. D'emblée, chaque fois que quelqu'un prend la parole, tout le monde se tait respectueusement. Je me sens presque fébrile pour lui, et l'anticipation de sa voix me fait déjà frissonner.

— Chers amis et parents d'Odile, comme vous le savez, cette dame a produit quelques chefs-d'œuvre... J'ai succombé à l'un d'eux cet été, un chef-d'œuvre dont l'anniversaire suivait de près celui de sa grand-mère. Prenez garde, mesdames, messieurs, aux étoiles au coin de la rue, aux clochettes dans les yeux... L'amour est partout.

Puis, il lève les yeux pour s'adresser à celle à qui nous rendons hommage aujourd'hui.

— Odile, je crois bien que vous accepteriez que je souligne également l'anniversaire de votre petite-fille et l'importance qu'elle a pour moi. Joyeux anniversaire, Doris, mon allumette.

Je suis envahie par une énorme vague d'émotion. Puis, il regarde l'animateur. Une musique démarre. Mon cœur s'arrête. Il va chanter. Ici. Pour mon anniversaire auquel je ne pensais plus. Une nouvelle composition.

On ira voir la Terre, mes battements s'accélèrent.
J'veux boire tous tes mystères...

Ces mots tendres, à la limite ringards, me sont personnellement destinés ! Ça y est, je pleure.

L'amour, c'est de vouloir être meilleur, pour elle.
Ça se trouve pas n'importe où, j'vous l'dis.
P't-être au coin d'la rue,
p't-être même au bar su l'heure du midi…
C'est elle.

Chaque vibration des cordes de sa guitare préenregistrée harmonisée avec son timbre de voix me fait frémir. Des frissons me parcourent des orteils jusqu'à la pointe des cheveux, en se concentrant dans ma poitrine. Puis, à la toute fin, il prononce ces phrases en me fixant avec toute la sincérité du monde :

— Doris. Je ne t'abandonnerai pas. Et quand tu auras atteint l'âge qu'avait Odile, si tu le veux bien, je serai encore là.

Finalement, il ajoute quelques mots pour ma grand-mère, attirant l'attention sur son portrait, afin qu'on se rappelle son sourire et son air serein. J'en tremble. Manuel. Il m'a eue. Déjà, j'étais éprise, et je peux dire que je suis maintenant complètement conquise. Manuel. Si beau. Il a su attirer mon attention avec son allure divine, trouver les mots justes pour élever mon âme et faire les gestes qu'il fallait pour captiver mon cœur. Des actes et des comportements remplis de tendresse et d'attention. Il m'a permis de relever des défis, m'a intégrée à sa famille, m'a offert les cadeaux-souvenirs les plus originaux… Il a lu en moi avec une telle lucidité. Et il s'est mis à nu devant les miens, pour moi.

Toute la fête se passe à merveille. Aucun accroc. Je jette un œil sur mes chaussures rouges inspirées de la cité d'Émeraude, et je crois qu'une étoile veille maintenant sur moi.

Je crois que ma fée à moi, c'est Odile.

* * *

Ce petit dimanche-matin-lendemain-de-veille, Manuel et moi avons dormi plus longtemps que d'habitude et ensuite décidé d'aller pique-niquer au parc. Il fait déjà très chaud à cette heure, nos vêtements sont courts. Il porte une chemise, et moi, une robe à petites bretelles. Durant notre courte marche pour atteindre l'espace vert le plus près, le soleil tape sur mes épaules dénudées. Vivement que je me retrouve à l'ombre ! J'ai mis un drap et une gourde d'eau dans mon sac de toile, et Manuel transporte nos victuailles, qu'il est allé acheter un peu plus tôt.

Évidemment, nous ne sommes pas seuls. Plusieurs petits groupes sont déjà installés au parc à notre arrivée. Nous apercevons malgré tout l'endroit tout désigné pour nous, près d'une petite famille. Non loin de nous, un couple âgé discute à une table de bois où sont posés deux tasses, un thermos et un panier de petits fruits. Un groupe d'adolescents se lancent une balle aki avec leurs pieds. Waouh, ils sont bien agiles. Tout près de nous, il y a une étudiante en pleine lecture.

Je sors le drap de mon sac et Manuel déplie également le sien. Il me fait rire en racontant des anecdotes de la veille. Pourtant, j'étais presque toujours à ses côtés. Mais il semble que je n'aie pas eu connaissance de tout, et sa façon de relater les choses est trop drôle !

Un jeune rejoint les joueurs de balle aki avec un sac de papier d'où il sort plusieurs contenants jetables de restauration rapide. La petite famille commence à manger. Je mets de côté notre salsa à la mangue et ouvre notre boîte de salade de macaronis sauce tomate.

La célébration d'Odile étant toute fraîche dans nos mémoires, ce sujet occupe la majeure partie de notre conversation. Je suis touchée d'entendre mon amoureux dire combien il apprécie mes proches, ma sœur et mon frère, principalement. Je fouille dans son sac et continue de découvrir ce qu'il a choisi d'apporter. C'est plein de contenants réutilisables qu'il a remplis directement au marché.

— Du popcorn !?! Ça ne va pas trop avec les pâtes et les crackers à la salsa ! Tu es fou !

Il me prend le paquet de popcorn des mains et menace de m'en lancer.

— Je vais t'en donner du fou ! lance-t-il d'une voix étonnamment aiguë, en jetant quelques grains de popcorn sur moi.

Puis, il trempe un biscuit dans la préparation à la mangue et feint de me viser.

– Non ! Pas la salsa !!! C'est trop bon !

Il hésite.

– Dis que tu m'aimes.

– Je t'aime !

La fille qui lit adossée à un arbre nous regarde, exaspérée, mais le couple âgé rigole en nous observant. Au lieu de me lancer de la salsa, Manuel approche son biscuit de ma bouche. En s'avançant, il perd légèrement l'équilibre et rate sa cible. J'ai de la salsa sur la joue. Désolé, l'homme aux lèvres les plus invitantes du monde reprend vite sa place. C'est à mon tour de basculer sur lui. Je l'embrasse chastement et envisage de lui offrir une bouchée de salade de pâtes quand mon téléphone retentit. Je le saisis et réponds, car c'est Mathilde qui tente de me joindre. Quand je l'entends, je me fige. Devant mon air sérieux, l'homme séduisant qui est près de moi me fixe pour me questionner. Les yeux pleins d'eau, j'ai un mauvais pressentiment.

* * *

Jean, le conjoint d'Élodie, l'a cherchée toute la journée. Il en a parlé sur Facebook et a contacté ses amies et ses collègues. D'où l'appel de Mathilde pendant que j'étais au parc. Mais comme tout le monde, j'ignore où Élodie se trouve. Je n'aime pas ça, je suis inquiète. J'ai besoin de me changer les idées. J'attrape ma vieille liste fripée, que j'ai commencé à rédiger il y a quatre mois.

Je n'arrive presque pas à y croire. Il ne reste que ce numéro six à réaliser… Je suis décidée, mais je cherche encore l'image parfaite, celle qui serait la plus appropriée.

Chapitre 20

Quand les étoiles s'alignent

Mon homme est sous la douche, moi, je suis sur mon lit. Ça y est. Trente et une années ont fait celle que je suis aujourd'hui. Et ce que je ressens, c'est… de la confiance. Il est faux de dire qu'un chiffre de plus ou de moins ne change rien. Mes trente et un ans, je les sens et je les porte bien. Je sais que la vie, elle est belle. Je crois que je vis ce que je suis prête à vivre. Ma façon de voir va encore évoluer, mais aujourd'hui, j'ai la conviction que tout va bien aller. Je ne voulais pas perdre ma précieuse Odile aussi tôt, mais j'ai un frère, une sœur.

J'ai à nouveau demandé son âge à Manuel cette nuit. « Trente-deux dents », a-t-il répondu avec un immense sourire. Il a expliqué ce sourire géant par le fait que j'ai tant tardé à lui reposer la question, bien que je me sois montrée préoccupée par la chose… Dire que je me croyais plus vieille que lui…

C'est fou que c'est beau, un homme qui sort de la douche en boxeur. Je fixe ses hanches, me mords la lèvre. Mon regard monte sur son corps humide et chaud, et je m'agenouille sur mon lit, près de lui.

– Hum.

J'adore le faire grogner ainsi. Ma bouche est à la hauteur parfaite pour embrasser les poils situés au milieu de sa poitrine. Il se penche pour épouser mon cou, l'endroit qu'il préfère, avec ses lèvres. Puis, j'attrape l'élastique de son sous-vêtement et le tire vers moi en me laissant tomber sur le lit, entraînant le monsieur qui n'a pas le choix de suivre.

C'est mon anniversaire aujourd'hui et je souhaiterais le goûter encore, le savourer et profiter de sa chaleur. Malheureusement, nous avons quelque chose à faire chacun de notre côté. Il doit travailler au magasin de musique, et moi, je vois un ami tout à l'heure. Il semble que nous ne puissions pas demeurer toujours collés.

– Manuel, comment fais-tu pour m'embrasser si bien ? Pour me faire chavirer chaque fois ?

Il sourit dans mon cou.

– Peut-être parce que chaque fois, c'est précisément ce que je veux.

Ha ! Ha ! C'est exactement ce qu'il a déjà répondu quand je lui ai posé la même question, à Lille. C'est que je ne m'y fais pas encore, à cet effet qu'il a sur moi.

Il part comme prévu pour aller travailler, et de mon côté, je vais manger au restaurant. Édouard et moi nous sommes donnés rendez-vous dans un café près de mon appart. Je m'y rends en pensant à Élodie. Je suis préoccupée par son sort. L'appel de Mathilde, hier, m'a vraiment inquiétée.

Où se cache-t-elle ? Qu'a-t-elle fait ?

Même si mes idées sont encombrées, je ne peux m'empêcher de broyer du rose. Mes souliers gris me mènent à bon port. Il y a longtemps que je ne me suis pas blessé une cheville. Je crois qu'Odile y verrait un bon signe. Elle croyait qu'un pied bien entretenu sait où il va, et qu'il avance sans entrave. Elle dirait que ça prouve que ma vie va dans la bonne direction ou que j'avance avec plus de confiance, quelque chose comme ça… Aujourd'hui, j'ignore pourquoi, mais jupe en jean et chemise grise se sont imposées, elles ont presque surgi de ma garde-robe.

J'ai vraiment faim, de plus en plus, et je me demande encore ce qu'Édouard me veut. J'entre et l'aperçois tout au fond de la salle. Il a choisi la dernière banquette. Il se lève pour m'accueillir et me faire la bise.

— Bonjour, Doris ! Tu sembles bien. Malgré tout.

— Malgré tout ? Je vais bien, oui, merci.

J'oubliais presque que j'ai perdu ma très chère Odile et mon emploi dans la même semaine… Édouard a déjà un café. J'en demande un également et suis prête à commander mon omelette.

« La casserole de quinoa et légumes avec un œuf, pour moi, s'il vous plaît », demande-t-il.

Bonne idée, ce plat. Je devrais parfois prendre autre chose que mon éternelle omelette. Il me demande des nouvelles, je lui raconte comment j'ai «démissionné» et lui relate également la célébration en l'honneur d'Odile. Il me souhaite un bon anniversaire et je le remercie.

Nos plats arrivent, et mon ex-collègue me raconte à son tour le projet qui l'occupe discrètement depuis plusieurs semaines.

— Waouh, ton propre resto-bar, c'est génial ! Ton partenaire est-il cuisinier ?

— Non, c'est un ami qui est prêt à investir. Moi, je m'occupe de la gestion, et nous engageons en ce moment des cuisiniers, des serveuses et tout le tralala. C'est la raison pour laquelle je voulais te parler. Le job t'intéresse ?

— Carrément !

— J'en suis heureux. J'aimerais même que tu sois assistante-gérante du service, si tu le veux bien. Pour ma part, je m'occuperais plutôt de la cuisine et du bar.

— Édouard, c'est super génial ! C'est sûr que ça me tente !

Quand les étoiles s'alignent, on sait que tout ira pour le mieux ! Les offres d'emploi sont déjà lancées, des entrevues sont déjà fixées, et Édouard m'invite à l'assister dans l'embauche du *staff*. Nous en discutons en mangeant et en accumulant les cafés.

Ce projet m'emballe, et j'ai hâte d'en parler à Manuel. Je ne peux pas l'appeler immédiatement, il travaille. Tandis que je rentre chez moi, je téléphone à Cindy et lui raconte, sur sa boîte vocale, la proposition d'Édouard. Je marche d'un bon pas et j'apprécie tout ce que je vois. Toutes ces couleurs sont douces pour mes yeux, toute cette vie est soyeuse pour mon cœur, ces sourires que je croise me rappellent combien la vie est belle. Je téléphonerai à Mathilde pour lui faire part de ce futur emploi qui m'enchante déjà. La seule ombre au tableau : une amie perdue, j'en ai bien peur. Élo. Je texte déjà mon guitariste préféré.

Doris

On a quelque chose de plus à fêter ce soir !

Manuel

Cool ! Quoi donc ??? 🙂

Doris

C'est une surprise... xxx

Je suis terrible... Je m'amuse à lui mettre la puce à l'oreille sans tout dévoiler. Je me sens comme si je venais de faire un mauvais coup ! Je suis maintenant à quelques immeubles de chez moi, et il me semble apercevoir quelqu'un assis dans l'escalier menant à ma porte. Je me fige net.

C'est elle. C'est Élodie. Quand je réalise que je me remets à respirer, je suis d'abord rassurée de la voir. Je m'inquiétais pour elle. Je la prendrais dans mes bras, tellement je suis soulagée. Puis, je la revois, minaudant tout près de Manuel, je pense à son attitude avec Charles aussi. De plus, elle m'a trahie en racontant à mon ex mes doutes à propos de mon frère. J'aurais envie de la gifler. Heureusement que je me tiens encore à plusieurs mètres d'elle. Je me remets à marcher, lentement. Je ne sais pas quoi lui dire ni par où commencer. C'est pourtant simple, elle s'est pointée chez moi. Je vais donc la laisser parler la première.

Je me sens tendue. J'ai l'impression que ce qui nous entoure est devenu gris et qu'un vent glacial souffle. Ma mâchoire est serrée, à l'instar de mes poings dans mes poches. Une fois arrivée en face d'elle, tout près, je m'arrête. Elle pleure et ouvre la bouche, mais ne parle pas. Je baisse le regard, fixe un instant mes chaussures grises, me gratte un peu la cuisse.

— Do, j'ai un méchant problème... se contente-t-elle de dire.

Je ne peux m'empêcher de lui répondre intérieurement.

Tu m'en diras tant ! Créer des emmerdes à tout le monde ne le réglera certainement pas.

Mieux vaut que je ne dise rien.

— J'ai toujours été un peu comme ça, à vouloir toute l'attention. Mais j'ai dépassé les bornes, je le sais. Ne t'en fais pas, ton Manuel ne mordait pas à l'hameçon.

— Tu as aussi essayé de séduire Charles. Élo, à quoi t'as pensé ?

Elle se lève maintenant sur ses pieds, triturant le bout de ses doigts.

– Je ne sais pas ! Est-ce une maladie de vouloir ce que les autres ont ? J'ai été conne. Séduire a toujours été pour moi une façon d'attirer les projecteurs sur moi. La seule manière de me sentir intéressante, importante. Je m'excuse aussi à propos d'Olivier.

– Lui, je me fiche de ses fesses ! Mais tu as osé lui parler de mon frère, Élodie ! Mon frère ! Ce n'est pas de la séduction, ça ! Qu'est-ce qui t'a pris ? Il n'y a donc rien de sacré pour toi, merde ?

– C'est sorti tout seul. Tu sais, après avoir baisé...

Je l'interromps en levant la main.

– Épargne-moi les détails !

– J'ai tout raconté à Jean. Il était fou de rage. Avant qu'il décide de prendre la porte, je suis sortie. Il n'était pas question pour moi à ce moment-là de rester toute seule avec le petit. J'ai pensé foutre le camp, pour arrêter de nuire. Je suis allée faire un tour, deux journées complètes. Jean était inquiet. J'ai alarmé plusieurs personnes, je suis désolée.

Elle est en larmes et a du mal à articuler. Je demeure de marbre, ce qui ne l'aide en rien. Charles a tout raconté à Mathilde, Manuel n'a d'yeux que pour moi, Adam est innocent... Tout va bien pour tout le monde, malgré ses agissements. C'est sa vie à elle qui s'effondre, maintenant. C'est triste, quand même. Je me sens ramollir.

– Je m'excuse tellement, Doris, si tu savais. Je vais me retirer, m'excuser auprès de tout le monde, arrêter de parler aux compagnons des autres, je peux fermer mes comptes de réseaux sociaux… J'ai pensé arrêter de me teindre les cheveux et de porter des vêtements sexy, même de me maquiller. Je vais tenter de passer inaperçue, je…

Je n'en peux plus de ces sornettes. J'éclate d'un rire bref et sans joie.

– Arrête, tu ne serais pas capable, dis-je avec un tout petit sourire en coin.

– C'est vrai, tu as raison. Mais j'ai obtenu un rendez-vous, je vais consulter un thérapeute. Je l'ai promis à Jean, sans quoi il me quittait sur-le-champ. J'ignore encore comment, mais je veux faire ce qu'il faudra pour regagner la confiance de ceux que j'aime. Ta confiance, Doris, penses-tu que ce serait possible de la ravoir ?

Elle m'ouvre les bras. À quoi bon feindre d'être insensible ? J'accepte le câlin avec sincérité, mais je suis prudente dans ma réponse.

– Je ne sais pas, Élodie.

Nous nous laissons avec l'intention de ne pas nous perdre. Nous nous donnerons des nouvelles bientôt. J'entre chez moi, me déchausse, traverse l'appartement et me laisse tomber sur mon lit. Je me permets de fermer les yeux quelques instants.

* * *

Hum, ça sent bon. Il flotte une odeur de bonheur, et une douce musique me tire du sommeil. Une sensation étrange me fait porter les mains à mes oreilles, et je constate que j'ai des écouteurs. J'ouvre les yeux. Manuel est allongé près de moi, sur mon lit, où j'ai vraisemblablement fait une sieste.

— Je viens d'arriver, me souffle-t-il. Tu as quelque chose à fêter, aujourd'hui... Je t'ai prise au mot et nous fêterons, ma belle allumette.

Je me sens tellement unique quand il m'appelle comme ça. Un petit rire malicieux sort de ma bouche, et je me tourne vers lui pour l'embrasser. Malheureusement, il m'arrête et me prie de rester tranquille à écouter cette musique tandis qu'il file sous la douche. Je désobéis et l'y rejoins.

Sous l'eau, je me colle à lui et embrasse sa poitrine. Manuel me surprend en mettant ses mains sur mes épaules pour m'éloigner un peu.

— Ce n'est pas ça, le plan, Doris, grogne-t-il dans mon cou d'une voix caverneuse.

— Ah, parce que tu as des plans ?

Puis, je baisse le regard.

— Tu ne peux nier que mon idée te plaît bien...

— Ton idée semble tout à fait délicieuse, mais il est impératif que je sorte de l'eau rapidement et que je m'habille.

Ce qu'il fait après m'avoir demandé de prendre mon temps. Il a des choses à préparer, c'est la raison pour laquelle il avait posé des écouteurs sur ma tête tout à l'heure. Je me lave et, quand je sors de la douche, il est déjà dans la cuisine.

Ce qu'il est beau, ce mec ! Son jean noir met ses hanches en valeur, et celles-ci m'attirent comme un aimant. Enroulée dans ma serviette, je me dirige vers lui d'un pas décidé. Les manches remontées de sa chemise d'un brun très foncé me permettent de voir ses avant-bras fermes. La couleur oblige mes yeux à se poser sur ses iris presque aussi foncés. Je pourrais m'y noyer, tellement ils sont profonds. À côté de lui sur le comptoir reposent une bouteille de champagne et deux coupes remplies. Il m'en tend une. C'est alléchant, mais j'opte pour ses lèvres.

— Va t'habiller, je t'en prie, prononce-t-il doucement tout en m'embrassant.

— Et si j'avais d'autres projets ?

Tandis qu'il m'offre un verre et qu'il cherche visiblement à porter un toast, j'hésite entre déboutonner sa séduisante chemise et carrément enlever ma serviette...

— Félicitations pour ton nouveau job !

— Hé, je ne te l'ai même pas dit ! Tricheur, comment t'as su ?

Nous prenons une gorgée, malgré ma surprise qu'il soit déjà au courant de la proposition qu'Édouard m'a faite. Nous avons même le temps de poser nos verres pendant que Manuel prépare sa réponse et me colle à lui. Ma serviette tombe, et heureusement qu'il m'entoure de ses bras, car j'ai un peu froid.

— Tu m'excuseras, j'ai parlé à ta sœur.

Au même moment, on frappe à ma porte. Interloquée, je regarde mon homme. Était-il au courant ? Il attendait quelqu'un ? Il éclate de rire et ramasse ma serviette.

– Je t'ai dit qu'il fallait que tu t'habilles !

En m'esclaffant aussi, je file dans ma chambre pendant qu'il va ouvrir. Je commence par choisir mes sous-vêtements. Ça fera son effet lorsque nous reviendrons aux choses sérieuses. J'entends des voix connues et que j'aime. Il y a Cindy, Caroline et Adam. Ils sont fantastiques d'être là, d'être venus célébrer avec moi. J'enfile une robe blanche piquée de fil jaune et sors les embrasser. Aussitôt qu'ils m'aperçoivent, ils entament :

Ma chère Doris, c'est à ton tour, de te laisser parler d'amour !
Ma chère Doris, c'est à ton tour, de te laisser parler d'amour...

Puis, un truc se produit. Il semble que Manuel soit le seul à connaître la suite de la chanson. Il poursuit tandis que les autres le fixent, émus. Mais pas autant que moi.

Le temps de s'aimer, le jour de le dire
Fond comme la neige aux doigts du printemps
Fêtons de nos joies, fêtons de nos rires
Ces yeux où nos regards se mirent
C'est demain que j'avais vingt ans

Tout le monde applaudit, soit la chanson, soit la fêtée. Il y a du champagne pour chacun, et les filles ont apporté plein de trucs à manger. Même Mathilde arrive peu de temps après, accompagnée de Charles et du petit Lou. Comment ne pas passer la meilleure des soirées quand on est si bien entourée ?

* * *

Je suis amoureuse et porterai toujours dans mon esprit les mots que Manuel m'a offerts lors de la célébration en l'honneur de ma chère Odile. J'en frémis encore quand j'y pense. C'est estampé sur mon cœur et ça me donne une idée de génie…

– J'ai finalement l'intention de faire une dernière folie avant d'être vieille ! Une qui marquera le début de ma vie mature…

Aussitôt que j'ai dit à Manuel que je désirais me faire tatouer, il a fait un appel et m'a obtenu un rendez-vous une heure plus tard. C'est dit, je ne peux plus reculer. Il ne tarit pas de suggestions de dessins qui m'iraient bien. Tout excitée par cette lubie, je saute sous la douche, j'enfile une simple robe et nous sortons. Mon artiste préféré ne cesse de me dévoiler ses idées que je fais semblant de soupeser.

– Une Fée Clochette? Des étoiles? Le tatoueur peut aussi t'en suggérer, mais je crois que c'est préférable que tu arrives avec ta vision personnelle.

Je ne réponds pas, l'air d'y réfléchir. Puis, nous arrivons à destination.

– Nous y voilà, annonce Manuel.

Oh, ça y est, j'ai le trac. C'est maintenant que ça me prend. Ça va faire mal, c'est certain, et ça m'effraie un peu. À côté d'un magasin de disques, sous une supérette, se trouve l'atelier de tatouage. Nous descendons quelques marches, et une odeur s'ajoute à mon trac. Ça sent l'encre. Sur les murs, plein d'images de tatouages. Waouh! J'admets qu'il est talentueux. Par contre, dans mon cas, son talent en dessin ne sera pas si nécessaire. Le symbole que j'ai en tête est vraiment facile à reproduire, il demande un croquis des plus basiques. Voilà le maître du lieu.

– Salut, Man! Voici ta belle blondinette? Tu vas me prêter ton corps, et je vais te faire plaisir, ma belle.

Ce double sens mal dissimulé dans sa réplique aurait tendance à m'offusquer dans d'autres circonstances. Enfin, passons à la raison pour laquelle je me trouve ici. Lui-même assez tatoué, il expose fièrement ses bras en portant un maillot. Il paraît confiant, me tend la main et se nomme.

– Je m'appelle Ben. C'est ta première fois?

Il a quelques questions pour moi, et je réponds par de très brèves réponses. Ça aide, je crois, à me mettre un peu plus à l'aise. J'ai bien fait de porter une robe. Comme je l'espérais, je n'aurai pas besoin de l'enlever. Je déplacerai ma bretelle et ça suffira. Au sujet du modèle, je lui dis que j'ai mon idée, mais pas d'esquisse. Je pensais d'abord que Manuel sortirait et que je pourrais lui faire la surprise ensuite, mais il semble vraiment vouloir rester, et j'apprécie sa présence. Je vais donc tenter de le laisser être là sans qu'il sache avant la fin en quoi consistera mon tatouage. Il est très attentif à ce que je m'apprête à dire, mais malheureusement pour lui, je m'approche du tatoueur et lui chuchote à l'oreille ce que je désire voir imprégné dans ma peau pour toujours. Manuel fait mine d'être très offusqué.

— Hé, quoi ? Je ne peux pas savoir ?

— Après, Super Man ! lui dis-je, en déposant un baiser rapide sur ses lèvres trop délicieuses.

Attentionné, Ben me propose un verre d'eau et me demande si je suis prête.

— Prête, pas prête, *go* ! dis-je en me trouvant idiote.

Oups, Odile m'interdit de me dénigrer comme ça, même dans ma tête. Elle a toujours refusé que je me rabaisse. Je dois me reprendre de façon plus positive.

— Oui, oui. Je suis prête. Absolument.

Je m'installe sur le fauteuil qui ressemble à celui de mon dentiste. J'expose mon épaule. C'est l'endroit que j'ai choisi. Je suis assez confiante, mais mon homme semble inquiet, et mon rythme cardiaque s'accélère. Des gants, des outils… Je préfère regarder mon guitariste aux lèvres si désirables, ça va assurément me changer les idées.

Ahhh !!! Mes yeux sortent de leurs orbites avec des ressorts, comme dans les dessins animés, et j'oublie de respirer. Je vis cette douleur en silence, et Ben ne s'en aperçoit pas immédiatement. Ou il m'ignore afin de faire ce qu'il a à faire. L'artiste attentionné de tout à l'heure est maintenant un bourreau. Manuel s'empresse de prendre ma main et de l'embrasser.

— Ça va ? s'informe mon tortionnaire sanguinaire.

Tout ce que j'arrive à répondre, et encore, à voix très basse, c'est :

— Hum hum.

Sa question devait n'être qu'une formalité, car malgré ma douleur à demi avouée, il poursuit son travail. Je me remets progressivement à respirer, mais ça pince ! Je sais que mon visage devient rouge. Au bout de quelques heures (non, je crois que ça fait cinq minutes), Manuel cherche une façon de me soulager, ou du moins de réduire temporairement mes souffrances. Alors il propose :

— On peut faire une pause, Ben ?

L'artiste me regarde alors pour voir si je suis d'accord.

— S'il vous plaît.

Ouf, une trêve bien méritée. Un très court cessez-le-feu. Ahhh ! On dirait que c'est encore pire que tout à l'heure quand il reprend le travail ! Mais qu'est-ce que je fais ici ? Avais-je vraiment besoin de ça ? C'est de la folie.

Voilà, c'est fait. Avant de pouvoir repartir, je dois promettre qu'il n'y aura pas de baignade ni de soleil pour moi dans les prochaines semaines, et que j'appliquerai beaucoup de crème hydratante...

Je me sens vraiment fière. Ça y est, j'ai fait le tour de ma liste. Elle a subi quelques adaptations, mais c'est tout à fait normal. Ça signifie que tout est réalisable, qu'il n'y a rien de trop fou. Il y a autant de possibilités que de nuances de couleur dans l'arc-en-ciel. Et ma collection de chaussures est sur le point d'avoir autant de teintes ! Je ris à cette idée. Le silence des pantoufles ne m'effraie plus. Je sais que je peux aller où je veux, peu importe comment je serai chaussée.

* * *

Je suis songeuse, assise dans les toilettes du nouveau restaurant où je travaille. Édouard a fait rénover l'endroit, c'est au goût du jour. Moi, installée ici, j'arrive à voir loin, bien que je sois face au mur métallique de ce cabinet sanitaire. Je me tiens droite, je me sens fière de ma vie. Fière de moi. Je me sens si forte ! J'ai envie de gravir une montagne. Je me sens déjà au sommet. Je ne suis pas tellement plus vieille qu'hier, en fin de compte. J'ai d'ailleurs refait ma liste, une énumération de trucs à réaliser avant d'être vieille, parce que j'ai encore le temps et que j'ai l'intention d'en profiter. J'embrasse ma jeunesse, mon présent, ce cadeau inestimable.

Ma vie est encore plus fun, plus belle. Parce que c'est juste ça, la vie, une accumulation de petits et de grands moments à apprécier pour ce qu'ils sont. Je n'ai plus peur de me tromper. Les véritables erreurs sont celles qu'on ne fait jamais. J'irai de l'avant, les pieds bien crémés, massés et solides. Les jeunes blogueuses de ce monde peuvent bien parcourir la terre, je mène ma vie comme ça me plaît. En pantoufles, en bottes de travail ou avec des ballerines, je composerai ma chanson.

Mes étoiles s'alignent. Je m'appelle Doris, j'ai trente et un ans et je suis tatouée. Une jolie allumette est visible sur le devant de mon épaule. Plus précisément à «onze heures par rapport à mon cœur». Bien sûr, ça me rappellera toujours Manuel. Mon allumette évoque aussi tous ces trucs indispensables que je porte en moi. Toutes mes forces et mes qualités, qui me permettent de surmonter les obstacles. Toute ma lumière. À l'image d'un élastique à cheveux, d'un colson qu'on garde dans un sac à main… Comme si ma belle Odile était toujours là. J'ai tout ça en moi, et mon allumette m'empêchera de l'oublier.

Liste de choses à faire avant d'être vieille* :

- Des tonnes de premières fois
- Dormir à la belle étoile, encore
- Travailler le bois
- Apprendre l'autodéfense, apprendre d'autres langues
- Faire une séance de réflexologie plantaire, dormir dans une yourte, assister à un concert de bols de cristal
- Manger des insectes
- Écrire un livre
- Parapente, montgolfière
- Planter un arbre chaque année
- Voir une aurore boréale

- Suivre un cours de photo, de secourisme
- Faire l'amour derrière une chute d'eau et/ou devant un coucher de soleil
- Manger une pizza en Italie, une paella en Espagne…
- Visiter de vieux pays
- Créer un blogue
- Visiter l'Islande
- Faire confiance, aimer, embrasser la vie
- Avoir des enfants?
- Compter les taches de rousseur sur les épaules de Manuel!

* Toujours me souvenir que la vieillesse nous attrape quand on lui permet de le faire…

Remerciements

Merci ! Je suis tellement bien entourée, quelle chance j'ai !

Ma famille et mes amies qui me soutiennent me sont extrêmement précieuses.

À tous ceux qui m'inspirent sans le savoir.

Aux lecteurs et lectrices qui ont lu mon premier roman et qui en parlent autour d'eux, et qui m'en parlent ! Vous faites la différence ! Je vous en remercie énormément.

Nous discutons même de nos autres lectures ensemble, sur ma page FB « J'aime la chick-lit » !

Vous êtes formidables.

Un merci spécial à Bruno, mon ami guitariste, mon conseiller du dimanche qui m'a donné quelques tuyaux. Et à mon serveur préféré pour les anecdotes !

Et aussi, merci à une certaine Doris, serveuse sur la terrasse d'un bistro de Saint-Sauveur…

Tu l'ignorais, mais tu m'as inspirée.

Merci aux éditions Andara !

Manon, Danielle, Françoise.

Intégrer votre équipe est un grand plaisir. Énorme !

Et encore un merci pour moi-même.

J'ose le faire, bien que ce soit sans doute hors normes. Je me remercie d'y croire et de persévérer dans l'écriture qui me passionne et me nourrit.

Claudia

Tu as aimé ce livre?
Tu aimeras aussi :

Des enfants qui foulent le terrain pour la première fois. Des amitiés qui se tissent. Des potins, des rencontres et des cafés glacés. Une mère qui espère oublier son passé. Une autre qui a du mal à faire confiance de nouveau. Des attirances impossibles à nier. Quelques problèmes d'ex, de coach et de logement. Un papa mauvais perdant. Des trahisons, des mensonges et de la tricherie.
Ouf! Heureusement, l'amour réussit toujours à tracer son chemin...

Les dix commandements de Maman TAXI

1. Tu investiras dans la crème solaire, au risque de ressembler à un homard trop cuit.
2. Tu apporteras toujours de la protection contre les moustiques, car ils sont très voraces, surtout lorsque le soleil se couche.
3. Tu n'hésiteras pas à remplacer le coach (avec enthousiasme) à la dernière minute en cas d'imprévu.
4. Tu connaîtras tous les trucs pour nettoyer les taches de boue et de gazon sur les vêtements.
5. Tu apprécieras les potins bien juteux racontés en bordure de terrain.
6. Tu seras fidèle aux entraînements et aux matchs, beau temps mauvais temps.
7. Tu auras toujours un plaid, une chaise de camping et un parapluie (vive le Québec!) dans ta voiture.
8. Tu seras souvent à un achat près de recevoir un café glacé gratuit.
9. Tu possèderas une carte de membre de tous les magasins de sport de la ville.
10. Et surtout, tu ne crieras JAMAIS contre l'arbitre! Peu importe ce que tu auras cru voir… tu ne t'en mêleras pas!

1

Bianca

Mercredi 17 juin,
fin d'après-midi

— Dépêche-toi, Théo. On part dans cinq minutes!

Mais qu'est-ce qu'il fait? C'est la troisième fois que je lui demande d'aller porter ses affaires dans le coffre de la voiture. Pourquoi il met autant de temps?

— Océane, tu sais où est ton frère?

— Je pense qu'il est en bas, répond ma fille en faisant trotter ses licornes en peluche sur le plancher du salon.

Ah oui? Il est en bas, hein? J'imagine qu'il zigouille des zombies sur son téléphone pendant que je me démène comme une perdue! Il ne voit pas que je suis débordée?

Je descends l'escalier du sous-sol, contourne les boîtes de carton qui jonchent le plancher et ouvre la porte de sa chambre d'un mouvement brusque.

Quoi? Il s'est endormi?

— Debout, là-dedans!

— Hé, grommelle Théo en se tournant sur son matelas dépouillé de ses couvertures. C'est quoi le *rush*?

— Le *rush*? dis-je d'une voix forte. Le *rush*, c'est qu'on part. Allez!

Mon fils me regarde d'un air étonné, un bras à moitié posé sur son visage fatigué. Je n'ai pas l'habitude d'utiliser ses expressions, mais là, c'est différent. Il doit bouger.

— OK, OK… Pas besoin de crier, j'arrive.

— Je te laisse cinq minutes, top chrono. Après, on décolle, avec ou sans toi. Je sais que l'entraînement de foot de ta sœur ne tombe pas au meilleur moment, mais on n'a pas le choix de faire avec. On va certainement pas la rater parce que t'es trop paresseux pour te lever. Donc, si t'es pas dans la voiture en même temps que nous, tu pourras faire le trajet avec les déménageurs. C'est clair? Ils seront là dans une heure.

— C'est bon, j'ai dit que j'arrivais. Laisse-moi le temps de m'habiller.

— Bon!

Je fais demi-tour, fière d'avoir usé de mon autorité sur mon grand fainéant de quinze ans. Je sais que la situation n'est pas facile pour lui. Il m'en veut de le déraciner ainsi alors qu'il vient juste de terminer ses examens de fin d'année. Mais on doit s'entraider si on veut repartir à zéro. À l'étage du dessus, Océane m'attend dans le salon, son doudou préféré contre son cœur.

— Je peux emporter Gugus avec moi, hein, maman? demande-t-elle de sa petite voix.

— Bien sûr, chaton. Tu peux le garder avec toi toute la vie si tu veux.

— Même dans ma nouvelle chambre ?

— Absolument. Et Coco aussi, d'ailleurs.

— Non, Coco, je le laisse ici pour papa, annonce Océane en déposant son canard sur le divan, à la place où Éric avait l'habitude de s'asseoir. Il aura juste à me l'apporter quand il viendra nous rejoindre dans notre nouvelle maison.

— C'est une bonne idée, dis-je, le cœur serré.

Ouais... Je m'en veux de lui cacher la vérité.

Je m'agenouille à la hauteur de ma fille pour la serrer fort dans mes bras. En me relevant, je tente de reprendre contenance. Moi aussi, j'aurais besoin d'un câlin. Mais de qui ? Je me sens seule au monde... Au moins, j'ai eu le temps de dire au revoir à Mylène. Je ne suis pas encore partie que mon amie me manque déjà...

Quelques minutes plus tard, lorsque notre voiture emprunte la bretelle de l'autoroute, je sens une vive douleur au creux de mon estomac. Un mélange de soulagement, de crainte et de désespoir bouillonne en moi. Si j'étais seule, j'éclaterais probablement en sanglots, mais les enfants sont là. Je ne peux pas flancher.

Pas maintenant.

Les kilomètres s'accumulent, et bientôt Océane s'endort dans son banc d'appoint. J'aimerais en profiter pour discuter avec mon ado, sauf qu'il est loin d'être bavard, ces temps-ci. Je tente quand même ma chance :

— Théo ?

Je tourne la tête vers la droite. Siège penché, casquette baissée sur son visage, écouteurs aux oreilles. Soit il est endormi, soit il fait semblant de ne pas m'entendre. La deuxième option me paraît plus plausible. Je pousse son épaule avec la main pour le faire réagir.

— Quoi? demande-t-il en retirant un écouteur.

— J'ai besoin d'aide. J'aimerais que tu trouves l'adresse du parc sur le GPS de mon téléphone, s'il te plaît.

— Pourquoi tu l'as pas programmée avant de partir?

— J'ai oublié. Et je conduis, là. Allez!

L'air de mon fils démontre clairement que je viens de détruire sa vie pour la deuxième fois de la journée.

— Va sur le site de l'association de foot et clique sur le lien qui mène aux horaires. Ta sœur est dans la catégorie U5.

Théo est sans conteste plus habile que moi avec un téléphone portable parce qu'il trouve l'info en un rien de temps.

— L'entraînement est à six heures sur le terrain trois du parc des Découvreurs, annonce-t-il avec l'enthousiasme d'un enfant à qui on voudrait faire avaler des choux de Bruxelles.

— Peux-tu entrer l'adresse?

— C'est fait.

Théo appuie sur «démarrer». Et là, je saisis ma chance de lui parler avant qu'il remette ses écouteurs.

— Comment ça a été, ton dernier examen, aujourd'hui? C'était quoi, déjà? Une production écrite?

— Résolution de problème en math.

— Ah, oui… C'est vrai. Alors? Ça s'est bien passé?

— Ça va.

Bianca

— Tu dois être content d'être en vacances. Il me semble que ça va te faire du bien.

Théo me répond d'un haussement d'épaules blasé.

— Comment comptes-tu occuper ton été ?

— Qu'est-ce que tu veux que je fasse ? J'ai plus d'amis à cause de toi. C'était vraiment une idée de merde de déménager aussi loin.

— Ton langage !

Nouveau haussement d'épaules, encore plus indifférent que le premier.

— Tu sais pourquoi on quitte la ville, dis-je en jetant un œil au trajet proposé pour m'assurer que je prends la bonne sortie. On en a parlé plusieurs fois, et tu étais d'accord.

— C'est pas comme si j'avais eu le choix…

— On va être bien, tous les trois, je te le promets.

J'essaie de me montrer convaincante, mais on dirait que j'ai raté mon coup.

— On va être bien ? répète Théo, le nez plissé. Dans un Airbnb ?

— Arrête de te plaindre, veux-tu ? C'est temporaire, tu le sais. On va rester là à peine deux semaines, le temps que notre nouvel appartement se libère.

Je n'ose pas le dire à voix haute, mais je suis du même avis que mon fils. Je n'aime pas trop l'idée de m'installer dans les affaires de quelqu'un d'autre, même si ce n'est pas pour très longtemps. Sauf que mes options étaient limitées. Les acheteurs de notre maison voulaient en prendre possession dès demain, alors j'ai dû précipiter notre déménagement. Ça aurait été idiot de refuser leur offre d'achat pour une question de jours... Surtout que je nous ai trouvé un super beau logement qui sera libre le 1er juillet.

— C'est toi qui auras la plus grande chambre, dis-je à mon fils pour l'encourager. Et tu pourras aller à l'école à pied.

Ouais, bon. Lui parler de sa nouvelle école n'est peut-être pas le meilleur moyen de lui remonter le moral. Je continue:

— J'ai exploré les environs sur Google Maps...

Je laisse planer le suspense, mais pas trop longtemps. J'ai envie de voir ses yeux s'illuminer.

— ... et j'ai trouvé un *skatepark* à seulement quelques coins de rue.

Je connais bien mon fils: il est trop orgueilleux pour démontrer un quelconque intérêt, mais il meurt d'envie d'en apprendre plus. Je décide donc de poursuivre, même si je suis plutôt ignorante en la matière.

— Il est pas aussi gros que celui du parc Villeneuve, mais il a quand même l'air bien équipé. Il y a des rampes, des pyramides et des *rails trips*.

Théo retient un fou rire, ce qui m'arrache un sourire de satisfaction.

— Des *rails trips?* articule-t-il d'un ton découragé, comme chaque fois que je fais semblant de m'y connaître dans ce sport qui le passionne tant.

— Quoi? Ça existe pas, des *rails trips*? dis-je innocemment.

— Ben non! Tu sais s'il y a un *jumpbox*?

— Euh... je pense que... oui.

— Tu ne sais même pas ce que c'est!

— Mais si, voyons, c'est le truc, là, qui monte et qui descend et qui… euh…

Je fais un mouvement de bas en haut avec la main, mais Théo comprend que je me moque de lui. On continue à parler de ce fameux *skatepark* pendant de longues minutes, jusqu'à ce que mon téléphone m'indique qu'on est arrivés à destination. J'arrête la voiture dans le parking, le cœur plus léger qu'à notre départ.

— Est-ce que je suis obligé de venir ? demande Théo pendant que je regarde Océane ouvrir les yeux tranquillement dans le rétroviseur.

— Tu vas avoir chaud si tu restes dans la voiture.

— Pas si je garde les fenêtres baissées. Et au pire, je sors si j'en ai marre.

— OK. Ça ne me dérange pas.

Je pivote pour m'adresser à ma fille :

— Tu es réveillée, mon minou ?

— Moui…

— Parfait. Allons-y.

Je l'aide à descendre de la voiture en prenant le temps de lui faire un bisou sur le front. Puis, je me dirige vers le coffre pour en sortir – péniblement – une chaise et une glacière. C'est le foutoir, là-dedans ! Théo a jeté sa valise et son sac de sport par-dessus mes affaires sans trop se poser de questions. Je referme le coffre d'un mouvement incertain – je ne voudrais pas écraser le bricolage que ma fille a fait pour sa dernière journée à la crèche – et me tourne vers elle avec le sourire.

— Donne-moi la main pour traverser le parking.

Les bras chargés, je me rends péniblement aux abords du parc. Le problème, c'est que je ne sais pas sur quel terrain on doit se présenter. Il y en a une bonne dizaine, et aucun panneau pour nous aider.

— Excusez-moi, dis-je à la première personne qui croise ma route. Pouvez-vous nous indiquer le terrain numéro trois, s'il vous plaît ?

— C'est celui qui se trouve complètement sur la droite, m'informe l'homme à la casquette.

— Merci !

— Pas de quoi, répond-il en souriant. Vous voulez un coup de main ?

— Non merci, je vais m'en sortir.

— Laissez-moi vous aider. La glacière a l'air lourde.

Mon bon samaritain insiste, et comme il est plutôt costaud, je décide de le laisser faire. Pendant ce temps, je dois motiver ma fille pour qu'elle me suive. Son enthousiasme semble avoir complètement disparu pendant son sommeil.

— Viens, mon chaton, on y est presque.

— Je veux plus y aller !

— Mais si, voyons. Je suis sûre que tu vas t'amuser.

On avance encore de quelques pas, et l'homme annonce qu'on est arrivés. Il dépose la glacière sur l'herbe humide pendant que j'essaie de motiver ma fille.

— Regarde, il y a plein d'amis.

— Ce sont pas mes amis. Je les connais même pas !

— Tu vas apprendre à les connaître. Allez, arrête de te plaindre.

— Mais maman ! Y a que des garçons !

Je lève la tête vers les jeunes qui courent sur la pelouse et réalise qu'Océane a raison. Pourtant, lors de l'inscription en ligne, c'était bien indiqué que le groupe était mixte. Ma fille est plutôt timide ; elle risque de rester toute seule dans son coin parce qu'elle sera trop gênée de parler aux garçons de son équipe.

— Je peux lui présenter mon fils, propose l'homme à la glacière.

— Oh, mais c'est une bonne idée, ça ! dis-je avec un enthousiasme exagéré. Tu entends ça, Océane ? Il est gentil, le monsieur, hein ?

— Je m'appelle Fred.

— Fred veut te présenter son fils ! C'est merveilleux ! Avoue que c'est merveilleux !

Ma fille me regarde comme si je venais de sortir d'une boîte à surprise. OK, j'en fais un peu trop, mais je donnerais n'importe quoi pour qu'elle se fasse quelques copains avant de commencer la maternelle*. C'est pour ça que je l'ai inscrite au foot. Pour faciliter son intégration.

— Restez ici, je vais le chercher.

Fred s'éloigne en courant. J'en profite pour aider ma petite sportive à enfiler ses chaussures à crampons et ses protège-tibias. Ensuite, j'ouvre la glacière et lui tends un jus et des crackers. Elle s'assoit dans l'herbe, souriante. Il n'en fallait pas plus pour qu'elle retrouve sa bonne humeur. Pendant qu'elle

* Au Québec, il n'y a qu'une seule année de maternelle, les enfants y entre à 5 ans. Elle n'est pas obligatoire, même si 98% des enfants suivent cette année de maternelle.

mange, je prends une grande gorgée de... hummmm... qu'est-ce que c'est bon... Le café glacé que je me suis acheté en route est juste parfait! Les glaçons ont peut-être fondu pendant le trajet, mais le goût reste le même. Je déplie ma chaise et m'y installe confortablement en attendant le début de l'entraînement. Le soleil est fort aujourd'hui, et je pense que ça ne me fera pas de tort de prendre des couleurs. Mon teint est plutôt blême depuis quelque temps, et des cernes se sont creusés sous mes yeux. Il faut dire que ces dernières semaines n'ont pas été reposantes. Mais là, ça se met en place, heureusement.

Fred revient avec son fils pour nous annoncer que l'entraînement est sur le point de commencer. Comme la saison est entamée depuis presque un mois, tous les jeunes se connaissent déjà. Océane est l'intruse. La p'tite nouvelle. Celle qui s'incruste dans un groupe bien soudé. Bon, peut-être pas soudé-soudé – on parle d'enfants de cinq ans, ici! – mais quand même.

Fred nous présente Nathan. Il est super mignon avec son regard franc et les mêmes grands yeux clairs que son père. Il invite Océane à jouer avec lui, mais ma petite timide se cache le visage contre une de mes jambes. J'ai du jus de raisin et des miettes de crackers sur la cuisse, mélangés à quelques larmes, et peut-être un peu de morve, aussi. Merveilleux.

— Allez, minou. Vas-y sinon ton entraîneur va être obligé de venir te chercher. D'ailleurs, c'est lequel, le coach? C'est lui?

Je pointe un homme qui me semble particulièrement intense. Ses traits crispés et sa voix dure démontrent qu'il prend la chose TRÈS au sérieux.

— Ish, non, répond Fred en relevant les sourcils. C'est Jérôme, le père du petit Gaël. Crois-moi, on le veut surtout pas comme entraîneur, celui-là.

— C'est Tommy qui s'occupe de nous, m'apprend Nathan en pointant à sa droite. Regarde, il est là.

Mais moi, tout ce que je vois, c'est un ado qui essaie de convaincre un gamin de le suivre sur le terrain. Il fait même quelques simagrées ridicules qui, au final, s'avèrent plus effrayantes que motivantes. Résultat : le petit se met à pleurer à chaudes larmes sous le regard découragé de son papa.

— Oui, je suis d'accord avec toi, murmure Fred en s'accroupissant à ma droite. Il est très jeune. Il est légèrement incompétent, aussi.

— Attends… Tu veux dire que… C'est lui l'entraîneur de nos enfants ?

— J'appellerais plus ça un moniteur qu'un entraîneur.

— Bon sang…

Fred me regarde avec un sourire navré et m'explique :

— On a le même problème chaque année. On manque de personnel. Les meilleurs coachs préfèrent travailler auprès des plus vieux. Et les ados compétents sont absents la moitié du temps parce qu'ils ont des matchs de foot tous les deux jours.

— Oui, mais là, il y a quand même des limites !

— Bah… Faut pas prendre ça trop au sérieux. Les enfants sont ici pour s'amuser. Personne ne s'attend à en faire des petits Messi du jour au lendemain.

Je dois être complètement à côté de la plaque parce que je ne comprends absolument rien à ce que Fred raconte. Qu'est-ce que le Messie a à voir là-dedans?

— Tu es croyant?

C'est à son tour de me regarder d'un drôle d'air.

— De quoi tu parles?

— Toi, de quoi tu parles?

— De foot, évidemment!

— Ah… ben oui.

— Tu ne connais rien à ce sport, hein?

Je hausse les épaules, exactement comme le ferait mon ado dans ma situation. Je ne sens pas le besoin de me justifier. Ce n'est pas parce que ma fille a vaguement manifesté le désir de jouer au foot que ça fait de moi une spécialiste, et je l'assume. Je connais le plus important: il faut un ballon, deux buts et du gazon. Et quelques participants, idéalement.

Le moniteur donne un grand coup de sifflet. Océane sursaute et se colle encore plus fort contre ma cuisse pendant que Nathan pique une course jusqu'au milieu du terrain pour le début des activités.

— Vas-y, minou. Je suis sûre que tu vas t'amuser.

— Non!

— Les autres t'attendent.

En fait, ils ne l'attendent pas du tout, mais je ne sais pas trop quoi dire pour la convaincre.

— Tu aimerais que je t'accompagne ?

Océane lève la tête et m'observe de ses grands yeux humides. Elle fait « oui » du menton et me tend sa petite main potelée. Qu'est-ce que je ne ferais pas pour lui arracher un sourire, à celle-là !

— C'est parti !

On s'élance sur l'espace gazonné en galopant comme des gazelles. J'ai conscience du regard des parents qui se demandent probablement ce que je fais là, mais je m'en fiche. Le bonheur de ma fille est plus important que le jugement des autres. Au bout de quelques minutes à frapper le ballon de tous les côtés, elle commence à se montrer plus à l'aise. Je pense même qu'elle s'amuse. Et moi aussi, je dois l'avouer ! Le moniteur nous fait faire quelques exercices d'échauffement et nous propose ensuite un jeu de groupe. Ce n'est que lorsqu'une autre petite fille arrive, un quart d'heure plus tard, que je peux enfin laisser Océane et retourner sur la ligne de côté. Je les regarde jouer ensemble, fière de voir mon petit minou s'intégrer si facilement. Serait-ce le début d'une nouvelle amitié ? C'est ce que je lui souhaite.

2

Isabella

Quarante-cinq minutes plus tôt

Je jette un coup d'œil discret – du moins, je l'espère – à ma montre, tandis que l'éducatrice de ma fille me dresse la liste de tout ce que j'ai encore oublié d'apporter…

— Et la crème solaire, ça commence à presser, là, me reproche-t-elle. Il faisait vraiment beau, aujourd'hui, et Emma a dû garder sa veste pour pas attraper de coup de soleil.

— Je sais, je sais. Je te l'apporte demain, promis. Mais au pire, t'aurais pu lui mettre celle d'un autre enfant, non ?

Fidèle à elle-même, Nancy secoue la tête en me faisant les gros yeux.

— Oh non ! Je ne peux pas, c'est interdit. Tiens, je t'ai tout écrit sur cette feuille, pour t'aider à y penser… conclut-elle en me tendant un bout de papier.

Je le saisis, me retiens de soupirer, puis le fourre dans ma poche arrière. J'ai tendance à oublier pas mal de trucs, ces derniers temps. Mais ce n'est pas ma faute. Avec l'achat de la maison, le déménagement à prévoir et toute la paperasse à remplir avec la banque... Sans compter mon travail, où je dois constamment être en mode création. Travailler dans une agence de pub, c'est déjà prenant en soi, alors quand en plus on doit gérer tout un tas d'autres trucs sur le plan personnel, ce n'est pas évident. J'en oublie des bouts, c'est certain. Surtout que Greg est tellement occupé avec son propre job qu'il n'a pas de temps pour me filer un coup de main.

Heureusement, Emma arrive enfin – on va être en retard pour son entraînement de foot, si ça continue – et me lance:

— Maman! Je t'attends depuis SUPER longtemps! Tu faisais quoi?

Commentaire accompagné du regard lourd de reproches de Nancy.

— Désolée, ma poulette, y avait du trafic. Bon, t'es prête?

Là-dessus, je salue l'éducatrice – avant qu'elle se décide à me faire payer les minutes supplémentaires – et sors en vitesse de la maison. Je l'aime bien, Nancy, il ne faut pas croire le contraire... Elle s'occupe de ma fille depuis quatre ans maintenant et elle a toujours été super avec Emma. Mais je dois avouer que je suis bien contente que la crèche se termine sous peu. La grande aventure de l'école débute en septembre prochain, et ça fait bien mon affaire. C'est que je commence à en avoir marre de me sentir jugée en permanence pour mes nombreux oublis.

Quel parent n'en fait pas?!

Ah oui... je sais.

Tous les autres…

Je ne perds pas de temps à me taper sur la tête à ce sujet et démarre la voiture dès que ma poulette est bien attachée. Un dernier coup d'œil dans le rétroviseur, puis je recule dans la rue. Je fonce ensuite vers la mienne, située à quelques minutes de la crèche familiale. Mais une fois arrivée, je découvre avec impatience que ma fille chérie a eu la bonne idée de retirer ses chaussures.

Argh ! Ça va lui prendre un temps fou pour les remettre. Et ce temps, je ne l'ai pas. L'entraînement est dans moins de trente minutes. Ça commence à urger.

Pour être plus efficace, je bondis de la voiture, ouvre la portière arrière et détache Emma en quatrième vitesse. Je la prends carrément dans mes bras – argh, elle est lourde ! – pour la porter jusqu'à la maison.

— Mamaaan ! Tu oublies mon sac !

— On le reprendra tout à l'heure. Là, on doit se dépêcher.

Pas besoin de déverrouiller la porte d'entrée – j'ai encore dû oublier de la fermer, car elle s'ouvre avec une simple pression du genou sur la poignée. Je dépose la petite au sol et retire mes chaussures sans même me pencher. Je les balance dans un coin et je dicte la marche à suivre à Emma :

— Bon, là, ma poulette, on va faire une course, OK ? La première qui est prête gagne !

— Mais elle gagne quoi ? demande ma fille, en plissant les yeux.

La petite maligne…

— Hum… un cornet après l'entraînement. Ça te va ?

Elle semble réfléchir un instant – allez, dépêche ! – puis acquiesce enfin, avant de décoller vers sa chambre.

Ouf ! De mon côté, je m'avance dans le couloir quand je m'arrête, surprise. Greg est dans le salon. Et il n'est pas seul. Un peu mal à l'aise, il lève la tête vers moi et me présente :
— Ah, euh… Isa, t'es déjà là ? Ben… voici Ève. Elle travaille avec moi. Je t'ai déjà parlé d'elle, non ? En fait, on est en train de finaliser un dossier pour…
— J'ai pas le temps, là, Greg, désolée. Y a l'entraînement de la petite, et… Enchantée, en tout cas ! dis-je en direction d'Ève, au moment où je les dépasse pour me rendre à la cuisine.

Je suis à peu près certaine d'y avoir laissé la bouteille d'eau de ma fille, près de l'évier. Ne la trouvant pas, je reviens sur mes pas et entre dans le salon pour farfouiller un peu partout. Merde… où est-ce que j'ai bien pu la laisser ?

Greg se remet au travail, mais je sens le regard d'Ève se poser sur moi à plusieurs reprises. Du coin de l'œil, je la détaille. Une fois debout, cette fille doit bien mesurer un mètre soixante-quinze. Presque autant que Greg. Et ses jambes… elles sont beaucoup trop longues pour son petit corps. Si j'étais pour les femmes, j'en baverais. Sans oublier ses cheveux blonds lisses comme de la soie…

Il me faut l'adresse de son coiffeur ! Je la lui demanderai la prochaine fois que je la croiserai. Là, je n'ai absolument pas le temps de m'en préoccuper. C'est pourquoi je reviens à mes recherches, qui ne débouchent sur rien.

Frustrée, je retourne dans l'entrée, où je découvre que ma fille a enfilé ses protège-tibias toute seule ainsi que ses chaussures de foot… à l'envers. Meeeerde!

— Ils sont dans le mauvais sens, ma poulette, lui dis-je en essayant de les lui retirer.

Emma chigne, et je sens monter l'impatience d'un cran. Nouveau coup d'œil à ma montre. Avec tout ça, j'ai perdu un autre dix minutes! Finalement, Greg vient me rejoindre – il a dû sentir que j'étais à bout – et aide notre fille à remettre ses chaussures dans les bons pieds. Je me relève et repars à la recherche de la fichue bouteille.

Pas dans le salon… pas dans la cuisine… Ah, peut-être dans la chambre d'Emma!

Tandis que je soulève ses oreillers, que je m'agenouille devant le lit et que j'ouvre les tiroirs de sa commode, j'entends des pas dans mon dos. À demi penchée – afin de sonder ce qui se trouve dans le coffre à jouets – je vérifie brièvement de qui il s'agit. Tiens… Ève m'a suivie. Elle me fait d'ailleurs un sourire éblouissant – wow, même ses dents sont superbes – en mentionnant:

— J'adore les enfants…

— Ah, euh… tu en as?

Elle me paraît un peu jeune pour ça, mais ils sont peut-être très petits.

— Non, soupire-t-elle. Mais c'est dans les projets.

— Super.

Sérieusement, je n'ai pas le temps de faire la causette…

— Mon… mon amoureux me demande d'attendre, continue-t-elle.

— Hum, hum…

— Il a des trucs à régler d'abord. Mais de mon côté, en tout cas, je suis plus que prête. J'ai même arrêté la pilule, me souffle-t-elle, comme si nous étions amies depuis belle lurette.

Puisque je n'ai absolument rien à répondre à cela, je ne fais que lui sourire, en retenant un grognement. Foutue bouteille de merde ! T'es où ?!?

J'écoute à peine Ève reprendre son babillage alors que je passe à sa hauteur – ouais, avec ses talons, elle fait presque un mètre quatre-vingt ! – pour revenir dans le vestibule. Emma m'y attend en sautillant, pour me montrer qu'ELLE, elle est prête. Je remercie Greg en lui posant un bisou rapide sur la bouche, qu'il accueille avec un peu de malaise. Il déteste les embrassades en public.

Bah… sa collègue devrait s'en remettre.

Avant de sortir, je lui rappelle :

— Chéri, oublie pas de prendre congé vendredi, hein ? On va chez le notaire pour la maison.

— Oui, euh… à ce sujet…

— Non ! T'as pas le droit de repousser encore la date, toi ! Ça fait deux fois que tu me fais le coup à cause de ton travail. En plus, le bail se termine dans moins de dix jours ! Faut se grouiller un peu, sinon, on va se retrouver à la rue.

— Je sais, je sais… c'est que j'ai vraiment beaucoup de boulot et je…

— Pas le temps! On en reparle ce soir. Ciao! Et contente d'avoir fait ta connaissance, Ève.

Sur ces mots, je tire ma fille à l'extérieur, où je la fais sauter jusqu'à son siège en la prenant sous les bras. Ça la fait rire, et elle me demande de recommencer. Je m'exécute de mauvaise grâce, car elle vient déjà de bondir par terre.

Je l'attache ensuite rapido, pour qu'elle n'en veuille pas davantage, et me précipite derrière le volant. Puis, je prends une grande inspiration.

C'est que je m'épuise moi-même, par moments…

Pourquoi je m'impose tout ça, aussi? Mon travail, mon rôle de mère, celui de chauffeuse de taxi, et j'en passe. Au fond de moi, je sais bien pourquoi… Parce que je veux être une superwoman. Parce que toutes les mères que je connais sont incroyables et que si je veux suivre le rythme, je n'ai pas le choix d'en prendre autant sur mes épaules. Mais parfois, ça me pèse.

Beaucoup…

Je n'irais pas jusqu'à dire que c'est trop, par contre. Pas encore, du moins.

Et de toute manière, je n'ai PAS LE TEMPS de songer à ça!

Heureusement, le parc où a lieu l'entraînement d'Emma n'est pas très loin. Mais avec les feux de circulation – qui virent TOUS au rouge –, ça me prend quand même un bon huit minutes pour m'y rendre. Et bien sûr, ça signifie que nous sommes en retard…

Je le vois aux jeunes qui sont déjà en train de courir sur le terrain. Je cherche celui de ma fille des yeux. Les autres parents sont assis sur leur chaise pliante, à boire diverses boissons.

Ce que je donnerais pour en avoir une, moi aussi.

Il fait chaud, et le soleil tape encore fort…

Merde, j'oubliais ! Emma n'a pas mis de crème solaire de la journée !

Ah, et puis on s'en fout ! J'en emprunterai à une autre mère. Elles en traînent tout le temps dans leur sac. Et au pire, le soleil de fin de journée est toujours moins fort que celui du midi, non ?

Sur ces pensées, je laisse ma poulette sortir de l'auto et la regarde courir vers son équipe durant quelques secondes, le temps de reprendre mon souffle, avant de m'avancer vers les autres parents. Mais j'ai à peine fait quelques pas que Caroline – alias madame potins – vient me rejoindre en peinant à marcher à cause de sa grosse bedaine de femme enceinte.

— Tiens, justement celle que je voulais voir, lâche-t-elle en posant une main derrière son dos, ce qui fait ressortir son ventre.

Dans l'autre, elle tient un café glacé – la chanceuse – et le sirote en me parlant.

— Salut, Caro. Dis-moi, t'as de la crème solaire dans ton sac ?

Elle secoue la tête pour m'annoncer avec un clin d'œil :

— J'ai tellement de trucs à te dire !

— Hum… dis-je en regardant mon enfant parler avec une autre petite fille.

Tiens… une nouvelle? Emma était pourtant la seule fille de l'équipe. Distraite, je ne saisis pas tout ce que me raconte Caroline, qui continue sur sa lancée.

— Ça te dérange pas?

Oups. Cette fois, elle m'a posé une question. Il faudrait peut-être que je me concentre un peu.

— Quoi, au juste?

— Ben… que ton chéri déjeune au resto avec une autre femme, tiens!

— Hein? Quand ça?

— Ce midi. Je mangeais là avec des collègues de travail. C'était mon repas de départ, vu que je pars en congé de maternité un peu plus tôt que prévu. J'ai réussi à accumuler assez de vacances pour ne pas avoir à revenir. Et c'est là que j'ai vu ton Greg qui était avec une grande blonde plus jeune que lui. Une vraie midinette. Sa jupe était tellement courte, c'était gênant.

— Pas de stress, il travaille avec elle. Elle s'appelle Ève.

Caroline fait la moue – sûrement déçue de ne pas me voir réagir plus que ça – puis reprend simplement:

— En tout cas…

Pour ne pas la laisser me rentrer des idées dans la tête, je m'éloigne d'elle et m'avance vers le terrain. Évidemment, je dois être la seule à ne pas avoir apporté ma chaise pliante… Je suis donc coincée debout, à regarder ma fille s'amuser. Caroline me suit à la trace et poursuit son commérage:

— T'as vu la nouvelle maman? Elle se prend pas pour n'importe qui! Va falloir que j'aille lui parler avant la fin de l'entraînement pour savoir d'où elle vient.

Je cherche la mère dont il est question des yeux et la trouve carrément sur le terrain, à courir avec sa fille.

— Pourquoi tu dis ça ?

— Ben, un peu plus et elle prend la place du coach ! J'espère qu'elle est pas aussi excessive que Jérôme, ajoute-t-elle en baissant la voix pour que le principal intéressé ne l'entende pas.

Aucune chance. Il est posté à l'autre bout du terrain et ne lâche pas son fils des yeux. Pauvre Gaël… Avoir un père semblable, ça ferait longtemps que j'aurais abandonné le foot, moi !

— C'est quand même mieux que l'ado qui sert de coach à nos jeunes… dis-je en revenant à ce dernier.

Depuis le début de la saison – il y a trois semaines –, c'est bien s'il est venu la moitié du temps. De plus, il ne semble pas super à l'aise avec les enfants. Ceux-ci ne l'écoutent même pas et partent dans tous les sens, sans suivre ses consignes. Je ne vais certainement pas me plaindre si un autre parent décide d'aller aider un peu. Mais la remarque suivante de Caroline me fait sentir mal durant un instant…

— Tu peux bien parler, toi ! me lance-t-elle sans méchanceté. Quand t'oublies pas la bouteille d'eau de ta fille, t'arrives en retard d'au moins vingt minutes. T'as l'air débordée, ces temps-ci. Je me trompe ?

— Non, t'as raison. C'est à cause du rendez-vous chez le notaire, pour la maison. Greg est jamais disponible. Mais quand ça va être fait, j'imagine que les choses vont enfin se placer…

Caroline ne réplique rien – ce qui n'est pas son genre –, mais me lance un drôle de coup d'œil. Je voudrais lui demander à quoi elle pense, quand elle s'exclame soudain :

— Oh ! V'là Luke, le responsable des équipes ! *My God* qu'il est mignon, lui...

— Tu trouves ?

— Fais pas ta difficile ! Y a plein d'autres gars aussi beaux que ton Greg, tu sais !

Je souris en me tournant vers l'homme qui vient d'arriver près de notre terrain. J'avoue que... il est loin d'être déplaisant à regarder. Grand, les cheveux blonds un peu frisés sur les tempes et une belle barbe bien taillée lui découpant le visage. Si j'aimais les barbus, c'est vrai que je ne serais pas insensible à son charme.

Mais dès qu'il ouvre la bouche, je déchante bien vite. Non mais pourquoi s'adresse-t-il à nous en anglais, au juste ? Bien sûr que je suis bilingue, c'est indispensable pour mon travail, mais... ça m'énerve. Il termine son discours dans la langue de Shakespeare et je dois le héler afin qu'il daigne revenir vers nous.

— Excuse-moi, c'est parce que... ben, on est en majorité francophones... Tu pourrais traduire ?

Les yeux plissés par le soleil, il hoche la tête, puis reprend d'une voix grave, avec un accent cassé :

— Oui, je... m'excuse. La prise de photos aura lieu dans un mois. Vous pourrez les... hum... les commander *at that moment. I mean...* à ce moment. C'est moi qui prendrai l'argent. *Is it alright?*

Je hoche la tête en retenant un claquement de langue. Son regard s'attarde un instant sur moi. Ma salive se fait rare, car…

Non. Aucune raison autre que le soleil de fin de journée qui tape. Et que j'ai soif. Si au moins j'avais la bouteille d'eau de ma fille…

Le responsable repart enfin. Mais il n'a pas fait trois pas qu'il tourne la tête, me fixe, puis se détourne de nouveau en continuant de marcher. Ouf… j'ai chaud. Je ne suis pas la seule, il faut croire, car Caroline me tend le fond de son café glacé en murmurant :

— Ouh là là… c'est moi ou il te regardait avec beaaaucoup d'intérêt, le beau Luke…

— N'importe quoi. Il devait être fâché que je lui demande de répéter en français, c'est tout.

— Si tu le dis.

— De toute façon, j'ai quelqu'un, je te ferai remarquer.

— Allez, Isa. On a bien le droit de regarder. Les gars se gênent pas, eux, que je sache !

Je hausse les épaules pour me donner une contenance. Puis, alors qu'elle se met à parler avec une autre mère qui est venue se joindre à nous, je tourne subtilement la tête en direction des autres terrains.

Il est là. Mais il ne me regarde plus du tout.

Caroline a sûrement tout imaginé. Ce serait son genre. Elle est une experte des potins, après tout.